W0272843

Beverly Jenkins

Beverly Jenkins a suivi des études de journalisme et de littérature anglaise dans le Michigan. Depuis la publication de *Night Song* en 1994, elle est devenue une figure de proue de la romance multiculturelle.

Le corsaire en jupons

Aux Éditions J'ai lu

La métisse de Denver
N° 6566
Celle qu'on n'attendait pas
N° 6856
Le droit de t'aimer
N° 12038
Un regard de braise
N° 12222

DESTINY

1 – L'étreinte
N° 12422
2 – Mina la magnifique
N° 13040

BEVERLY

JENKINS

DESTINY – 3

Le corsaire en jupons

Traduit de l'anglais (États-Unis)
par Élisabeth Luc

J'AI LU

POUR elle

Si vous souhaitez être informée en avant-première
de nos parutions et tout savoir sur vos auteures préférées,
retrouvez-nous ici :

www.jailu.com

Abonnez-vous à notre newsletter
et rejoignez-nous sur Facebook !

Titre original
DESTINY'S CAPTIVE

Éditeur original
Avon Books, an imprint of HarperCollins Publishers
All rights reserved

© Beverly Jenkins, 2014

Pour la traduction française
© Éditions J'ai lu, 2020

Je dédie ce roman à Alexe Boone.
C'est ma façon de te remercier
pour le superbe bracelet.

PROLOGUE

1874, océan Pacifique,
au large de San Francisco

— Tenez-le bien, je vais lui apprendre à obéir, moi !

La lame acérée d'un couteau lacéra la joue de Noah Yates, tout juste dix-huit ans, qui ne put réprimer un cri de douleur. Pour tenter d'échapper aux trois hommes qui l'immobilisaient, il se débattit comme un beau diable.

— Tu étais bien trop mignon, avec ta belle petite gueule, de toute façon ! railla le capitaine Alfred Simmons avant d'éclater d'un rire mauvais.

Il brandit fièrement son couteau ensanglanté.

— Je vous assure que ma mère vous versera une rançon en échange de ma libération ! plaida Noah.

Il s'en voulait d'en être réduit à implorer ce sale type, mais il n'avait guère le choix. Les hommes d'équipage qui assistaient à la scène s'esclaffèrent.

— Oh, le pauvre petit garçon à sa maman ! persifla l'un d'eux.

— Elle est aussi mignonne que toi, j'espère, grommela un autre d'une voix avinée.

Le visage tuméfié, le corps meurtri après son enlèvement mouvementé, la veille au soir, Noah Yates était à bout de forces. Il redoutait le sort que lui réservaient ces malfrats. Logan et Drew, ses frères aînés, s'étaient sans doute lancés à sa recherche et sillonnaient San Francisco en se demandant où il était passé. Jamais ils ne le retrouveraient maintenant qu'ils avaient pris la mer ! Son avenir ainsi que celui de ses camarades hissés à bord contre leur gré en même temps que lui était désormais entre les mains de l'odieux capitaine Simmons.

— Je te le demande pour la dernière fois : veux-tu intégrer mon équipage ?

— Non !

— Jetez-le dans la cale et mettez-lui les fers ! Il va vite changer d'avis, je vous le garantis. Allez, amenez-moi le suivant !

Noah se retrouva enchaîné au fond d'une cale humide, chevilles et poignets entravés par des chaînes. Le capitaine Simmons rechignant à dépouiller ses victimes de leurs objets religieux, il avait eu le droit de garder la médaille en or qu'il portait autour du cou. En revanche, ses ravisseurs lui avaient dérobé ses bottes en cuir ainsi que ses autres effets. Ne lui restaient que sa chemise et son pantalon. Deux malheureux le rejoignirent dans la pénombre de la cale. L'un semblait avoir à peu près son âge et se présenta sous le nom de Kingston Howard. Il travaillait sur les quais, à Los Angeles. L'autre ne révéla pas son identité et ne prononça pas un mot. Il se contenta de sangloter dans son coin.

La plaie qui barrait la joue de Noah saignait abondamment, maculant ses lèvres et son cou. Le jeune homme s'essuya la bouche sur son épaule. La douleur était lancinante à présent. Il ferma les yeux et s'efforça de ne pas penser à sa famille qui devait être morte d'inquiétude. Qu'allait-il devenir ? Il préférait ne pas y penser.

Des semaines durant, il croupit au fond de cette cale nauséabonde, au milieu des rats qui passaient sur son corps assoupi. On lui donnait juste assez de nourriture et d'eau pour lui éviter de mourir. Le capitaine Simmons ne descendait jamais dans ce lieu sordide. Pour éviter de devenir fous, Noah et Kingston, qui avait une épouse et un fils, échangeaient des anecdotes sur leurs vies respectives.

Noah avait été emmené contre son gré alors qu'il fêtait ses dix-huit ans. Il évoqua sa famille, sa passion pour la musique et la lecture. Leur compagnon d'infortune, qui souffrait du mal de mer et était en proie à de violentes nausées, fut un jour remonté sur le pont. Ils ne le revirent plus jamais.

À cause de l'humidité et des privations, la plaie qui barrait la joue de Noah s'infecta. Fébrile, il sentit un poison se répandre dans tout son corps jusqu'au délire. Kingston lui raconta plus tard que le médecin était venu le soigner, mais il n'en avait aucun souvenir. Il ne se rappelait que les frissons qui le secouaient en permanence et les cauchemars peuplés d'images affreuses du capitaine Simmons.

Au bout d'un nombre de jours dont Noah n'avait pas la moindre idée, les deux prisonniers furent réveillés brutalement par des membres de l'équipage qui les libérèrent de leurs entraves avant de les forcer à se lever. Comme leurs jambes se dérobaient sous eux, les marins s'esclaffèrent et les firent ramper jusqu'au pont. Pour la première fois depuis une éternité, Noah revoyait la lumière du soleil. Il cilla, ébloui. L'air était lourd et humide, très différent de la fraîcheur du nord de la Californie. Il était sans doute très loin de chez lui. Voyant Kingston au grand jour, il fut choqué par l'état de ses vêtements et la longueur de sa barbe hirsute. Il avait le visage émacié pour un homme de sa carrure. Baissant les yeux vers ses propres haillons, il songea qu'il ne devait pas avoir meilleure allure que son compagnon.

— Alors, tu as apprécié ton séjour dans la cale, mon mignon ? railla le capitaine Simmons.

Pour toute réponse, Noah le foudroya du regard.

— J'avoue que tu as plus de tripes que je ne le croyais. J'étais convaincu que tu implorerais ma clémence au bout de quelques jours... Prêt à signer pour intégrer mon équipage, à présent ?

Il aurait été facile de céder à cet homme qui avait brisé sa vie, or il s'y refusait.

— Non.

Simmons haussa les épaules et se tourna vers Kingston.

— Et toi ?

— Allez au diable, maugréa-t-il.

Simmons se mit à rire.

— C'est précisément au diable que je vais vous envoyer. Les gars, jetez-les dans le canot !

Noah résista de son mieux, mais il était trop faible. Une fois dans le canot, un marin pointa un pistolet sur les deux prisonniers tandis que l'embarcation était mise à l'eau.

— Je reviendrai vous chercher... un de ces jours ! lança Simmons. En attendant, amusez-vous bien !

Les rires gras des marins résonnèrent tandis qu'ils ramaient en direction d'une île.

Simmons n'avait pas menti. Ce camp de prisonniers installé sur une île était un véritable enfer. Comment Simmons avait-il eu connaissance de cet endroit ? Noah l'ignorait, et il n'en avait que faire. Les deux prisonniers furent remis à des militaires en uniforme.

Toute la journée, une centaine de détenus transportaient des arbres abattus vers le petit embarcadère, où des navires les attendaient dans des eaux infestées de requins. La nuit, ils étaient enfermés tel du bétail dans une vieille prison bâtie par les Espagnols. Ils n'avaient ni eau ni nourriture, et en l'absence de gardiens susceptibles de faire régner l'ordre, ils étaient à la merci des meurtriers, des violeurs, des aliénés. La première nuit, Noah ne trouva pas le sommeil à cause des cris – ceux des autres, et les siens. Et ce n'était que le début.

Pour se nourrir, les prisonniers faisaient griller des rats sur des feux de camp. D'autres mangeaient des cafards, des lézards, n'importe quelle créature qui croisait leur chemin. Noah et Kingston finirent par les imiter pour ne pas mourir de faim.

Durant les mois qui suivirent, Noah lutta avec un tel acharnement qu'il en sortit plus fort. Kingston et lui résistèrent aux durs de la prison toujours en quête de victimes à soumettre à leur volonté. Les deux amis se montrèrent si féroces et implacables que leurs adversaires les laissèrent en paix. Les gardiens, des soldats espagnols en disgrâce, fermaient les yeux sur les sévices endurés chaque nuit par certains. Ils patrouillaient sur les chantiers de terrassement, armés de baïonnettes, et consacraient leurs nuits à acheter les faveurs des femmes du village. Leur unique préoccupation était que le travail soit effectué et ils devaient avoir suffisamment d'hommes en vie chaque matin pour s'en charger.

Au bout de six mois, Noah n'avait plus rien de l'enfant gâté issu d'une famille fortunée du nord de la Californie. La veille, il avait collé la tête d'un homme dans les flammes parce qu'il avait agressé Kingston et lui avait fracturé la clavicule. Il était aussi redoutable qu'un fauve et sanguinaire que les requins qui patrouillaient au large. Pour survivre, il avait perdu toute humanité, et il ignorait s'il la retrouverait un jour.

Une semaine plus tard, Noah et Kingston, le bras en écharpe, furent emmenés sans explication à l'embarcadère. Le capitaine Simmons les y attendait, l'air goguenard.

— Vous êtes prêts à intégrer mon équipage ?

Sans hésiter, ils signèrent les documents et embarquèrent.

1

Été 1887, La Havane, Cuba

Pilar Banderas scruta les navires amarrés dans le port de La Havane en pleine effervescence. Il fallait qu'elle se procure une embarcation au plus vite, quitte à la voler. Déguisée en vieille femme, elle portait un corsage informe sur une jupe poussiéreuse et s'était coiffée d'un fichu élimé. Appuyée sur une canne, elle poursuivit ses recherches.

Elle élimina d'emblée deux vaisseaux de la marine espagnole, qu'elle détestait plus que tout, à cause de leur taille trop imposante et des représailles auxquelles elle s'exposait si l'équipage la surprenait à bord. D'autres bateaux, plus modestes par la taille et le tonnage, semblaient plus intéressants. Hélas, ils nécessitaient un équipage plus important que celui dont elle disposait ! Elle devait viser une autre cible. La plus plausible était *L'Alanza*, un deux-mâts. Ayant déjà navigué à bord de ce genre de schooner, elle savait qu'il était en mesure d'atteindre Santo Domingo pour son rendez-vous avec le trafiquant d'armes. De plus, elle n'aurait pas besoin de trop d'hommes. Elle avait repéré l'embarcation la veille, dès le début de ses recherches. Plus elle examinait *L'Alanza*, plus il lui plaisait. D'après les informations recueillies auprès d'amis en ville, elle savait qu'il appartenait à un Américain fortuné du nom de Noah Yates. Chaque année, il jetait l'ancre à La Havane pour vendre des soieries, des épices orientales et des produits exotiques à quiconque avait les moyens de s'offrir de telles frivolités. La veille, on l'avait aperçu au théâtre au bras d'une beauté. Après l'avoir raccompagnée chez elle, il avait passé quelques heures dans une salle de jeu très prisée où il avait gagné une somme rondelette. S'il perdait son navire, il avait de quoi en acheter un autre. Pilar n'avait donc aucun scrupule.

N'était-elle pas une *arana*, une « araignée », l'une des nombreuses personnes qui glanaient des renseignements au profit des révolutionnaires cubains déterminés à libérer leur île de la domination espagnole ? La dernière tentative pour obtenir l'indépendance, la célèbre guerre des Dix Ans, s'était achevée en 1878 par une reddition négociée des rebelles. Pilar et ses compatriotes demeuraient néanmoins persuadés que la prochaine campagne serait couronnée de succès, surtout grâce aux prouesses du général José Antonio Maceo, leur chef, affectueusement surnommé le « titan de bronze » par ses partisans à cause de la couleur de sa peau et de sa témérité sur le champ de bataille.

Décidée à s'emparer de *L'Alanza*, Pilar se fraya un chemin dans la foule pour retrouver le tabouret qui marquait sa place sur le quai. Afin d'augmenter leurs maigres revenus, des Cubains de tous horizons y vendaient de la nourriture, des boissons, des médailles religieuses, ou se proposaient de surveiller les soldats espagnols de plus en plus nombreux à patrouiller. En quelques mois, des centaines de militaires avaient débarqué pour renforcer l'emprise de la Couronne sur le peuple cubain. Afin de réprimer la montée de la résistance, les Espagnols avaient enfermé des milliers de sympathisants des rebelles dans des camps sordides, où ils étaient en proie au désespoir, aux maladies et à la faim. Loin d'être démoralisés, les dissidents n'en étaient que plus déterminés à se battre pour leur liberté.

Au cœur des tensions qui régnaient sur l'île, l'air marin était chargé d'effluves de viandes grillées et les exclamations des mendiants se mêlaient aux notes de musique.

— Donne-nous ton billet, vieille femme !

Pilar leva les yeux vers l'homme qui venait de l'interpeller d'un ton méprisant. Le visage long, le teint clair, il portait un costume à la coupe typiquement espagnole et ses cheveux étaient gominés.

— Quel billet ? demanda-t-elle en alignant les poissons qu'elle vendait en guise de couverture.

— Celui qui t'autorise à travailler sur les quais.

La Havane était en proie à une telle corruption que même les mendiants devaient payer pour faire la manche.

— Je n'ai pas de billet.

Du coin de l'œil, Pilar vit son ami Tomas s'approcher d'un air désinvolte. Il se faisait passer pour son fils pêcheur afin de l'aider à recueillir des renseignements utiles aux rebelles. Il pouvait également la protéger si besoin était.

— Pour rester sur les quais, tu dois régler ton entrée. Sinon, tu pars !

— Qui en a décidé ainsi ?

— Moi.

— Qui est ton maître ? s'enquit la jeune femme d'une voix ferme.

À son air renfrogné, elle devina qu'il n'appréciait guère qu'elle ose défier son autorité.

— Je n'ai pas de maître, rétorqua-t-il.

— Je crois que si. Il se nomme Gordonez, non ?

Pilar savait pertinemment qui avait la mainmise sur les quais. L'homme se raidit.

— Je m'appelle Banderas. Dis-lui que je suis ici en mission et que je ne veux pas qu'on mette des bâtons dans les roues de mon réseau.

Furieux de ne pas avoir réussi à l'intimider, l'homme leva la main pour la frapper, toutefois, le regard glacial de Pilar l'incita à se raviser.

— Tu vois cet homme là-bas, vêtu d'une chemise verte ?

Il jeta un coup d'œil à Tomas, qui se tenait immobile à quelques pas, au milieu de la foule des badauds.

— Il est capable de lancer son couteau et de t'atteindre en plein cœur en une fraction de seconde. Si tu tiens à mourir aujourd'hui, vas-y, frappe-moi.

Abasourdi, il écarquilla les yeux. La jeune femme reprit avec sa voix normale :

— Va vite transmettre mon message à ton chef avant que je te fasse exécuter pour m'avoir bloqué la vue.

Furibond, l'homme pivota sur les talons et s'éloigna sans demander son reste.

Tomas rejoignit Pilar et ajouta quelques poissons fraîchement pêchés à son étal. Amis d'enfance, ils partageaient la douleur d'avoir perdu très jeunes leurs pères respectifs, pendus par les Espagnols durant la guerre des Dix Ans.

— Qui était-ce ?

— Un homme de main de Gordonez. Je m'en suis débarrassée grâce à une menace qu'il prendra à cœur, j'espère. Je ne vais pas le laisser anéantir ma mission pour un vulgaire pot-de-vin.

— D'autant que notre objectif est en vue.

Deux hommes élancés au teint mat se frayaient un chemin dans la foule, repoussant le bataillon de vendeurs qui leur proposaient leur marchandise.

— Lequel ? murmura Pilar.

— Celui de gauche. L'autre est son associé, Kingston Howard.

Pilar oublia momentanément Howard pour observer Noah Yates. À en juger par son épaisse chevelure noire attachée en catogan, il était de sang mêlé. Plus il approchait, plus il lui semblait grand. Ses larges épaules étaient soulignées par la coupe impeccable de son costume gris. Sa posture dénotait une force tranquille, une puissance discrète. De toute évidence, il ne fallait pas plaisanter avec cet homme. Ni le sous-estimer. Pilar examina sa tenue, ses bottes de cuir noir, assurément coûteuses. Malgré elle, elle fut parcourue d'un étrange frisson et une sourde appréhension l'envahit. Ne serait-il pas plus raisonnable de choisir une autre cible ? Lorsqu'il se détourna un instant de son associé avec qui il discutait, elle nota la profondeur de son regard de braise. Une vilaine balafre lui barrait la joue.

— *Dios*, souffla-t-elle.

Cette cicatrice impressionnante semblait souligner les traits taillés à la serpe de son beau visage.

— Il ne sera pas facile à soumettre, Pilar. S'attaquer à lui est peut-être une erreur.

Elle partageait le point de vue de Tomas, mais les rebelles avaient grand besoin de ces armes. Au terme de la guerre des Dix Ans, la possession d'armes à feu avait été interdite aux particuliers, si bien que les gens du peuple se tournaient vers la contrebande.

— Nous n'avons pas le temps de chercher un autre navire. Si nous ne retrouvons pas Octavio demain soir, il remettra les armes à quelqu'un d'autre.

Le vieux contrebandier avait beau être un ami de la famille, les affaires passaient avant les sentiments personnels, et l'homme ne les attendrait pas, en dépit de l'or qui lui avait été promis.

Yates et Howard arrivèrent à la hauteur de Pilar, qui les interpella de sa voix de vieille femme :

— Il est beau, mon poisson ! Du poisson, messieurs ? Il est bien frais !

Ils secouèrent la tête.

— Le poisson, c'est bon pour les galipettes, vous savez ! insista Pilar. Ça donne des forces... de la vigueur au lit. Ça aide un homme à tenir jusqu'au lever du soleil !

Ces propos suscitèrent l'esquisse d'un sourire, pour autant, les deux associés continuèrent leur chemin.

— Au lit ? railla Tomas. Qu'est-ce que tu connais des galipettes, toi ?

— Il nous faut absolument ce navire, répondit-elle pour esquiver la question.

Pleine d'appréhension, elle observa Noah Yates. Au moment où elle allait reprendre la parole, elle fut interrompue par le retour de l'homme de Gordonez.

— Il veut te voir, annonça-t-il.

— Et si je refuse ?

— Dans ce cas, il informera les autorités de ta présence en ville et nous savons tous les deux que tu ne peux pas te le permettre.

Pilar se tourna vers Tomas, qui affichait un air méchant.

— Seule, ajouta l'homme d'un air satisfait.

— Pas question, lâcha Tomas.

Pilar posa la main sur le bras de son ami.

— Ne t'inquiète pas, murmura-t-elle.

Gordonez ne voulait certainement pas que ses malversations soient entravées par la colère du général Maceo au cas où il arriverait malheur à la jeune femme. Cette ordure n'avait rien d'un imbécile.

— On se retrouvera dès que j'en aurai terminé.

Tomas hocha la tête, visiblement tendu.

— Je vous préviens, siffla-t-il, si vous touchez à un seul de ses cheveux, je m'en prendrai à vous... à coups de couteau.

L'homme perdit aussitôt de sa superbe.

Victor Gordonez habitait une demeure cossue aux abords de la ville. Si, officiellement, il n'était qu'un homme d'affaires fortuné, cette façade dissimulait en réalité un homme corrompu doublé d'un escroc et d'un tueur à gages. À son arrivée, Pilar fut escortée vers un bureau richement décoré de statues religieuses et de femmes nues.

— Il arrive, lui dit-on.

Elle patienta une heure, consciente qu'il s'agissait là d'une manœuvre de Gordonez visant à la déstabiliser. Elle mit cette attente à profit pour élaborer son plan concernant Yates, une stratégie à la fois simple et directe, la meilleure qu'elle connaisse. Les complications augmentaient le risque d'imprévus.

— Ah ! Pilar ! Je me demandais quel membre de la famille Banderas m'avait adressé ce... message.

Elle se tourna vers l'homme corpulent qui avait été le *novio*, le fiancé, de sa mère, mais ne lui rendit pas son sourire.

— Ce déguisement est spectaculaire, reprit-il. C'est à s'y méprendre. Cela dit, ta famille a toujours eu un côté théâtral.

Elle ignora cette pique et se garda de lui rétorquer qu'il était ridicule de s'éclaircir le visage à l'aide d'une poudre blanche pour dissimuler ses origines. Sa grand-mère était une esclave africaine.

— Pourquoi voulais-tu me voir ?

Il s'approcha de son bureau et s'installa dans un fauteuil tapissé de velours rouge qui avait tout d'un trône.

— Tu vas droit au but ! Nous pourrions échanger quelques banalités : comment va ta charmante mère ? Et ta sœur et tes tantes ?

Pilar croisa les bras d'un air renfrogné et attendit.

— Toujours aussi rebelle ! Un jour, ton caractère provoquera ta chute. Le plus tard possible, je l'espère...

Là encore, elle ne releva pas.

— Si je t'ai conviée dans mon humble demeure, c'est pour te souhaiter la bienvenue dans cette ville et m'enquérir des raisons de ta présence.

— Et si je te répondais que cela ne te regarde en rien ?

— Je suis sûr que mon subalterne t'a transmis mon message comme il m'a transmis le tien. Que fais-tu à La Havane, Pilar ?

— Je suis en mission pour le général.

Elle le vit digérer cette information, visiblement pensif, presque hésitant. Jusqu'où pouvait-il l'interroger ?

— Ah ! L'illustre général ! Je suppose qu'il est toujours caché en... Bolivie, je crois, à panser ses blessures.

Il ouvrit un coffret ouvragé posé sur son bureau et en sortit une bouchée au chocolat qu'il enfourna avec gourmandise.

— Tu en veux une ?

— Non, merci.

Il étudia la jeune femme, puis :

— Le général Maceo ferait mieux de se concentrer sur l'agriculture, un métier qu'il a appris dans sa jeunesse. Lui et ses hordes de Mambises ignorent tout de la façon de gérer un pays aussi avancé que Cuba.

Pendant la guerre des Dix Ans, ils ont démontré qu'ils n'étaient pas très efficaces au combat, non plus.

Sur ces mots, il éclata de rire.

Les Mambises étaient les guérilleros de Maceo, composés à quatre-vingt pour cent de Cubains d'origine africaine. Ils tenaient leur nom d'Eutimio Mambi qui avait combattu avec succès les Espagnols, à Santo Domingo.

— En avons-nous terminé ?

— Je te le demande une fois encore : que fais-tu ici ?

— Cela ne te regarde pas mais, n'aie crainte, cela n'a rien à voir avec toi ou tes... activités.

— Je veux que tu quittes La Havane.

— Dès que j'aurai atteint mon objectif, je prendrai ta requête en considération.

— Tu sais, si ta mère m'avait choisi au lieu de ton vaurien de père, tu serais ma fille et vous seriez toutes les deux traitées comme des reines à La Havane, à vivre dans le luxe, au lieu de crever de faim à Santiago, ce trou à rats infesté de vermine.

— Qu'as-tu ressenti quand elle ne s'est pas présentée à l'église, le jour de votre mariage ?

— File !

— Avec plaisir.

Tomas l'attendait dehors avec une voiture, ce qui ne l'étonna pas.

— Que te voulait-il ? demanda-t-il quand elle se glissa sur le siège.

— Rien, à part savoir où se trouve le général et dire du mal de mes parents.

— Quelle ordure !

Gordonez n'était pas un saint. Ses mensonges avaient envoyé le père de Pilar à l'échafaud. Elle ravala sa haine.

— Oublie-le et allons plutôt voler un navire.

2

À bord de *L'Alanza*, dans la cabine de Noah, qui lui servait à la fois de bureau et de chambre à coucher, Kingston s'apprêtait à prendre congé de son ami. Il embarquerait dans un bateau en partance pour la Floride, puis remonterait le long de la côte en train pour retrouver sa femme et son fils, qui résidaient désormais à Boston. Noah, lui, lèverait l'ancre au matin, direction la Californie pour assister au mariage de sa mère. Douze années s'étaient écoulées depuis que Simmons avait extrait les deux hommes de leur camp de prisonniers sur cette île maudite. Le contrat qu'ils avaient signé de mauvaise grâce les avait liés à l'odieux capitaine durant deux longues années. Une fois libres, ils avaient créé la société d'import-export Yates et Howard. Ils amassaient une fortune grâce au commerce et au transport de marchandises provenant des quatre coins du monde.

— Tu comptes rester combien de temps en Californie ? s'enquit Kingston.

— Je ne sais pas, répondit Noah avec un haussement d'épaules. Je ne supporte jamais très longtemps la terre ferme. En revanche, je suis impatient de revoir ma famille. Si j'ai la bougeotte, je t'enverrai un message.

Kingston afficha un sourire qui intrigua son ami.

— Qu'est-ce qui t'amuse à ce point ?

— Cette vieille mégère et son étal de poissons. Je repensais aux... vertus qu'elle leur attribuait.

Noah leva les yeux au ciel.

— À son âge, je doute qu'elle se souvienne de ce qu'elle ressentait en son temps dans le lit d'un homme.

— À propos, qu'as-tu pensé de la *señorita* Bernita Mendoza ?

— Elle est jolie comme un cœur, admit Noah, mais elle a une cervelle de moineau.

Kingston s'esclaffa.

— Ma mère a peut-être laissé croire aux parents de la pauvre Bernita que je cherchais une épouse, poursuivit Noah.

Les Mendoza étaient vaguement apparentés à la mère de Noah et venaient de s'installer à Cuba pour échapper à la guerre et aux soulèvements qui faisaient rage chez eux.

— Or ce n'est pas le cas, hasarda Kingston.

— Bien sûr que non ! La mer est ma maîtresse. Au moins, elle ne me casse pas les oreilles avec ses bavardages, ses potins, ses histoires de mode. Cette fille ne m'a parlé que de cela durant toute une soirée.

— Tu aurais pourtant besoin qu'une épouse vienne illuminer un peu ton âme sombre.

— Mon âme me convient fort bien telle qu'elle est. Cela dit, si tu me dégotes une femme disposée à vivre en mer, je suis prêt à changer d'avis.

— Je garde l'œil ouvert. Dis-moi, quels sont tes projets pour ce soir ?

— J'ai accepté d'accompagner Bernita à l'opéra. Quelle erreur grossière ! Ensuite, je repasserai ici pour préparer mon départ.

— Parfait. Dans ce cas, je te laisse.

Les deux hommes échangèrent une accolade fraternelle.

— Bon vent, Noah.

— À toi aussi. Embrasse ta femme et ton fils de ma part.

Noah gravit l'escalier menant sur le pont et observa un instant le quai en pleine effervescence. Il brûlait d'impatience de lever l'ancre, de prendre la mer et de chevaucher les vagues, le visage fouetté par le vent. Avec son équipage réduit, il mettrait le cap vers l'ouest et Brownsville, au Texas. Il amarrerait son navire dans un chantier naval qu'il connaissait bien. Ses hommes rentreraient chez eux et il prendrait le train pour San Francisco dans l'espoir d'arriver à temps pour le mariage de sa mère. Il tenait à la mener à l'autel. Après la mort d'Abraham, son père, elle avait élevé seule Noah et ses frères. Il était temps qu'elle retrouve l'amour et vive un peu pour elle-même. Max Rudd, ami de longue date de la famille, était le conjoint idéal pour cette femme de caractère. Cela faisait presque un an que Noah n'avait pas vu les siens. Lors de son dernier passage à Destino, le ranch où la fratrie avait grandi, il avait eu la bonne surprise de trouver Logan, son frère aîné, marié à une couturière flamboyante aux yeux dorés prénommée Mariah. Depuis, le couple avait eu une petite fille qui avait hérité des prunelles de sa maman, à en croire les lettres qu'il avait reçues. Dans un courrier récent, Noah avait appris que son frère Andrew, le cadet, un juriste, s'était également marié. Drew, marié ? Il était plutôt homme à s'amuser et à courir les jupons de San Francisco à Mexico. Noah sourit à cette pensée. Il avait hâte de rencontrer la femme qui avait réussi à dompter son frère. Il se réjouissait que ses frères aient trouvé l'amour, et s'il les enviait un peu, il n'avait aucune intention de convoler en justes noces. Il appréciait son existence de marin solitaire.

De toute façon, quelle femme serait prête à supporter ce que Kingston appelait son « âme sombre » ? Le jeune homme insouciant et joyeux qu'il avait été avait disparu ; ses expériences liées au capitaine Alfred Simmons avaient forgé autour de lui une cuirasse épaisse qui l'empêchait de connaître le bonheur. Il n'aurait avoué à personne qu'il faisait de terribles cauchemars à cause des épreuves endurées sur cette île maudite. Depuis quelques années, ils étaient moins vivaces, mais il n'était pas encore libéré de ces terreurs nocturnes. Il se réveillait en sursaut, le front inondé de sueur... Raison de plus pour ne pas se marier...

— On descend à terre, capitaine. À demain matin dès l'aube !

Henry Dennison, un Irlandais aux cheveux roux, était l'un de ses lieutenants. Il était en compagnie des membres d'équipage.

— Profitez bien de ces dames, lança Noah, qui savait très bien où ils se rendaient pour leur dernière soirée à Cuba.

— Et comment ! répliqua Henry.

Après leur départ, Noah regagna sa cabine pour lire et se reposer avant sa soirée à l'opéra avec l'ennuyeuse Bernita Mendoza.

Bernita se pencha vers lui et murmura :

— À en juger par votre expression, vous ne passez pas une très bonne soirée.

— Je vous le confirme.

Malgré la pénombre, l'expression stupéfaite de la jeune femme ne lui échappa pas.

— Je suis sincère, voilà tout, ajouta-t-il.

Contrariée, elle s'éventa énergiquement. Comment se montrer aimable alors que son besoin irrépressible de changer deux fois de robe les avait mis en retard ? Arrivés à l'opéra après le début du spectacle, ils n'avaient pu entrer qu'à l'entracte. Sur scène, une cantatrice essayait désespérément d'incarner une Carmen crédible. En vain. C'était exaspérant. Derrière eux, le chaperon de Bernita ronflait si fort que les musiciens de l'orchestre devaient l'entendre.

— J'exige que vous me rameniez à la maison au prochain entracte, déclara Bernita.

— Avec plaisir.

— Vous n'avez rien d'un gentleman, commenta-t-elle en agitant son éventail de plus belle.

— Je vous l'accorde.

Ils s'éclipsèrent donc, et Noah fit monter ces dames dans un fiacre. Il entra un instant chez Bernita pour saluer ses parents, qui affichèrent une expression perplexe. Leur fille, elle, était furieuse.

— Je ne me sentais pas très bien, mentit Noah. Bernita a gracieusement accepté de rentrer plus tôt que prévu.

L'intéressée pouffa, au grand étonnement de ses parents.

Préférant s'en tenir là, Noah s'inclina et prit congé. En descendant les marches du perron, il dénoua sa cravate et se dirigea vers la voiture, plus détendu. Au moment d'actionner la poignée de la portière, il sentit un objet pointu dans son dos et se pétrifia.

— Ne bougez pas, monsieur Yates, ordonna aimablement une voix féminine. Ma rapière a goûté le sang de quantité d'hommes depuis cinquante ans, je ne voudrais pas ajouter votre nom à sa liste.

— Si c'est mon argent que vous voulez, vous le trouverez dans la poche de mon manteau.

— Nous ne sommes pas des petits voleurs sans envergure. En voiture, je vous prie.

Ville de vices et de plaisirs, La Havane était notoirement dangereuse. Noah ne sortait jamais sans un pistolet dans un holster sous sa veste. Hélas, il avait peu de chances de dégainer sans que cette femme le transperce de sa rapière. Deux hommes surgirent de la pénombre, le visage masqué par un foulard et armés de machettes, l'arme de prédilection des Cubains. Mieux valait obéir...

La portière s'ouvrit.

— Doucement, prévint la jeune femme.

Noah s'exécuta. En se penchant pour pénétrer dans la cabine, il découvrit deux hommes et se figea. Il se retrouvait donc seul contre cinq agresseurs. Six, en comptant le cocher, qui faisait sans doute partie de la bande. L'un des hommes glissa prestement la main sous son manteau et en sortit son pistolet.

— Veuillez prendre place à côté de mon ami, près de la fenêtre, intima la femme.

Une fois de plus, il obéit. Dès que la femme eut grimpé à bord, la voiture s'ébranla.

— Si vous n'en voulez pas à mon or, que cherchez-vous ? Vous voulez m'assassiner ?

— Non.

— Quoi, alors ?

Pas de réponse.

La perspective d'un nouvel enlèvement commençait à l'alarmer. Cette fois, il se jura de trouver un moyen de les tuer tous avant de subir leurs sévices.

— Qui êtes-vous ?

Toujours pas de réponse.

Il était frustré de ne pas discerner clairement la jeune femme. Il fallait qu'il puisse donner un signalement précis aux autorités s'il parvenait à s'échapper. Hélas, elle avait le visage dissimulé par sa capuche, et la cabine était sombre. Il n'aurait su dire non plus quelle était sa corpulence ou sa taille. En revanche, il voyait fort bien la rapière posée en travers de ses genoux, la lame étincelant à la lueur des réverbères.

Très vite, Noah perçut l'odeur des embruns. La voiture s'immobilisa enfin et le bruit des vagues lui parvint.

— Nous allons tous descendre, monsieur Yates, annonça la femme. Avant d'esquisser le moindre geste, n'oubliez pas que nous sommes six. Nous nous en voudrions de devoir vous abattre avec votre propre arme.

Noah n'avait aucune envie de mourir, mais il devait absolument agir. Que diable lui voulaient ces gens ? S'ils avaient prévu de le tuer, ils l'auraient déjà fait, non ? Il brûlait de curiosité.

La portière s'ouvrit. La femme descendit la première, suivie de l'homme assis à la droite de Noah. L'homme à sa gauche pressa le canon de son pistolet contre ses côtes et l'incita à les suivre. Au moment où il posait le pied sur le marchepied, il reçut deux coups violents derrière la tête et bascula en avant.

3

— La prochaine fois, choisis-nous un homme plus chétif, grommela Tomas. Dieu qu'il est lourd, celui-là !

Eduardo et lui soutenaient Noah, inconscient. La pointe de ses bottes coûteuses raclait les pavés du quai presque désert. Les marchands et les mendiants possédant un logement étaient rentrés chez eux. Les autres s'étaient recroquevillés dans l'ombre pour la nuit. Quelques gamins des rues jouaient au clair de lune. Sur les eaux sombres de l'océan, des lanternes scintillaient sur les navires peuplant le port.

— Halte !

Trois soldats en patrouille approchaient. Naturellement, Pilar avait prévu cette éventualité. Ils s'arrêtèrent donc et attendirent que les militaires les rejoignent.

— Que se passe-t-il ? s'enquit l'un d'eux, méfiant.

Pilar repoussa sa capuche, révélant son visage grimé, et répondit d'une voix chevrotante de vieille dame :

— Cet Américain s'est enivré. Nous le ramenons à bord de son bateau.

Les soldats examinèrent Noah.

— Il a des papiers ?

— Il y a les documents de son navire et un passeport dans la poche de son manteau.

Le soldat fouilla Noah et en sortit les papiers, ainsi que son portefeuille. La pénombre rendait toute lecture difficile.

— Où diable avez-vous trouvé cet homme ? reprit le soldat.

Se réjouissant d'avoir dépouillé son prisonnier de son pistolet, Pilar s'expliqua :

— Au bordel. Cet abruti ne tient ni le rhum ni les filles, on dirait.

Le militaire secoua la tête comme pour partager le dédain de la fausse vieille dame. Les tentatives américaines d'annexion de Cuba remontant à l'époque du président Thomas Jefferson, les Espagnols détestaient les États-Unis presque autant que les Cubains haïssaient l'Espagne.

— Vous savez où se trouve son bateau ?

Grimaçant sous le poids de Noah, Tomas parvint à maugréer :

— Oui. Je suis le fils de cette femme. J'ai rencontré cet homme dans l'après-midi. Je suis pêcheur. Je lui ai livré du poisson en barque.

Perplexe, le militaire toisa Tomas, puis il se tourna vers ses compagnons qui haussèrent les épaules. Sans vergogne, le soldat se servit dans le portefeuille de Noah avant de rendre les documents à Pilar.

— Filez ! ordonna-t-il.

Pilar remit sa capuche et le petit groupe poursuivit son chemin sans demander son reste.

À la lueur de la pleine lune, Pilar et ses complices levèrent l'ancre et gagnèrent le large. Dans sa cabine, Yates n'allait pas tarder à reprendre connaissance. Pour l'heure, à la proue du navire, Pilar oublia momentanément ses soucis pour savourer l'air marin.

Elle était née en mer, vingt-cinq ans plus tôt, et n'était vraiment heureuse que sur l'Océan. Avec son grand-père paternel, un descendant des corsaires barbaresques en Afrique du Nord, elle avait effectué ses premiers périples dès son plus jeune âge. À la fois pirate et contrebandier, il aimait provoquer les marines européennes presque autant que Pilar et sa sœur Doneta. Pilar avait dix ans lorsqu'il avait péri lors d'une tempête. Par la suite, Javier, le père des fillettes, avait repris le flambeau. Lui aussi avait vécu hors la loi. Il avait procuré une vie agréable à sa femme et à ses filles en se livrant à la contrebande d'armes, de faux tableaux, d'antiquités et de rhum, entre autres marchandises. Au début de la guerre des Dix Ans, en 1868, il avait refusé de combattre car il se moquait de savoir qui régnait sur l'île de Cuba tant que rien ne l'empêchait de se livrer à ses activités clandestines. En revanche, ses trois frères, qui avaient intégré l'armée révolutionnaire, avaient fini sur l'échafaud. Désireux de venger les siens, Javier s'était alors engagé avec ferveur pour la cause, ce qui lui avait coûté la vie à la fin du conflit.

Désormais, Pilar, sa mère, sa sœur, ses tantes et ses cousines formaient un groupe de contrebandières et de faussaires unies par le sang et le talent, sans oublier leur haine farouche de l'Espagne.

— Pilar ! appela Eduardo. Il revient à lui !

Après un dernier regard à la lune, elle descendit voir leur « invité ».

Désorienté et groggy, Noah émergea de sa torpeur. Allongé sur le dos dans la pénombre, il avait mal au crâne et une douleur lancinante lui vrillait les tempes. Tentant de se redresser, il se rendit compte qu'il était entravé. Au bord de la panique, il tira sur ses liens. Le souvenir de son expérience dans la cale du capitaine Simmons l'assaillit. Très vite, cependant, il réalisa qu'il se trouvait dans sa propre cabine. Son soulagement fut toutefois de courte durée comme il se rappelait son enlèvement. La fureur monta en lui, contre lui-même car il était bien trop à la merci de ses démons, et contre ses ravisseurs qui lui imposaient cette épreuve. Les chevilles et les poignets attachés aux montants de son lit, il eut beau faire, il ne parvint pas à se libérer. Les cordes avaient été nouées avec maestria.

La femme à la cape entra soudain dans la cabine, flanquée de deux hommes masqués. Noah se figea. Outre sa capuche, la jeune femme avait dissimulé ses traits derrière une voilette noire.

— Veuillez pardonner nos méthodes, monsieur Yates, déclara-t-elle, mais nous n'avions pas le choix. Si vous avez mal à la tête, je peux vous proposer un remède.

— Je veux juste qu'on me détache, rétorqua-t-il.

— Tout arrive à qui sait attendre.

— Qu'est-ce que vous me voulez ?

— Nous l'avons déjà.

— De quoi parlez-vous ?

— De votre navire, répondit-elle simplement.

— Que diable comptez-vous faire de mon navire ? s'emporta-t-il.

— Je ne peux pas tout vous révéler, monsieur Yates. Une femme ne se doit-elle pas de garder un certain mystère ?

Noah s'agita de plus belle.

— Je vous conseille de rester tranquille. C'est mon grand-père qui m'a enseigné l'art des nœuds marins. Selon lui, ils pourraient immobiliser un dragon. Il n'avait pas menti.

— Il était pirate ? railla Noah pour la provoquer.

— Il se trouve que oui. Le vol de navires est une inclination héréditaire, je suppose.

— J'exige que vous me relâchiez !

Elle secoua la tête en feignant la pitié.

— Il n'est pas interdit de rêver, monsieur Yates.

— Les pirates finissent sur l'échafaud, vous savez.

— Seulement ceux qui se font prendre, or nous n'en avons pas l'intention.

— Pourquoi mon navire ?

— Il correspond à nos critères, voilà tout. Je ne vous en dirai pas davantage. Vous avez faim ?

— Non.

— Envie de soulager un besoin naturel, peut-être ? Je ne voudrais pas rendre ces moments plus inconfortables qu'il n'est nécessaire.

— Non, maugréa-t-il.

Jamais elle ne lui accorderait ce dont il avait vraiment envie : poser les mains sur elle.

— Dans ce cas, je vais vous laisser à la garde de mes amis.

Après un signe de tête imperceptible, elle prit congé.

Noah hurla sa rage et sa frustration. Après, il observa les deux hommes masqués censés le surveiller.

— Je suis très riche, vous savez. Je suis prêt à vous verser la somme que vous voudrez si vous me libérez.

Silence.

— Vous accordez bien peu de valeur à votre vie. Cette femme vous mènera droit à l'échafaud ! À moins que ce qu'elle a à offrir entre les cuisses…

Dans la seconde, Noah se retrouva avec une lame étincelante sur le cou.

— Un mot de plus, souffla l'homme au visage dissimulé par un foulard, et je te tranche la gorge. Tu ne sais rien d'elle ou de nous. Ce n'est pas une traînée.

Ils se dévisagèrent, puis Noah lâcha avec dédain :

— C'est facile de menacer un homme ligoté sur un lit.

L'autre homme intervint pour écarter son camarade qui reprit sa place près de la porte. Noah s'efforça de maîtriser sa colère. Il ne supportait pas d'être réduit à l'impuissance.

Une heure plus tard, il avait les épaules meurtries par cette position inconfortable. Il ne retrouverait pas de sitôt l'usage de ses bras. Encore fallait-il qu'on le libère un jour de ses entraves…

La femme mystérieuse réapparut enfin, sa rapière en argent à la main. Son grand-père pirate lui aurait-il transmis d'autres talents ?

— Le moment est venu de nous séparer, monsieur Yates. Vous avez été un hôte exemplaire.

Son ton sarcastique déplut à Noah, qui passait décidément une sale soirée.

Elle se posta au pied du lit, entre les jambes écartées de son prisonnier. Lorsqu'elle leva lentement son arme, Noah se crispa et étouffa un juron. Elle sourit derrière sa voilette.

— Mon ami va vous détacher. Au moindre mouvement, je vous châtre.

Il se raidit davantage.

— C'est compris ? insista-t-elle d'une voix doucereuse.

Noah se contenta de hocher la tête.

— Bien.

Elle fit signe à l'homme à la machette de s'approcher. Sans effort, celui-ci coupa les cordes. Pliant le bras gauche, Noah ne put s'empêcher de gémir de soulagement. Son geôlier lui détacha l'autre bras, puis les chevilles.

— N'oubliez pas, l'avertit la jeune femme, pas un geste.

Noah ne doutait pas du sérieux de ses menaces. Le moment était pourtant bien choisi pour lancer une offensive. Hélas, ses bras étaient si raides qu'il était incapable d'esquisser le moindre mouvement. Il demeura donc allongé en espérant que ses douleurs s'atténueraient vite.

— Je vous accorde quelques instants pour récupérer, reprit la jeune femme. Ensuite, nous monterons sur le pont.

Noah ignorait quel sort l'attendait, mais il reprenait des forces à chaque seconde.

— Allons-y, décréta Pilar.

Sous la menace d'un pistolet, Noah franchit la porte de la cabine.

Sur le pont, il découvrit une nuit de pleine lune. S'il devait mourir, autant quitter ce monde sous les étoiles.

— Veuillez monter à bord du canot.

Il se figea.

À la lueur d'une lanterne brandie par l'un des hommes, il remarqua combien la jeune femme était menue.

— Le canot ?

— Oui, monsieur Yates. Je vous le répète, nous ne cherchons pas à vous tuer. Nous ne voulons que *L'Alanza*. Un nom espagnol, il me semble… le prénom de votre épouse, peut-être ?

— Non. Celui de ma mère.

— Ah…

Noah regrettait vraiment de ne pas discerner ses traits.

— Allez, insista-t-elle en désignant l'embarcation de sa rapière.

L'espace d'une seconde, la lanterne éclaira un détail qui lui permettrait peut-être d'identifier sa geôlière plus tard : une cicatrice ancienne en forme de X, sur le dos de sa main.

— Vous trouverez de l'eau et des vivres provenant de vos propres réserves, ainsi que votre manteau et vos papiers. À votre place, je ramerais vers l'ouest.

Noah observa la jeune femme à l'origine de cette folle mésaventure et déclara :

— Je vous retrouverai, même si je dois y consacrer le reste de mes jours. Veillez à rester en vie, petite pirate, car je vous retrouverai.

Elle réprima un sursaut qui procura à Noah son unique satisfaction de la soirée.

Sans un mot de plus, il monta à bord du canot qui fut mis à la mer. Il étudia les étoiles afin de déterminer sa position, puis se mit à ramer malgré ses bras endoloris tout en regardant son précieux *Alanza* s'éloigner sur les eaux sombres.

Laissant son équipage à la barre, Pilar regagna la cabine du capitaine pour vérifier si Yates y avait laissé quelque objet de valeur. Après tout, n'était-elle pas issue d'une lignée de bandits ? Avant de l'amener à bord, Tomas et elle avaient fouillé les lieux en quête d'armes. Si par le plus grand des hasards le prisonnier réussissait à se libérer de ses entraves, il ne fallait pas qu'il puisse contre-attaquer. Ils avaient déniché quelques fusils et couteaux qu'ils remettraient aux révolutionnaires. En cet instant, Pilar ressentait fortement la présence de Yates dans la cabine déserte.

Je vous retrouverai, même si je dois y consacrer le reste de mes jours. Veillez à rester en vie, petite pirate, car je vous retrouverai.

Elle en eut la chair de poule. Sans doute ne mettrait-il jamais sa menace à exécution, mais son ton l'avait déstabilisée. S'efforçant de ne plus penser à cet homme, Pilar s'approcha de la table de chevet et s'empara d'une photographie encadrée, le portrait d'une femme brune d'une beauté saisissante. Assise, entourée de trois garçons, elle portait une robe élégante. Était-ce la mère de Yates ? En examinant les enfants, elle eut la certitude que le plus petit, le plus sérieux du trio, était Noah. Il avait le même regard. Sa joue était encore intacte à l'époque. Les deux autres étaient ses frères, sans doute. Elle reposa le cadre pour inspecter le vieux bureau dans un coin de la pièce. Il avait deux tiroirs. Le premier recelait des cartes et un registre. Dans le second, Pilar découvrit de nombreux documents, dont des partitions, ce qu'elle trouva plutôt incongru. Elle lut un titre : *Requiem pour la mer*, puis le nom de Yates. Serait-il compositeur ? C'était impossible. Tandis qu'elle examinait les sept feuillets, Tomas entra dans la cabine.

— Tu as trouvé des objets susceptibles d'être vendus ? s'enquit-il.

— Pas encore, mais il y a ceci.

Il jeta un coup d'œil à l'une des partitions.

— De la musique ?

— Oui, et le nom de Yates figure sur une feuille. Je crois qu'il a composé ce morceau.

— Personne n'achètera cela. Qu'y a-t-il d'autre ?

Peu lui importait la réaction de Tomas, elle était impressionnée. Sous la façade d'homme fortuné se cachait un véritable artiste. Dans sa jeunesse, Pilar avait appris quelques chansons chez ses grands-parents, des airs religieux ou liés à la mer.

— Voilà qui nous rapportera un peu d'argent, déclara Tomas après avoir soulevé le couvercle d'une malle.

Il en sortit une paire de boutons de manchette en or apparemment coûteux. La jeune femme eut soudain des scrupules.

— On ne vendra pas ses affaires.

— Quoi ? Pourquoi ?

— Nous lui avons déjà volé son navire. Le dépouiller en plus de son contenu serait excessif.

— Depuis quand tu es soucieuse d'être honnête ?

Elle se contenta de le foudroyer du regard.

— Tu as l'intention de laisser toutes ces choses moisir ici ou tu comptes rendre son bateau à Yates ?

Pilar ne sut que lui répondre.

— Il t'a fait peur en menaçant de te retrouver, c'est ça ?

Un peu perdue, elle secoua la tête. Elle savait juste qu'elle était tiraillée alors qu'en temps normal, elle n'aurait pas hésité une seconde.

— Tu as raison, dit-elle finalement, cela nous rapportera une jolie somme.

Perplexe, Tomas la dévisagea.

— Tu es sûre que ça va ?

— Certaine. Ne fais pas attention à moi. Voyons un peu ce qu'il y a dans cette malle…

Elle contenait des vêtements, du linge, un nécessaire de rasage et, surprise, des pinceaux et de la peinture. En explorant la cabine, ils trouvèrent un chevalet retourné derrière le lit. Plus tôt, la jeune femme avait remarqué un tableau qui ornait le mur, une marine. Elle s'en approcha pour l'étudier de plus près.

— Tu crois que c'est lui qui l'a peinte ? s'enquit Tomas.

Elle haussa les épaules.

— D'abord la musique, maintenant la peinture, j'ignorais que les Américains étaient si cultivés.

Elle aussi l'ignorait. La toile de petit format représentait une tempête nocturne en pleine mer. De gros nuages noirs s'amoncelaient au-dessus de vagues indigo ourlées d'écume. Sa sœur Doneta était la faussaire de la famille. Comment jugerait-elle le talent de Yates ? Quoiqu'elle ne soit pas une experte, Pilar trouvait cette marine fort bien exécutée.

— Tu crois qu'il vaut quelque chose, ce tableau ?

— Nous laisserons Doneta en décider, répondit-elle.

Tomas glissa leur butin dans une taie d'oreiller, sans oublier la toile.

— Je crois que nous avons terminé, déclara Pilar en balayant la cabine du regard.

— Je vais ranger tout cela avec les armes que nous avons trouvées, annonça Tomas.

Après son départ, la présence presque fantomatique de l'Américain se fit encore davantage sentir, mais la jeune femme avait des problèmes plus pressants à régler. Chassant les pensées troublantes qui l'envahissaient, elle rejoignit ses compagnons sur le pont.

Aux premières lueurs de l'aube, Noah fut secouru par un bateau de la marine espagnole.

Le capitaine, un homme noueux qui semblait flotter dans son uniforme, écouta son récit avec intérêt.

— Des pirates ? dit-il, pas le moins du monde impressionné par les mésaventures de Noah. Plutôt des contrebandiers ou des rebelles. La dernière fois, ils ont négocié une reddition. Ces derniers temps, ils sèment de nouveau le trouble.

— Je me moque de savoir qui ils sont. Je veux juste récupérer mon navire ! rétorqua Noah, furieux, tout en marchant de long en large.

— Je vous comprends. Hélas, ces malfrats peuvent être n'importe où à l'heure qu'il est ! Votre description est assez vague : une femme portant une cape et une voilette... Je rédigerai un rapport en arrivant à La Havane. Votre navire réapparaîtra peut-être dans un autre port.

— Il faut absolument que je le retrouve ! s'insurgea Noah en frappant du poing sur la table.

— Monsieur Yates, je sais que les Américains considèrent que tout leur est dû, mais une nouvelle guerre est peut-être sur le point d'éclater. Nous ne pouvons pas abandonner nos dossiers en cours pour accéder à vos désirs, surtout pour retrouver un navire qui vous a été volé par une femme.

Le ton sarcastique de l'Espagnol piqua Noah au vif. Il était suffisamment mortifié d'avoir été dépouillé aussi facilement... Il parvint néanmoins à maîtriser sa colère.

— Je vous présente mes excuses si je vous ai semblé grossier et arrogant. Sans vous, je serais encore en train de ramer désespérément en direction de La Havane.

Il se passa la main sur le visage en soupirant. Lui qui, d'ordinaire, se targuait de ne rien trahir de ses émotions ! Ce capitaine méritait sa gratitude. Un autre l'aurait peut-être abandonné à son triste sort.

— Nous ferons notre possible pour retrouver votre navire, monsieur Yates. Je vous le garantis.

Ils jetèrent l'ancre dans le port de La Havane et on raccompagna Noah à terre. Sa première mission fut de partir en quête de son équipage. Qu'avaient-ils pensé en constatant la disparition de *L'Alanza* ? Soulagé, il les débusqua dans une auberge où se retrouvaient les Américains.

— Que s'est-il passé ? s'exclama Dennison. On a bien cru que vous étiez parti sans nous !

Noah leur narra sa mésaventure, sans les laisser lui poser les questions qui leur brûlaient les lèvres.

— Nous discuterons plus tard des détails, conclut-il. Pour l'heure, j'ai besoin de sortir des fonds. Inutile de préciser que je me suis fait totalement dépouiller dans la foulée.

Songeant à l'audace de cette pirate, il sentit sa rage monter d'un cran.

— En mon absence, renseignez vous sur un navire en partance pour l'ouest. Je vous offre le passage.

Sur ce, il tourna les talons, laissant ses hommes médusés.

Le jour se levait à peine quand Pilar et ses hommes atteignirent la pointe orientale de Cuba pour l'ultime étape de leur trajet. Les armes que leur avait remises leur contact à Santo Domingo étaient à bord et ils remontaient un fleuve bordé de rochers et de verdure, non loin de la côte.

— Prends garde aux rochers, Tomas ! lança-t-elle au cœur d'un passage étroit.

— Arrête un peu de me surveiller et fais-moi confiance !

Il la taquinait, bien sûr, car tous deux connaissaient ces eaux comme leur poche – Pilar grâce à son aïeul et Tomas grâce à son père pêcheur. Ils auraient pu négocier les obstacles les yeux fermés.

Ils étaient heureux d'avoir rempli leur mission sans anicroche. Ils n'avaient pas versé une goutte de sang et les armes étaient à l'abri. Noah Yates s'était insurgé, certes, mais Pilar lui avait volé son bateau avec une facilité déconcertante. Avait-il dû ramer jusqu'à La Havane ? « Quelque pêcheur l'aura peut-être secouru », songea-t-elle. Sans doute était-il encore furieux, et quoi de plus normal ? Quel homme apprécierait d'être pris en défaut par une bande de voleurs menée par une femme ?

Elle ne pouvait toutefois chasser de son esprit ses dernières paroles. Quelque chose d'inexplicable s'était passé entre eux, et elle demeurait troublée. Elle avait pris toutes les précautions pour dissimuler ses traits et ceux de ses compagnons, car il n'était pas question que cet Américain ait la moindre chance de les identifier par la suite. Elle était du reste certaine qu'il ne le pourrait pas. Étrangement, cependant, depuis qu'elle l'avait abandonné en pleine mer, elle ne cessait de penser à lui. La balafre qui lui barrait la joue n'ôtait rien à son charme, au contraire.

Elle fut interrompue dans sa rêverie par la vision d'une cascade juste devant eux. Cette extrémité de l'île était montagneuse et sauvage, avec une végétation luxuriante digne d'un paradis terrestre. Bananiers, cacaoyers, cocotiers abondaient dans cette région parsemée de chutes d'eau où l'on pouvait se baigner, pêcher, se détendre ou, en l'occurrence, se cacher. Son grand-père et ses camarades pirates utilisaient la grotte située derrière cette cascade pour dissimuler leurs bateaux et leurs butins aux regards indiscrets de la marine britannique et espagnole. Pilar avait la certitude que les Européens ignoraient tout de ces cachettes car leurs navires étaient bien trop grands pour naviguer dans ce secteur. La grotte était toutefois assez vaste pour abriter un navire de la taille de *L'Alanza*. Ses hommes et elle affalèrent les voiles à l'approche de la falaise. Ce qui se trouvait sur le pont serait trempé par le déluge lorsqu'ils pénétreraient dans la grotte. Tout l'équipage s'accrocha pour ne pas tomber le temps que Tomas manœuvre avec adresse.

Une fois à l'intérieur, ils jetèrent l'ancre et déchargèrent les armes qu'ils avaient enveloppées dans des bâches de toile huilée. Eduardo et son fils José avaient des cousins dans la région, ils partirent donc en quête d'une charrette qui leur permettrait de transporter les armes à Santiago.

Pilar s'assit en compagnie de Tomas sur les rochers pour attendre leur retour.

— Tu crois que Yates a été repêché ? demanda ce dernier.

— Je me suis posé la même question, et je suis sûre que oui.

— Tu as toujours peur qu'il nous retrouve ?

— Non, mentit-elle.

Lorsque leurs compagnons revinrent, Pilar et Tomas les rejoignirent à la nage, et dissimulèrent leur précieux chargement dans le double fond de la charrette. Puis ils mirent le cap au sud pour effectuer les deux jours de voyage qui les séparaient de chez eux. Ils reviendraient dans dix jours afin de transformer *L'Alanza* avant de se rendre à Santo Domingo pour un nouveau rendez-vous avec le trafiquant d'armes.

4

Alanza Yates était la plus heureuse des femmes. Deux de ses fils étaient désormais mariés, et elle adorait ses belles-filles et ses petits-enfants. Elle avait été impressionnée par la façon dont Mariah Cooper, une couturière de Philadelphie, avait su dompter son beau-fils Logan. Andrew, le cadet, et sa femme Billie avaient eux aussi vécu une histoire d'amour des plus mouvementées. Les deux couples vivaient au Rancho Destino, une vaste propriété héritée de ses parents. Avoir tout son petit monde sous son toit était une joie de chaque instant. Dans quelques semaines, Noah descendrait du train à San Francisco. Elle se réjouissait à la perspective de voir ses trois enfants réunis.

— Tu es bien silencieuse, Alanza.

Elle se lova contre l'homme qui tenait les rênes du boghei.

— Je me disais que j'avais de la chance d'avoir une famille comme la mienne... et toi, bien sûr.

Leur mariage était prévu dans une dizaine de jours.

— J'espère que tu ne vas pas prendre peur et te sauver au dernier moment !

— Oh non ! assura-t-elle en riant. Et même si je m'y risquais, tu aurais tôt fait de me rattraper.

— C'est vrai.

Elle connaissait Max Rudd depuis leur jeunesse. À vrai dire, c'était le meilleur ami de son défunt mari Abraham. Les relations d'Alanza avec chacun de ces deux hommes étaient diamétralement opposées. Elle avait été une enfant gâtée un peu écervelée qu'Abraham avait été contraint d'épouser. À l'époque, il était veuf et son fils Logan avait six ans. Au fil du temps, ils avaient appris à se respecter mutuellement. Alanza avait mis au monde Andrew, puis Noah. Hélas, le couple n'était pas très uni ! Après la mort prématurée de son mari, Alanza avait pris les rênes du ranch, épaulée par Max, qui souhaitait se montrer fidèle à la mémoire de son ami. Elle n'avait découvert que récemment les sentiments que Max éprouvait pour elle. Elle l'aimait, elle aussi, et pourtant, refroidie par sa première expérience, elle avait tout fait pour le décourager. Dieu merci, Max était aussi entêté qu'elle était déterminée. Il avait refusé qu'elle tourne le dos à ce bonheur qu'ils avaient l'occasion de partager. À l'instar de ses fils, Alanza avait cédé à l'appel de l'amour. Dès l'arrivée de Noah, Max et elle deviendraient mari et femme !

— Tu as toujours envie que le mariage se déroule en même temps que ta fête d'anniversaire ? s'enquit Max.

— Naturellement.

Les fêtes d'Alanza étaient légendaires par leur splendeur et leur prestige. Outre sa nombreuse famille espagnole, elle invitait presque tous les habitants de la vallée. Il n'était pas rare qu'elles se prolongent durant trois jours, voire davantage. Elle s'écarta légèrement pour scruter le beau visage de son fiancé à la moustache et aux tempes grisonnantes.

— Tu préférerais que je renonce à ma fête d'anniversaire ?

— Si tel était le cas, m'écouterais-tu ?

— Nous nous marions dans dix jours et les invitations sont déjà parties. Si tu as des appréhensions, si tu as peur, autant me l'avouer tout de suite, Max.

— Non, je n'ai pas peur. Je suis simplement égoïste et je n'ai pas envie de te partager. Nous ne sommes plus des gamins. Je tiens à passer chaque instant du reste de ma vie avec toi.

Elle se serra de nouveau contre lui.

— C'est gentil… Après le mariage, nous serons ensemble jour et nuit. Tu te lasseras peut-être de m'avoir sur le dos en permanence !

— J'en doute, mais je suis prêt à courir le risque. Au fait, tu ferais mieux de ne pas héberger des invités dans ton aile de la maison…

La demeure comprenait deux ailes, une pour Alanza et une autre dans laquelle les garçons avaient grandi.

— Pourquoi ?

— Je ne voudrais pas que quelqu'un vienne défoncer la porte de la chambre en entendant tes cris d'extase lors de notre nuit de noces.

Amusée, elle leva les yeux au ciel. Depuis quelque temps, Max la taquinait sans cesse sur leur première nuit en tant que mari et femme.

— Pourquoi ne parles-tu plus que de cela ? s'esclaffa-t-elle.

— Parce que c'est la vérité.

— Eh bien, j'ai discuté avec Billie de cette histoire de cris de plaisir et je suis sûre que je ne me laisserai jamais aller à un tel abandon.

Max rit à son tour.

— Je parierais volontiers avec toi s'il n'était pas immoral pour un mari de prendre de l'argent à sa femme.

— Je tiens le pari ! répliqua-t-elle, toujours prête à relever un défi. Quelle sera ta mise, mon beau *vaquero* ?

— Si tu perds, tu devras porter les vêtements de mon choix.

— Tu veux choisir mes vêtements ? s'étonna Alanza.

— J'ai demandé à Mariah de me fournir quelques affaires, confirma Max.

— Pour moi ?

Il acquiesça.

Perplexe, Alanza se trouva à court d'arguments.

— Et tu n'en voudras pas à Mariah de ne pas t'avoir informée de ma requête, reprit Max. Considère plutôt cela comme une surprise, un cadeau de mariage.

— Mais...

— Promets-le-moi, Alanza, je ne te demande pas grand-chose ! Je te garantis que tu ne seras pas déçue. Tu seras récompensée par ce qu'il y a de plus merveilleux de ce côté des Rocheuses.

Max arrêta la voiture et se pencha pour embrasser Alanza avec une telle tendresse qu'elle en oublia presque la teneur de leur discussion.

— Je veux ta promesse, *querida*.

Incapable de résister à ses baisers, elle lui aurait promis n'importe quoi. Lorsqu'il s'écarta enfin, à regret, elle avait les sens en émoi.

— Promis, souffla-t-elle.

Sur son petit nuage, elle ne vit pas son sourire énigmatique avant que la voiture s'ébranle.

Le lendemain matin, Alanza se rendit chez Logan et sa femme, Mariah. Elle avait rendez-vous avec sa couturière de belle-fille pour les dernières retouches de sa robe de mariée. Depuis la soirée de la veille, lorsqu'elle avait pris congé de Max, elle cherchait un moyen de contourner la promesse qu'elle lui avait faite pour en apprendre davantage sur ce mystérieux vêtement qu'il lui avait commandé. Persuadée d'avoir trouvé une astuce, elle se dirigea vers la porte qui menait à la boutique de Mariah, à l'arrière de la bâtisse. Dans le jardin, elle vit ses petits-enfants, deux cousins de seize mois, les « jumeaux », les surnommait-on. Maria, la fille de Mariah, et Tonio, le fils de Billie, étaient dans un parc en bois. Les bambins la reconnurent et lui tendirent les bras, l'air ravi. Alanza avait prié le ciel pour devenir grand-mère car, à une époque, elle redoutait que ses fils ne se marient jamais. Logan était prisonnier de son ranch et accaparé par son travail, et Drew collectionnait les conquêtes.

— Comment vont mes petits anges, ce matin ? lança-t-elle avec un grand sourire.

Elle les prit tour à tour dans ses bras pour les embrasser. Tonio ne tarda pas à s'agiter.

— Allons, allons ! Vos mamans vous ont mis dans ce parc pour une bonne raison. *Abuela* ne veut pas avoir de problèmes !

Elle remit donc son petit-fils dans le parc malgré ses jérémiades. Toute la famille était habituée à ses caprices.

— Un jour, tu verras, tu regretteras de ne pas pouvoir passer la journée à ne rien faire !

Elle leur envoya un baiser et entra dans la maison. Les deux belles-sœurs buvaient un café. Elles accueillirent Alanza avec le sourire.

— Bonjour, les filles ! Je viens pour mon essayage.

— Accordez-moi une minute, fit Mariah en étouffant un bâillement. Maria s'est encore réveillée en pleurs cette nuit. Je crois qu'elle a fait un cauchemar. Évidemment, je n'ai pas réussi à la rendormir. Elle a fini par piquer du nez aux premières lueurs de l'aube.

— Tu as une petite mine, toi aussi, Billie, déclara Alanza.

— Je n'arrive pas à récupérer. Le bébé, sans doute. Drew s'occupe de Tonio pour que je puisse dormir un peu, c'est déjà ça.

Billie attendait un deuxième enfant pour l'hiver, et Alanza brûlait d'impatience d'être de nouveau grand-mère.

— Où sont les garçons ? s'enquit-elle.

Elle admira la superbe robe beige doré sur le mannequin.

— Logan est allé travailler en ville.

— Drew est à la banque.

Quelques semaines plus tôt, un incendie criminel avait dévasté la majeure partie de la bourgade, ensuite Billie et Tonio avaient été enlevés par un homme très dangereux surgi du passé de Billie. Drew avait fini par les retrouver, mais Billie avait réussi à se libérer des griffes de leur ravisseur et Tonio avait été confié à un couple à l'occasion d'une adoption illégale. Heureusement, l'histoire s'était bien terminée. Depuis, tous les hommes valides de la région contribuaient à reconstruire les entreprises détruites par les flammes. Max et Logan dirigeaient le chantier, et Drew, qui ne pouvait plus exercer le droit, était banquier, un métier qu'il semblait apprécier.

Quand Billie et Mariah eurent terminé leur café, Alanza enfila sa robe avec précaution – elle était encore truffée d'épingles. L'atelier de couture de Mariah était prospère. Elle croulait sous les commandes de boutiques de Seattle ou San Francisco, pourtant, elle avait tout abandonné pour se consacrer à cette création destinée à sa belle-mère.

— Cette robe est sublime, Mariah ! s'extasia Alanza en se contemplant dans la glace.

— Je vous en prie, ne bougez pas, grommela la jeune femme, des épingles coincées entre les lèvres, sinon les gens auront l'impression que c'est votre petite-fille qui a fait cet ourlet !

Alanza obéit, puis :

— À propos, Max m'a dit qu'il t'avait chargée de me confectionner un vêtement.

Mariah s'interrompit pour ôter les épingles de sa bouche et leva les yeux vers elle.

— Je lui ai promis de ne pas t'en vouloir de me l'avoir caché et de ne pas te harceler, ajouta sa belle-mère, mais tu pourrais juste me montrer le vêtement en question, histoire de ne pas trahir cette promesse.

Billie se mit à rire.

— Bien tenté, admit Mariah.

— Allez !

Loin de se laisser ébranler, Mariah se contenta d'un sourire et se remit au travail. Déçue, Alanza afficha une mine boudeuse.

— Tout à coup, je vois d'où viennent certaines expressions de Tonio, commenta Mariah. De son *abuela* !

Amusée, Alanza lui tira la langue d'un air mutin.

— Si je dois porter ce vêtement, persista la future mariée, il est normal que je le voie, non ?

— Cela n'arrivera pas, même si je comprends ton désir, répliqua Mariah, accroupie à ses pieds. Des nouvelles de Noah ?

— J'ai reçu un télégramme de La Havane il y a quelques jours. Il doit être en route. Je t'en prie, montre-moi cette pièce !

— Elle a de la suite dans les idées, commenta Billie, hilare.

— C'est le moins qu'on puisse dire. Billie, tu veux bien lui répondre ?

— Avec plaisir. La réponse est non !

— Je vous déteste toutes les deux.

Billie alla embrasser sa belle-mère.

— C'est réciproque, railla-t-elle. Bon, je vais libérer les enfants de leur enclos. Amusez-vous bien !

Durant la séance de retouches, Alanza s'efforça de tirer les vers du nez à Mariah, en vain. Le secret de Max était bien gardé.

Dans l'espoir d'obtenir des informations sur la disparition de son navire, Noah arpenta La Havane pendant trois jours. Hélas, l'amiral responsable de la navigation et des ports ne lui apprit rien d'utile. La date du mariage de sa mère approchant, il dut se résoudre à abandonner ses recherches pour prendre le ferry jusqu'en Floride avec ses hommes. Après quoi, il partit de son côté à bord d'un train, un moyen de transport qu'il n'affectionnait guère à cause de la ségrégation imposée par les autorités. Faute de temps, il n'avait pas le choix. Avant d'embarquer, il envoya un télégramme à Kingston pour l'informer du vol de *L'Alanza*. Il lui promettait de le tenir au courant de la suite dès son retour chez lui.

Il rumina durant tout le trajet. Qu'allait devenir son entreprise si elle était dans l'impossibilité d'acheminer les marchandises ? Ses clients trouveraient-ils un autre transporteur ? Mais à quel prix ? Auraient-ils la patience d'attendre la remise à flot de la société d'import-export Yates et Howard ? Peut-être se tourneraient-ils vers la concurrence… Pour quelqu'un qui voulait tout contrôler, ne pas avoir de réponses à ses questions était insupportable. Depuis qu'il avait quitté le capitaine Simmons, Noah décidait du moindre aspect de son existence. Sans *L'Alanza*, Kinston et lui risquaient de perdre dix années de travail. Et tout cela à cause d'un petit bout de femme armée d'une rapière !

Il atteignit le Rancho Destino trois jours avant le mariage.

— Noah ! s'exclama sa mère en le découvrant sur le seuil. Dieu que je suis heureuse que tu sois là ! enchaîna-t-elle en l'étreignant. Comment vas-tu ?

— Bien, mentit-il pour ne pas l'inquiéter. Et toi ? J'espère que tu n'as pas changé d'avis et que tu comptes toujours épouser Max.

— Oh que oui ! Entre donc, on va bavarder tous les deux. Toute la famille arrive demain, c'est donc l'unique occasion que nous aurons d'être un peu tranquilles.

— Où sont mes frères ?

— En ville. Ils se joindront à nous pour le dîner.

— Drew est enfin marié ?

— Eh oui ! Et il a un fils de seize mois.

Noah afficha un air si étonné que sa mère éclata de rire.

— Assieds-toi donc que je te raconte. Tu as faim ?

— Je suis affamé !

— Je vais dire deux mots à Bonnie et je reviens.

Alanza disparut dans la cuisine tandis que Noah gagnait la vaste terrasse dallée. Le calme du lieu atténua un peu les tensions de la semaine écoulée. Il était de retour chez lui ! Le spectacle familier des vergers et des ouvriers qui vaquaient à leurs occupations fit remonter des souvenirs à sa mémoire : les chevauchées, les parties de pêche avec ses frères, leurs chamailleries incessantes, l'amour de leur mère, qui avait travaillé avec acharnement pour leur procurer un foyer. Chaque fois qu'il revenait à la maison, l'espace d'un instant il replongeait dans sa jeunesse. Hélas, les heures sombres finissaient toujours par prendre le dessus ! Levant les yeux, il découvrit sa mère qui l'observait en silence, l'air inquiet. Si Noah n'avait jamais révélé les détails sordides de son enrôlement de force, Alanza, plus que tous les autres membres de la famille, soupçonnait le pire, car il n'était plus le même.

— Oui, maman ?

Elle s'approcha avec un plateau sur lequel étaient posés deux verres de citronnade et un sandwich.

— Rien, dit-elle. Je suis juste ravie de retrouver mon petit dernier.

— Et moi, je suis heureux d'être de retour à la maison, assura-t-il en la débarrassant.

Elle le regarda manger, puis son regard se fit lointain, comme si elle était perdue dans ses pensées tout à coup.

— Alors, fit Noah dans l'espoir de la ramener au présent, parle-moi de Drew.

Il savait qu'elle avait envie d'évoquer les changements intervenus en lui mais n'osait l'interroger. Et il ne l'en aimait que davantage, car la terrible vérité ne ferait qu'accabler la mère protectrice qu'elle était.

Quand Noah se fut retiré dans sa chambre, Alanza s'attarda sur la terrasse, pensive. Depuis dix ans, elle était rongée par des questions sans réponses à propos de son fils. Elle devinait que sa métamorphose avait un lien avec son emprisonnement, ne serait-ce qu'à cause de ce regard éteint qu'il affichait à son retour. S'il s'était confié sur le camp de prisonniers et les sévices qu'il avait endurés, il était évident qu'il lui avait caché les détails les plus douloureux. Il n'avait rien dit non plus à Logan ni à Drew. L'adolescent insouciant et rieur avait disparu. Il ne souriait presque jamais, en réalité. De ses trois fils, c'était pourtant le plus sensible, le plus affectueux. Désormais, il n'était plus que l'ombre de lui-même. Une mère sentait la souffrance de son enfant. Elle aurait tant voulu l'aider. Elle savait toutefois qu'elle risquait de le perdre définitivement en se montrant trop intrusive. Elle ne savait pas si elle connaîtrait un jour la vérité, mais elle souhaitait de tout son cœur que Noah trouve enfin la sérénité et la paix de l'esprit.

Noah balaya sa chambre du regard : ses livres si précieux, son petit bureau, son vieux chevalet près de la porte donnant sur la véranda. Dans le petit salon attenant était installé le piano que sa mère avait fait venir de Vienne. Il s'en approcha pour effleurer le bois étincelant et les touches d'ivoire, un modèle de 1868, doté d'un lutrin sculpté. Il était aussi majestueux que le jour de sa livraison. Noah n'avait pas joué depuis sa dernière visite car la présence d'un tel instrument à bord d'un navire n'était pas envisageable. Il fit quelques gammes et constata que son piano n'était pas désaccordé. Sa mère avait fait venir un spécialiste dans la perspective de sa venue... Si ses deux frères aimaient la lecture, aucun n'était musicien ou peintre. Lui seul nourrissait ces passions et y puisait une intense satisfaction. Plus jeune, il rêvait de devenir professeur de musique ou pianiste. Il admirait Beethoven plus que tout... Mais à quoi bon ressasser le passé ? Il s'assit et s'assouplit les doigts avant de se mettre à jouer, d'abord du Beethoven, puis du Brahms, du Bach... Il finit par des airs d'opéra, des chants marins un peu grivois... Il joua pendant deux heures. Le sourire aux lèvres, il s'attarda encore quelques minutes, puis il alla se préparer pour le dîner.

Ses frères arrivèrent et le saluèrent avec chaleur. Noah avait déjà rencontré Mariah, en revanche il ne connaissait pas Billie, la femme de Drew. Il fit également la connaissance de sa nièce et de son neveu, et se surprit à envier le bonheur des jeunes couples.

Ils passèrent à table, Alanza présidant la tablée face à Max.

— Alors, Noah, comment vont les affaires ? s'enquit Logan.

Acculé, Noah opta pour la vérité.

— À peu près bien. Enfin, elles iront mieux dès que j'aurai récupéré mon bateau.

Tous les regards se braquèrent sur lui.

— *L'Alanza* n'est donc pas en cale sèche ? s'étonna sa mère.

Noah secoua la tête et se prépara à subir les railleries de ses proches.

— Une femme pirate me l'a volé il y a une quinzaine de jours, avoua-t-il, penaud.

Drew étouffa un ricanement.

— Tu as laissé une *fille* te dépouiller de ton bateau ? Un bateau qui porte le nom de ta *mère,* de surcroît ?

— Andrew ! gronda Alanza.

Noah s'attendait à ces réactions et ne se laissa pas déstabiliser :

— Je n'ai aucune idée de son identité. Dès la fin du mariage, je compte retourner à Cuba pour la traquer. Désolé, maman, mais je ne pourrai pas rester très longtemps.

Alanza semblait désemparée.

— Je vais récupérer mon bateau, assura Noah, qui était prêt à sillonner le monde en tous sens pour mettre le grappin sur cette petite mégère.

— Comment est-ce arrivé ? s'enquit Max.

Avec un soupir résigné, Noah leur narra sa mésaventure.

— La marine espagnole pense qu'il s'agit d'une bande de rebelles. Il semble que la guerre couve, là-bas.

— Pourquoi le tien ? demanda Alanza.

— Je l'ignore. Cette femme n'a rien voulu me dire. En tout cas, c'est une hypothèse plausible.

— Est-ce bien raisonnable de retourner là-bas ? risqua Billie.

— Peu m'importe. J'ai besoin de mon bateau.

— Blague à part, intervint Drew, tu peux compter sur moi. Si je peux faire quoi que ce soit pour t'aider... Ce n'est pas facile de pratiquer le droit dans nos contrées. Heureusement, Cuba ne peut me l'interdire, car j'ai fait mes études en Espagne.

— Merci, Drew.

Après le repas, les trois frères sortirent fumer les cigares que Noah avait apportés, avec de la tequila, pour célébrer son retour.

— Les Cubaines sont peut-être des pirates, mais les Cubains font les meilleurs cigares du monde, déclara Logan.

— Je suis d'accord avec toi, dit Noah en soufflant un nuage de fumée. Il y a deux ans, j'ai investi dans une plantation de tabac en Floride. Le propriétaire est un ami, un exilé cubain du nom de Miguel Ventura. Les affaires prospèrent et nous cherchons à développer nos activités. Vous seriez intéressés ?

— Oh, oui ! répondit Drew. Ne serait-ce que pour avoir accès à ces petites merveilles.

— Dès que j'aurai réglé cette histoire de bateau, je lui en parlerai. Je vous tiens au courant.

Logan leva son verre pour porter un toast :

— À la fraternité, à la tequila et aux bons cigares !

— À l'argent que nous allons empocher ! renchérit Drew.

Ils vidèrent leurs verres d'une traite, puis Logan les resservit. Ils se mirent bientôt à évoquer le passé, leurs bêtises et leurs jeux d'enfants, et leurs rivalités.

— Tu crois pouvoir me battre au bras de fer, petit frère ?

Avant que Noah puisse répondre à Logan, Drew lança :

— N'oublie pas qu'il a laissé une *fille* lui voler son navire !

— Ferme-la, Drew ! Je n'aurai peut-être pas le dessus sur Logan, mais je suis encore capable de botter tes fesses d'avocat.

Logan rit si fort qu'il faillit s'étrangler.

— Tu es sérieux ? railla Drew.

— Bien sûr, répliqua Noah.

Pour souligner son propos, il donna à son frère une tape si puissante qu'il faillit basculer en arrière.

Drew sourit, vida son verre et se leva.

— Allons-y, dit-il.

Prêt à relever le défi, Noah imita son frère avec emphase.

D'emblée, les deux hommes roulèrent à terre, renversant chaises et pots de fleurs. Noah eut le dessus, un succès que Logan s'empressa de souligner, hilare. En réaction, Drew assena un coup de poing à Logan, déclenchant une bagarre générale.

Tonio dans les bras, Billie se précipita vers la fenêtre et s'écria :

— Si par malheur ils écrasent les rosiers que j'ai soignés avec tant d'amour, ils passeront un mauvais quart d'heure !

Tout aussi furieuse, Alanza se mit à jurer en espagnol. Elle alla décrocher sa carabine du râtelier dans son bureau et la chargea sous le regard amusé de Max.

— Papa va se faire gronder, expliqua Mariah à sa fille.

Impressionnée, la fillette écarquilla les yeux.

— *Abuela* va le mettre au piquet ! poursuivit sa maman.

Le turbulent Tonio, lui, ne masquait pas son enthousiasme. Il riait de bon cœur en tapant dans ses mains.

— Pourvu que ce soit une fille, cette fois, souffla Billie en levant les yeux au ciel.

Soudain, une détonation retentit. La fratrie se figea.

— Debout, bande d'imbéciles ! ordonna Alanza en espagnol.

Dissimulant à grand-peine un sourire narquois, ils s'alignèrent face à leur mère, comme ils l'avaient fait tout au long de leur enfance. Chacun avait au moins un œil au beurre noir, une lèvre fendue, les vêtements maculés de terre et de poussière. Un filet de sang coulait de leurs narines.

— Vous voulez gâcher mon mariage ? s'emporta Alanza. Vous croyez que j'ai envie de marcher vers l'autel avec trois chiffonniers au visage tuméfié ?

De plus en plus amusés, ils baissèrent la tête.

— Le premier que je vois sourire le regrettera amèrement, je vous préviens !

— Désolé, maman ! clamèrent Noah et Drew en chœur.

— Pardon, Alanza, ajouta Logan.

— Hypocrites ! Allez vous débarbouiller. Vous méritez d'avoir des enfants aussi *locos* que vous !

Elle fit volte-face et s'éloigna d'un pas décidé. Dès qu'elle eut disparu, ses fils éclatèrent de rire.

— Bon sang, ça fait du bien ! Depuis une semaine, je mourais d'envie d'une bonne bagarre, avoua Noah quand ils se furent calmés.

— Ravi d'avoir pu te rendre service, répondit Drew en portant un mouchoir à son nez ensanglanté.

— Merci, Logan, reprit Noah en se tournant vers son aîné.

— De rien.

Sur ce, ils s'en allèrent remettre de l'ordre dans leur tenue.

5

Pilar aimait la ville de Santiago, ses ruelles animées, ses montagnes tapissées de verdure, sans oublier les eaux bleues de la baie qui se déversaient dans la mer des Caraïbes. Construites par les Espagnols, la plupart des maisons étaient en pierre. Les plus fortunés vivaient dans des demeures élégantes, ornées de grilles en fer forgé et de balcons ouvragés.

Pilar et sa sœur Doneta arpentaient quant à elles les quartiers pauvres et surpeuplés, où se mêlaient marchandes des quatre saisons, cordonniers et guérisseuses haïtiennes. Celles-ci vendaient aux plus désespérés des potions censées éliminer leurs ennemis ou rendre une personne amoureuse. Des enfants livrés à eux-mêmes couraient parmi les badauds sous le regard courroucé des anciens. Du linge caressé par la brise pendait aux fenêtres. Des effluves de viandes et de poissons grillés flottaient dans l'air. Dans les rues, les passants s'exprimaient en français, espagnol ou mandarin, de nombreux Chinois ayant été amenés ici en tant qu'esclaves.

Ce matin-là, à l'aube, Pilar et Doneta se mirent en route pour aller vendre les œufs de leurs poules.

— Tu as déjà eu envie de vivre ailleurs ? voulut savoir Doneta.

Au loin retentit le battement des tambours dont le rythme syncopé les incita à hâter le pas.

— Pas vraiment. Pourquoi ?

— Je pensais aux histoires que nous racontait maman sur les pays magnifiques qu'elle avait visités dans sa jeunesse. J'aimerais bien voir les merveilles du monde avant de mourir.

Née à Séville, leur mère, Desa, était la fille d'un diplomate espagnol de haut rang. Après son mariage avec leur père, elle avait été reniée par sa famille.

— Bien sûr.

— J'ai vingt-trois ans, Pilar, et je ne suis jamais sortie d'ici ! C'est normal que j'aie envie d'être ailleurs, auprès d'un bon mari, dans une belle maison...

— Il n'y a aucun mal à cela, en effet.

Pilar ne comprenait que trop bien ce désir de fuir la pauvreté. Hélas, ce n'était qu'un rêve ! Mieux valait se battre pour que les choses changent ici afin que ses jeunes cousines puissent aller à l'école et exceller dans d'autres domaines que le vol et l'escroquerie. C'était pour cette raison qu'elle soutenait l'action du général Maceo et des révolutionnaires dans leur quête d'indépendance vis-à-vis de l'Espagne. Pour l'heure, seuls les enfants des plus fortunés avaient le droit de s'instruire. Quelle que soit leur couleur de peau, les gens comme elle et ceux de son quartier n'avaient pas cette chance. Heureusement, les choses allaient évoluer dans le bon sens, elle en était certaine.

Avec la présence grandissante des soldats espagnols dans des villes telles que La Havane et Santiago, il était plus difficile de vivre en marge de la loi. Les riches étant nombreux à engager des vigiles armés pour protéger leurs propriétés, il était quasiment impossible de les cambrioler. Et donc de nourrir sa famille une fois le butin revendu.

Doneta était une peintre de grand talent. Naguère, ses copies de grands maîtres, qu'elle vendait à des collectionneurs crédules, rapportaient suffisamment d'or pour faire tourner leur ferme durant des mois. Malheureusement, ces toiles ne se réalisaient pas en un jour. Entre-temps, les sœurs Banderas devaient trouver d'autres revenus. Depuis la mort des anciens complices trafiquants de leur père, leurs réserves étaient à sec. En outre, leur nom était connu des autorités, alors que durant des décennies les Banderas avaient sévi en toute discrétion. Le mois dernier, leur cousin Juan, le fils de l'un de leurs oncles décédés, avait été appréhendé alors qu'il essayait de dérober une statuc précieuse dans un musée de la ville. Plus bravache que prévoyant, l'adolescent avait agi sans réfléchir et écopé de dix ans de prison, laissant ses trois sœurs et Ria, sa mère, dans une situation délicate. Désormais, la famille était sous étroite surveillance. En ce moment même, un policier suivait les deux sœurs à distance raisonnable. Se retournant abruptement, Pilar croisa son regard. Aussitôt, l'homme traversa la rue.

— Nous sommes filées, souffla-t-elle.

— Je sais, répondit Doneta. Nous devrions peut-être lui demander s'il veut nous acheter des œufs.

Elles poursuivirent leur chemin comme si de rien n'était, mais cette présence menaçante était un problème. En réalité, elles ne se rendaient pas au marché. C'était une couverture. Pilar et Tomas s'étaient partagé les boutons de manchette volés à Noah Yates, et les deux sœurs avaient prévu d'aller chez un vieil ami de leurs parents qui était receleur. Ce serait impossible avec ce policier qui leur collait aux basques, or leur mère avait besoin de cet argent pour régler des impôts de plus en plus lourds à la Couronne.

Elles atteignirent enfin un petit marché dont Carlos Mendez, un veuf proche de la cinquantaine, était le responsable.

— Quel abruti, ce Juan ! maugréa Pilar. Tout est sa faute !

Selon elles, leur cousin méritait d'être jeté aux requins pour s'être montré si imprudent. Elles déambulèrent parmi les volailles en cage, les cochons, les caisses de mangues, de bananes plantain et de noix de coco, et les sacs de patates douces. À l'extrémité du marché, Mendez était installé derrière une table branlante. Ses six enfants s'affairaient à empiler des légumes sur les étals et à ouvrir des caisses. Ils montaient la garde devant les marchandises de peur que des gamins des rues ne viennent les chiper.

— Bonjour, mesdemoiselles !

— Bonjour, monsieur Mendez. Nous avons des œufs à vous proposer.

Le policier s'approcha et feignit de s'intéresser à des confiseries. En réalité, il s'efforçait d'écouter leur conversation. Les autres l'ignorèrent.

Mendez prit le panier d'œufs, les ajouta aux autres, puis remit quelques pesos à Pilar qui les empocha.

— Merci, monsieur Mendez.

— De rien. Vous saluerez votre délicieuse maman de ma part.

— Nous n'y manquerons pas !

Lorsqu'elles revinrent sur leurs pas, le policier qui les filait examinait un cageot d'oranges. Pilar faillit s'arrêter pour lui demander si elles devaient attendre qu'il ait terminé son examen, puis elle décida que le provoquer n'était pas une bonne idée. Elles poursuivirent donc leur chemin. L'homme reprit sa filature jusqu'aux écuries où elles avaient laissé leur charrette. Il attendit leur départ pour tourner les talons.

Évitant quelques poules, Pilar manœuvra la charrette dans la cour et s'arrêta non loin de la grange. La ferme familiale, aux abords de la ville, avait appartenu à Benito, leur grand-père pirate, et à sa femme Anitra, une ancienne esclave qu'il avait enlevée en Jamaïque. D'origine africaine, Benito avait la silhouette élancée et la puissance de ses ancêtres mandingues tandis qu'Anitra, issue du peuple ganga, se distinguait par ses taches de rousseur et sa petite taille. Pilar et Doneta avaient aussi quelques taches de rousseur, comme leur père Javier.

Leur mère était assise sous le porche.

— Les choses se sont bien passées, en ville ? s'enquit-elle.

— On n'a pas pu vendre les boutons de manchette à cause d'un policier qui nous suivait, expliqua Pilar en gravissant les marches branlantes du perron.

Malgré quelques lattes manquantes, le porche abritait encore un divan et des fauteuils permettant de profiter de la brise vespérale venue des montagnes. Pilar remit à sa mère le maigre produit de la vente des œufs.

— C'est décevant. Parle-moi de ce policier.

Les deux sœurs lui narrèrent leur mésaventure.

— Tout cela par la faute de Juan, soupira Desa. S'il avait été aussi malin qu'il le croit, il ne croupirait pas en prison à l'heure qu'il est. À présent, la pauvre Ria va devoir se rendre à Santiago et trouver du travail.

Pilar se doutait que sa tante, une femme orgueilleuse, ne supportait pas cette situation. Ria était considérée comme l'un des meilleurs faussaires de Cuba. Durant la période de l'esclavage, Santiago comptait la plus forte concentration d'esclaves fugitifs noirs et métis. Ils avaient besoin de papiers qu'elle se faisait un plaisir de leur procurer moyennant finance, mais la demande diminuait, de même que les revenus de Ria. L'argent que Juan récoltait sur les quais lui manquerait donc cruellement. Les temps changeaient, certes, mais Pilar demeurait fidèle à la cause des révolutionnaires. Dans cette optique, elle devait préparer *L'Alanza* à effectuer un nouveau voyage vers Santo Domingo pour récupérer des armes.

— J'ai reçu une lettre de mon frère de Floride, aujourd'hui, lâcha Desa.

Pilar et Doneta ne dissimulèrent pas leur étonnement. À leur connaissance, leur mère n'avait plus aucun lien avec sa famille depuis des décennies. Ses parents, tous deux castillans, la considéraient comme morte depuis qu'elle s'était enfuie pour épouser Javier Banderas.

— Il nous invite à la *rumba* qu'il organise pour son anniversaire, dans quelques semaines. Il semble très désireux de renouer avec moi.

— Serait-il mourant ? hasarda Pilar, tandis que Doneta émettait un grommellement de dédain.

— Pas à ma connaissance.

— Dans ce cas, pourquoi t'écrire après tant d'années ?

— Je suis son unique sœur, hasarda Desa. Nos parents sont morts. Peut-être se sent-il un peu seul… je ne sais pas.

— Tu as l'intention d'y aller ? demanda Doneta.

— Oui, et vous aussi.

Pilar se figea.

Comme si elle s'attendait à des protestations de la part de sa fille, Desa ajouta :

— Je sais que tes obligations sont prioritaires à tes yeux, Pilar. Cependant, il s'agit de notre famille.

— Maman…

— Ton père et tes oncles ont fait don de leur vie à Cuba, et rien ne comptait davantage à leurs yeux que la famille. Je doute qu'Antonio Maceo lance une offensive sur La Havane de sitôt.

Pilar eut soudain l'impression que sa mère lui cachait quelque chose.

— Ce n'est pas tout, n'est-ce pas ?

— Effectivement. J'espère que vous trouverez chacune un mari durant notre séjour là-bas.

Ravie par ce projet, Doneta ouvrit de grands yeux, contrairement à Pilar qui riposta :

— Je ne veux pas d'un mari.

— Je te comprends, Pilar, il est toutefois temps que tu commences à y réfléchir.

— Maman, j'ai déjà vingt-cinq ans, que diable ! Quel homme voudra m'épouser ? Je n'ai qu'un objectif dans la vie : contribuer à changer le destin de Cuba.

— Pourquoi un mari n'aurait-il pas les mêmes aspirations que toi ?

— Personne ne veut d'une femme trafiquante d'armes.

— C'est vrai, concéda sa mère avec indulgence. Mais tu es tellement plus que cela ! Tu as du cœur, de l'esprit, de la compassion, sans parler de ton engagement pour Cuba. Bien des hommes reconnaissent ces qualités.

— Non, maman.

— Pilar, je ne t'ai jamais enfermée. À sept ans, tu as voulu monter ton propre cheval dans la montagne et je t'ai laissée faire. Mon Javier et moi nous sommes disputés à cause de toi. À sa mort, j'ai eu le cœur brisé. Je n'avais aucune envie de te voir aller au combat avec les rebelles, pourtant je t'ai laissée partir en priant le ciel pour que tu me reviennes saine et sauve. Tu crois que cela me plaît de savoir que tu trafiques des armes ? Je me ronge les sangs dès que tu t'absentes.

Elle posa la main sur la joue de sa fille, le regard grave.

— Nous irons toutes les trois à cette fête.

Sa décision était prise et Pilar le savait. Résignée, elle poussa un long soupir.

— D'accord, maman, céda-t-elle avant de l'embrasser.

— Bien.

— Tomas et moi sortons en mer, ce soir. Nous serons de retour au matin.

— Très bien. Nous parlerons de notre départ dans quelques jours.

Pilar acquiesça et alla se préparer.

Tomas et Pilar récupérèrent *L'Alanza* derrière la cascade. Sous un ciel sans lune, ils mirent le cap sur le port de Santiago, et entrèrent dans un chantier naval appartenant à un allié des rebelles. Celui-ci fit repeindre la coque en noir et ajouta de nouvelles voiles teintes en indigo. Ainsi maquillée et rebaptisée *Sirena* par Pilar, la goélette n'avait plus rien à voir avec *L'Alanza* de Yates. La sortie de cette nuit serait son premier voyage et Pilar était impatiente de chevaucher les vagues à la barre. Le moment venu, Doneta conduisit sa sœur et Tomas sur les quais.

— Soyez prudents, dit-elle en les déposant.

— Promis, assura Pilar. Nous serons de retour avant l'aube.

Pilar et Tomas allèrent à la rencontre du propriétaire du chantier naval, un colosse du nom de Gerardo Calvo. Amateur de cigares, il avait grandi avec le général Maceo et procurerait à Pilar quelques-uns de ses ouvriers de confiance pour compléter l'équipage.

— Attendez une heure ou deux avant de lever l'ancre, leur conseilla-t-il. La marine espagnole a modifié les horaires de ses rondes. Il ne faudrait pas que vous croisiez une patrouille pour votre première sortie.

Pilar rechignait toujours à repousser un départ, mais Calvo avait raison. Ils partirent à 22 heures. Les vents étant favorables, ils ne mirent guère de temps à jeter l'ancre au large. Puis Pilar et deux des hommes de Calvo gagnèrent en barque la plage qui était leur lieu de rendez-vous. S'ils étaient en retard, ils n'y pouvaient rien. Ils espéraient juste que leur contact n'avait pas renoncé car les rebelles avaient grand besoin de ces armes.

Le vent redoubla d'intensité. Malgré la tempête qui s'annonçait, Pilar pensait avoir le temps de régler son affaire et de rentrer chez elle avant que les éléments se déchaînent.

— Vous croyez qu'il nous a attendus ? s'enquit l'un des hommes.

— Je l'espère.

Il était plus prudent de limiter les conversations car leurs voix portaient. Au-dessus de la plage, ils repérèrent soudain une lueur dans les ténèbres. Le signal ! Soulagée, Pilar songea qu'elle n'avait pas mis leur vie en péril pour rien.

— C'est pas trop tôt, grommela Octavio, le contrebandier, un vieux Dominicain.

— Les Espagnols ont modifié leurs horaires de patrouille. Je suis désolée.

Ils ne quittaient pas les eaux sombres des yeux. Si la marine espagnole apparaissait à l'horizon, Tomas et les deux hommes restés à bord du *Sirena* n'auraient d'autre choix que de lever l'ancre. Pilar et les autres resteraient à terre.

— Il y en a combien ? demanda-t-elle à Octavio.

— Dix.

Ce n'était pas beaucoup, mais ce n'en était pas moins précieux pour les rebelles.

— Il y a aussi de la poudre, ajouta Octavio. Finissons-en vite pendant que la lune est encore masquée par les nuages.

Pilar lui remit l'or que lui avait confié Calvo. Le trafiquant l'empocha avant de disparaître dans la nuit. Ses hommes chargèrent les caisses dans la barque, puis ils ramèrent en direction du *Sirena*.

Ils levèrent bientôt l'ancre et Tomas mit le cap sur l'ouest, les voiles gonflées par un vent de plus en plus violent. Ils étaient presque arrivés à destination quand un éclair transperça le ciel, révélant une scène de cauchemar. Dans un énorme grondement de tonnerre, un immense vaisseau de guerre se dressa devant eux.

— Un navire espagnol ! Tomas, écarte-toi de sa trajectoire ! Vite !

De grosses gouttes de pluie se mirent à tomber, puis ce fut le déluge. Pilar se joignit aux hommes qui s'efforçaient de filer sur l'océan déchaîné. Hélas, l'embarcation ennemie était armée !

— Tomas !

Le cri de la jeune femme fut avalé par la détonation d'un tir de canon. Le boulet toucha sa cible et tomba à l'eau juste avant qu'une deuxième explosion fasse trembler le *Sirena*, projetant dans les airs des débris de bois brûlé et de métal. Désorientée, Pilar plongea. Par chance, elle portait juste un pantalon en coton et une blouse, une tenue prisée sur l'île, et non une jupe et de lourds jupons. Elle se mit à nager en espérant que l'équipage l'imiterait.

— Pilar ! Pilar !

Elle surgit peu à peu de sa torpeur et ouvrit les yeux.

— Dieu merci, tu es en vie ! s'écria Doneta. J'ai cru que tu étais morte !

Pilar se rendit compte qu'elle était sur la plage, allongée sur le dos. Comment était-elle arrivée là ? Ses vêtements étaient trempés et elle avait mal à la tête. Elle referma les yeux, mais fut aussitôt prise de nausées. Elle recracha de l'eau de mer jusqu'à en avoir mal à la gorge. Quelques souvenirs ressurgirent, puis soudain elle se figea :

— Où sont Tomas et les autres ?

Affolée, elle scruta la plage et les eaux sombres.

— Tu les as vus ?

— Non. Il n'y a que toi. Je te cherche depuis l'aube. Que s'est-il passé ?

Pilar se redressa péniblement. Ignorant la question de sa sœur et la douleur qui lui martelait le crâne, elle courut vers les vagues et balaya la plage du regard.

— Il faut vite rentrer à la maison avant d'être repérées, la pressa sa sœur. Viens !

Pilar ne voulait pas quitter les lieux, au cas où Tomas ou les autres reviendraient. Elle craignait qu'ils ne soient blessés. Et cependant, en dépit de son angoisse, elle savait que sa sœur avait raison. Il fallait quitter la plage sans attendre au cas où des Espagnols patrouilleraient dans le secteur.

Doneta prit les rênes de la charrette tirée par leur vieille mule tandis que Pilar se cachait dans le double fond du véhicule. Elle était taraudée par l'inquiétude pour son équipage. Tomas veillait sur sa mère et les autres devaient aussi avoir une famille à nourrir. Certes, quiconque s'engageait dans le camp des rebelles était conscient des dangers liés à ce combat. Elle-même avait perdu son père et ses oncles…

— Halte !

La charrette s'immobilisa. Pilar posa la main sur la machette près d'elle.

— Votre nom, *señorita* ! ordonna une voix masculine. Où allez-vous comme ça ?

— Je m'appelle Doneta Banderas. Je rentre chez moi, capitaine.

C'était un moyen pour elle d'indiquer à sa sœur qu'il s'agissait d'un soldat.

— Banderas… de la famille de Javier Banderas ?

— Je suis sa fille.

— Descendez.

— Qu'est-ce que j'ai fait ?

— Descendez, *señorita* ! Nous allons fouiller votre charrette.

Pilar n'avait aucun moyen de savoir combien d'hommes étaient présents, mais cela n'avait aucune importance. Sa sœur et elle étaient seules et ne possédaient qu'une machette pour toute arme. Si les soldats se mettaient en tête de leur faire du mal, elles ne pourraient se défendre.

— Je ne transporte que des sacs de grains et des cannes à pêche, expliqua Doneta. Je suis allée à la pêche ce matin, malheureusement, je rentre bredouille.

— Descendez ou j'ordonne à mes hommes de vous y contraindre, aboya le militaire.

Quelques secondes plus tard, Pilar entendit un bruit de pas. Au-dessus de sa tête, les soldats déplacèrent des objets. Pourvu qu'ils n'examinent pas le plancher de trop près…

— Ouvrez ces sacs ! lança le chef.

— Non ! s'emporta Doneta.

Pilar imaginait les grains déversés sur le sol.

— Qui va rembourser ma mère pour le gaspillage ? s'écria sa sœur.

— À ma connaissance, les familles de rebelles ne reçoivent aucune compensation. Libre à vous d'écrire au gouverneur, ricana le militaire.

Furieuse, Pilar serra les dents.

— Puis-je poursuivre mon chemin ? demanda Doneta.

— Oui, *señorita*. Vous avez de la chance que nous n'ayons rien trouvé de compromettant. La marine espagnole a coulé un navire suspect au large de la côte, hier soir. L'équipage a péri, même si nous n'avons retrouvé aucun corps. Nous surveillerons la région pendant encore quelque temps, au cas où il y aurait des survivants. Ce serait dommage de pendre unc aussi jolie fille...

Doneta se garda de lui répondre.

Pilar sentit sa sœur remonter sur son perchoir et, quelques secondes plus tard, la charrette s'ébranla. L'Espagnol avait déclaré qu'ils n'avaient retrouvé aucun corps... Elle ne devait pas perdre espoir.

De retour à la ferme, Doneta aida Pilar à descendre de la charrette. Elle était pâle et tremblante. Leur mère accourut.

— Dieu soit loué, vous êtes en vie !

Toutes trois entrèrent en hâte dans la maison. Pilar se débarrassa de ses vêtements trempés et se sécha, puis, une fois couchée, elle raconta à Desa ce qu'il s'était passé.

— Les autorités risquent de découvrir qui était impliqué dans cette transaction d'armes, déclara cette dernière. Nous devons quitter cette île au plus vite ! Repose-toi, Pilar, Doneta et moi allons préparer notre départ.

Le lendemain soir, avec l'aide de rebelles locaux, les trois femmes embarquaient pour la Floride.

6

La fête battait son plein. La maison et les jardins grouillaient de voisins et de membres de la famille d'Alanza venus célébrer son anniversaire. C'était pour Noah l'occasion de se changer les idées, lui qui ruminait le vol de son navire. Qu'en avaient fait cette femme et ses complices ? Les pires hypothèses l'assaillaient. Sa triste expérience avec le capitaine Simmons lui avait appris que tous les trafics étaient envisageables : opium, esclaves, enfants… Il n'avait aucun moyen de savoir ce que cette pirate mijotait. S'il n'était pas homme à lever la main sur une femme, il avait soif de vengeance. En vérité, il avait la ferme intention de la livrer aux autorités dès qu'il lui aurait mis le grappin dessus, même s'il rêvait de la jeter aux requins.

— Quel regard noir !

Drew se matérialisa à son côté, sur la terrasse peuplée d'invités qui attendaient l'arrivée du gâteau d'anniversaire. L'alcool coulait à flots et les rires fusaient de toutes parts.

— Je pensais à mon bateau.

— Et à cette femme ?

— Et à cette femme.

— Tu ne peux pas la tuer, tu sais.

— Certes, mais rien ne m'empêche d'en rêver.

Drew leva son verre comme pour porter un toast.

— Que feras-tu d'elle quand tu l'auras capturée ?

— Après avoir récupéré *L'Alanza*, je la remettrai aux Espagnols. J'espère tirer une certaine satisfaction de la peine que le tribunal lui infligera.

— Et si tu ne la retrouves pas ?

— Oh, je la retrouverai, cela ne fait aucun doute ! Quelqu'un savait forcément qui était cette femme.

— Tu comptes toujours partir juste après le mariage ?

— Oui.

— Alors essaie de t'amuser un peu tant que tu es là. Tu sembles en avoir grand besoin.

— C'est à ce point ?

— Tu n'imagines pas !

Drew reprit d'un ton plus doux :

— Parler de ce que tu as subi autrefois pourrait t'aider, tu sais.

Noah porta les yeux sur une de ses tantes qui s'attendrissait sur Tonio.

— Je vais bien, Drew, ne t'en fais pas.

— Tu n'as jamais su mentir.

Noah esquissa un sourire désabusé et croisa enfin le regard grave de son frère.

— Si je t'en parle, tu auras le cœur brisé, toi aussi. Et je souffre déjà assez pour deux, crois-moi.

Sur ces mots, il se leva pour applaudir l'arrivée du gâteau d'anniversaire.

Le jour du mariage s'annonçait radieux, sous un ciel d'un bleu limpide. Alanza avait toutes les peines du monde à maîtriser son exaltation. Elle allait se marier ! Et avec un homme qui avait su toucher son cœur comme aucun autre avant lui.

— Vous êtes superbe, déclara Mariah tandis qu'elle tournoyait dans sa robe dorée.

Ses deux belles-filles seraient ses demoiselles d'honneur.

— Et rayonnante ! renchérit Billie.

— Pincez-moi pour me prouver que je ne rêve pas.

— Vous ne rêvez pas, assura Billie. Bientôt, vous serez Mme Maxwell Rudd !

— Jamais je n'ai été aussi anxieuse.

— Vous vous sentirez mieux dès que la cérémonie aura commencé.

— Le prêtre est arrivé ?

— Oui, confirma Mariah. Il est en bas avec vos cousins. Vous êtes prête ?

— Oui, souffla Alanza.

— Je vais prévenir les autres que vous descendez et les mettre à la porte, déclara Billie. À tout de suite !

Dès qu'elle fut sortie, Alanza plongea son regard dans celui de son autre belle-fille.

— Je te remercie pour cette robe magnifique.

— Ce fut un plaisir. Vous êtes la meilleure belle-mère dont on puisse rêver.

Elles s'étreignirent avec une telle émotion que Mariah eut du mal à retenir ses larmes.

— Bon, déclara Alanza avec assurance, allons-y. Je dois impressionner mon futur mari.

Mariah saisit la traîne et la suivit hors de la pièce.

Le mariage se déroula au mieux. Sous la tonnelle fleurie, entouré de ses témoins, Max regarda sa promise remonter l'allée en compagnie de ses fils, tous très élégants. Logan ouvrait la marche, Drew se tenait à la droite de sa mère et Noah à sa gauche. Si les stigmates de leur bagarre suscitèrent quelques chuchotements dans l'assemblée, les invités étaient surtout subjugués par la robe de la mariée. Très émues, Billie et Mariah étaient en larmes.

Après avoir confié leur mère à Max, les garçons s'effacèrent.

Tandis qu'elle croisait le regard grave de Max, Alanza eut la certitude d'avoir pris la bonne décision. Adolescente, elle s'était crue amoureuse d'Abraham, sauf que ce n'était pas de l'amour qu'elle ressentait à l'époque. Lorsque vint le moment de prononcer ses vœux, elle y mit toute son âme. Enfin, ils furent déclarés mari et femme, et scellèrent leur union d'un baiser. Alanza n'entendit même pas les acclamations de l'assemblée. Elle ne voyait plus que Max et savait qu'elle resterait à ses côtés jusqu'à ce que la mort les sépare.

Les nouveaux époux passèrent l'après-midi à recevoir les félicitations de leurs invités. Quand le soleil commença à plonger à l'horizon, Max entraîna Alanza à l'écart.

— Tu es prête à partir ?

— Où cela ?

— Avec moi.

Elle décela dans son regard une lueur malicieuse familière.

— Qu'est-ce que tu mijotes encore, Maxwell ?

— Suis-moi et tu verras…

— Une aventure ?

— La première de nombreuses autres à venir, j'espère.

Alanza jeta un coup d'œil à la foule des invités.

— Ne t'inquiète pas pour eux, dit son mari. Il y a encore à boire et à manger en quantité. J'ai prévenu les garçons.

Autrefois, Alanza aurait rechigné à se lancer dans une entreprise sur un coup de tête, et jamais elle n'aurait abandonné ses invités. Désormais, elle était une autre femme et Max lui proposait un autre avenir.

— Je suis prête !

Il lui prit la main.

Il faisait presque nuit lorsqu'ils atteignirent le pavillon de chasse. Max arrêta la voiture et sauta à terre. Il aida sa femme à descendre à son tour et ils demeurèrent face à face un long moment, les yeux dans les yeux. Le regard de Max exprimait une passion contenue. Alanza ressentit un trouble familier.

— Tu es nerveuse ? voulut-il savoir.

— Un peu.

— Moi aussi, je l'avoue.

Lorsqu'il la souleva dans ses bras, elle éclata de rire. Il la fit taire d'un baiser, puis la porta jusqu'au pavillon dont il ouvrit la porte d'un coup de pied. Ils traversèrent une pièce sombre jusqu'à une chambre située à l'arrière.

— Attends, dit-il en la reposant sur le sol, je vais allumer une lampe.

Dès qu'il eut gratté une allumette, une douce lueur envahit la pièce.

— Quand as-tu fait installer une chambre à coucher ? s'étonna Alanza.

— J'ai commencé les travaux l'an dernier. Je me suis dit que ma femme ne voudrait pas dormir sur une paillasse.

— L'an dernier ? Tu ne doutais de rien, dis-moi !

— En effet, admit-il avec un sourire confiant.

Ce pavillon servait pour la chasse depuis des années et Alanza y avait effectivement dormi sur une paillasse. La nouvelle chambre attestait des talents de menuisier de Max, qui étaient très recherchés.

— C'est le lit que tu as fabriqué pour nous ?

— Je t'avais prévenue que nous ne passerions pas notre nuit de noces dans le lit hérité de ta mère.

Avec Abraham, elle n'avait pas eu de nuit de noces. Il avait dormi à même le sol, au salon.

— Qu'est-ce qui ne va pas ? demanda doucement Max.

— Rien.

Elle ne voulait pas gâcher la magie de l'instant en se remémorant son passé. Le lit flambant neuf était garni de draps et d'oreillers qu'il n'avait pas pu choisir tout seul.

— Mes belles-filles sont passées par là, n'est-ce pas ?

Elle admira les rideaux, les fauteuils près de la cheminée.

— Oui, avoua-t-il sans honte. Billie a sélectionné les draps, l'édredon et le tapis. Mariah s'est occupée des rideaux.

— Le tout à mon insu.

— L'ignorance a parfois du bon, non ?

Alanza enlaça son mari.

— Je t'aime, Max Rudd.

— Moi aussi, madame Alanza Rudd.

— Nous serons heureux, tu verras.

— Sans l'ombre d'un doute.

Alanza rit de plus belle et appuya la joue contre son torse puissant. Max resserra son étreinte – une étreinte rassurante qu'elle savoura.

— Je vais allumer un feu dans la cheminée, puis nous enlèverons ces tenues de mariés. Ma cravate m'étrangle.

Elle le regarda dénouer sa cravate sans trop savoir ce qu'elle était censée faire.

— Je vais chercher quelques affaires dans la voiture, reprit-il. Assieds-toi et détends-toi, la journée a été longue.

En son absence, elle examina la chambre dans l'espoir d'apaiser son appréhension grandissante. Quelques semaines plus tôt, elle avait eu une conversation pour le moins scandaleuse avec Billie sur l'amour physique. Elle ne voulait surtout pas décevoir Max par son manque d'expérience. Au lit, Abraham se montrait doux, toutefois, elle ne participait pas vraiment à leurs ébats car il ne l'y encourageait pas. Elle ignorait ce qu'elle était censée faire, mais son instinct lui soufflait que les rapports intimes avec Max seraient bien différents de ce qu'elle avait vécu, d'où son anxiété.

Il revint avec une petite malle et une valisette en osier qu'il posa près de la cheminée. Sans un mot, il plaça quelques bûches dans l'âtre, alluma le feu, puis se tourna vers Alanza.

— Tu te sens bien ?

— Je ne sais pas.

Il lui adressa un sourire, puis prit un tisonnier pour mieux disposer les bûches. Satisfait de sa flambée, il se redressa.

— Tes belles-filles nous ont préparé de la sangria. Tes fils, quant à eux, ont pensé que tu préférerais de la tequila. Tu as donc le choix. Que prendras-tu ?

— De la tequila.

— Elle est dans le panier. Sors la bouteille le temps que j'approche un fauteuil de la cheminée.

Elle trouva aussi deux verres – ses fils étaient merveilleux –, puis rejoignit Max au coin du feu. Il était déjà installé dans un fauteuil.

— Où est mon siège ? s'étonna-t-elle.

Il tapota ses genoux.

Alanza lui sourit. Elle s'approcha et prit place, avant de leur servir de la tequila. Max lui prit la bouteille et la posa à terre.

— À nous !

— À nous, répéta-t-elle en riant.

Après avoir avalé une gorgée d'alcool, il l'attira à lui et l'embrassa sur le front.

— Ici, nous ne serons pas interrompus par tes fils qui se battent comme des chiffonniers, des invités, des bambins. J'ai bien envie de ne jamais te ramener à la maison.

— Merci de m'avoir emmenée loin de la foule.

— Tout le plaisir est pour moi.

Un instant plus tard, il posa leurs verres vides près de la bouteille. Seul le crépitement des flammes dans la cheminée rompait le silence. Max prit doucement Alanza par le menton et entreprit de déposer un chapelet de baisers sur son visage.

— Cela fait si longtemps que j'attends ce moment, souffla-t-il.

Il redoubla de passion, si bien qu'elle ne tarda pas à lui rendre ses baisers. Du bout de la langue, il titilla la commissure de ses lèvres. Elle les entrouvrit pour l'accueillir. Ils s'étaient déjà embrassés, bien sûr, cette fois cependant, c'était différent. Max se montrait envoûtant, possessif. Lorsqu'il s'écarta, elle avait le souffle court.

Il se pencha alors et effleura de ses lèvres la naissance de ses seins. Lorsqu'il commença à la caresser, elle rejeta la tête en arrière pour mieux s'offrir. Lorsqu'il la courtisait, il n'était jamais allé plus loin qu'un baiser et elle s'en contentait. Si elle avait su ! Elle comprenait désormais ce qu'était la passion charnelle dont Billie lui avait parlé. Max repoussa le tissu de la robe, dénudant un sein, et en aspira la pointe entre ses lèvres. Voilà pourquoi ses belles-filles avaient refusé qu'elle porte un corset ! Elle ne put réprimer un gémissement de plaisir. Soudain, plus rien n'existait que ces succions un peu choquantes. Une douce chaleur naquit au creux de son ventre… et entre ses cuisses. Sans cesser de tourmenter son sein, Max retroussa lentement sa robe, frôla de sa paume un bas de soie, une jarretelle en dentelle. Spontanément, elle écarta les jambes pour se prêter à ses caresses. Il faisait naître en elle des sensations indicibles…

Et lorsqu'il insinua un doigt dans son intimité, un premier orgasme lui arracha un cri de bonheur.

Elle mit un long moment à émerger de sa torpeur. Quand elle rouvrit les yeux, Max l'embrassa de nouveau, puis murmura :

— C'est bien toi que j'ai entendue crier, madame Rudd ?

Alanza lui donna une tape sur le bras. Elle avait l'impression de voguer sur un nuage. Max sourit et la porta sur le lit.

Au fil de la nuit, Alanza découvrit des plaisirs dont elle ne soupçonnait pas l'existence, elle qui croyait pourtant tout connaître de son corps.

Enfin repue, elle demeura allongée au milieu du lit tandis que Max allait chercher un paquet enveloppé de papier et orné d'un ruban doré.

— Qu'est-ce que c'est ? demanda-t-elle en se hissant sur les coudes.

— Tu as perdu ton pari, il me semble.

Elle leva les yeux au ciel.

— Je dois donc porter ce qui se trouve dans cette boîte ?

Max acquiesça.

Un instant plus tard, elle découvrait trois nuisettes vaporeuses.

— Elles ne me tiendront pas chaud, commenta-t-elle.

— Ne t'inquiète pas, tu ne les garderas pas longtemps

Elle s'esclaffa et retomba sur le dos. Plongeant son regard dans celui de cet homme qu'elle aimait plus que tout, elle se demanda ce que leur vie ensemble leur réservait.

— Je t'aime, Max.

— Moi aussi, répondit-il avant de s'incliner et de s'emparer de ses lèvres.

7

De retour à La Havane, Noah se rendit directement au bureau de l'amiral Rojas dans l'espoir d'apprendre de bonnes nouvelles sur l'enquête.

— Malheureusement, monsieur Yates, je n'ai rien de nouveau. Nous n'avons reçu aucun signalement. Votre navire n'a été repéré dans aucun port de la région. En votre absence, nous avons coulé un navire de tonnage similaire au vôtre. Des rebelles ou des trafiquants, sans doute. Il n'en reste presque rien, de sorte que nous n'avons pu l'identifier.

— Vous avez appréhendé l'équipage ?

— Nous n'avons repêché qu'un seul homme. La police l'interroge, mais il prétend n'être qu'un simple pêcheur.

— Puis-je lui parler ?

— Non, monsieur Yates. S'il nous apprend quelque chose sur votre bateau, nous vous en informerons.

À la fois frustré et reconnaissant de ces efforts, Noah posa à l'amiral une ultime question :

— À qui puis-je m'adresser pour obtenir des détails sur cette femme ?

— Je ne vois pas ce que vous voulez dire.

— Qui dirige les bas-fonds à La Havane ?

L'amiral se raidit.

— Je suis prêt à payer le prix qu'il faudra.

L'amiral le dévisagea longuement avant de lâcher :

— Victor Gordonez.

Il griffonna quelques mots sur un morceau de papier qu'il tendit à Noah.

— Voici son adresse. Ne lui dites pas que c'est moi qui vous envoie.

Noah empocha le papier.

— C'est compris. Je vous remercie.

— Bonne chasse, monsieur Yates.

Noah s'inclina et prit congé. Il aurait préféré s'entretenir avec l'homme qu'ils avaient arrêté, mais puisque c'était impossible, il ne lui restait plus qu'à espérer que le nom fourni par l'amiral se révélerait utile. D'abord, il voulait s'adresser à quelqu'un qui connaissait peut-être Gordonez afin de déterminer la meilleure approche. Il ne se voyait pas se présenter sur le pas de sa porte pour exiger un entretien. Il se fit donc conduire chez Bernita Mendoza, dont le père, Paulo, était diplomate. Si rien ne garantissait que Mendoza, qui n'était pas très influent, connaisse cet homme, Noah devait néanmoins suivre toutes les pistes qui s'offraient à lui.

Une domestique l'introduisit dans le bureau de Mendoza. Le petit homme trapu se leva, l'air étonné.

— Noah ? Je te croyais en Californie.

— Je suis revenu et j'ai grand besoin de vos conseils.

— Bien sûr.

Il congédia la domestique d'un signe de tête et désigna une chaise.

— Assieds-toi donc ! En quoi puis-je t'aider ?

Noah lui narra ses malheurs, qui laissèrent Mendoza médusé.

— Cette bande t'a enlevé devant ma maison ? Dans quel monde vivons-nous ? C'est ce qui explique ton œil au beurre noir ?

— Non. Je me suis chamaillé avec mes frères.

— Ah... je redoutais que ces bandits ne t'aient malmené.

— Ils n'ont froissé que mon amour-propre. Je recherche la femme qui dirigeait ces brigands pour récupérer mon bateau.

— Tu es allé porter plainte auprès de la police ?

— Oui. L'amiral Rojas, des bureaux de la Marine, s'est montré très coopératif, mais le dossier n'avance pas.

— Que puis-je faire pour toi ?

— Connaissez-vous un dénommé Victor Gordonez ?

Mendoza se raidit visiblement et dévisagea Noah avant de lui répondre :

— Oui. Pourquoi ?

— On m'a dit qu'il connaissait le milieu interlope de La Havane. Je pense qu'il me permettrait d'identifier cette femme, mais j'ai besoin d'un intermédiaire qui nous mette en contact.

— Je l'ai croisé dans des réceptions mondaines. C'est un homme très dangereux.

— Trop dangereux pour que vous me le présentiez ?

— Non. Il a une réputation à maintenir, donc il soigne ses relations avec la société havanaise. Il fait mine d'être doux comme un agneau et nous feignons de le croire.

— Je vois.

Mendoza décida d'envoyer un message chez Gordonez afin de savoir s'il était disponible et quand.

Les deux hommes attendirent la réponse en discutant du mariage d'Alanza. Par courtoisie, Noah demanda même à Mendoza des nouvelles de sa fille, Bernita.

— Elle va bien. J'espérais tellement que vous trouveriez un terrain d'entente, tous les deux.

— Elle est gentille... Cela dit, je ne ferais pas un bon époux. Je suis marié avec la mer.

Mendoza hocha la tête d'un air résigné.

La domestique revint. Gordonez était chez lui et disposé à recevoir Noah.

— Enfin une bonne nouvelle ! s'exclama ce dernier. Je vais aller le voir sans tarder. Excusez-moi, mais je dois vous laisser.

— Je t'en prie. J'espère que Gordonez te renseignera.

— Moi aussi. Merci, monsieur Mendoza.

Dès son arrivée, un majordome mena Noah dans le patio. Un homme imposant, en chemise blanche, était attablé devant une multitude de plats.

— *Señor* Gordonez ?

— Vous devez être Yates.

— Lui-même.

— Vous êtes américain.

— Oui.

— Asseyez-vous. Vous voulez manger quelque chose ?

— Non merci. Je suis désolé de vous déranger pendant votre repas.

— Vous n'aimez pas la cuisine cubaine ?

Noah l'observa avec attention. Son visage était poudré, nota-t-il.

— Si, répondit-il. Je suis espagnol du côté de ma mère. Sachez toutefois que j'ai reçu une bonne éducation et il est impoli d'interrompre quelqu'un au beau milieu d'un repas. Je peux revenir une autre fois si vous le souhaitez.

Gordonez fit un geste désinvolte.

— Je voulais juste savoir si vous aviez des préjugés sur notre gastronomie, car c'est le cas de nombreux Américains. Je vous en prie, asseyez-vous.

Noah s'exécuta.

Gordonez se tourna vers le domestique qui montait la garde à l'entrée de la pièce.

— Servez du vin à M. Yates. Vous n'allez pas refuser du vin, j'espère ?

— J'en boirai volontiers, juste un doigt.

Le domestique posa devant lui un verre à moitié rempli. Noah le remercia d'un signe de tête.

— Dites-moi, s'enquit Gordonez, comment avez-vous connu Paulo Mendoza ?

— Nos familles sont vaguement parentes.

— Ah. A-t-il essayé de vous refiler sa superbe fille en l'agitant sous votre nez tel un morceau de viande ?

Noah se garda bien de répondre.

— Peu importe. S'il l'a fait, vous savez qu'elle a une cervelle de moineau, la pauvre. Que faites-vous ici ? enchaîna-t-il avec un regard perçant.

— J'ai besoin de renseignements. On m'a suggéré que vous pourriez peut-être m'aider. Je recherche une femme.

— Je ne suis pas un proxénète, monsieur Yates.

Noah était convaincu du contraire, mais il n'en dit rien.

— Il s'agit d'une femme qui porte une cape noire et dirige une bande qui m'a volé mon navire.

Gordonez ne leva pas la tête de l'assiette de poulet au riz qu'il était en train de dévorer.

— Pourquoi venir me voir ? demanda-t-il, la bouche pleine.

— Il semblerait que vous ayez accès à des informations dont la police ne dispose pas.

— Qui vous a raconté cela ?

— Une source anonyme.

— Respectueux et discret. Vous avez en effet reçu une bonne éducation. Qu'est-ce qui vous porte à croire que je vous aiderais à localiser cette femme mystérieuse ?

— Je suis prêt à payer le prix que vous demanderez pour obtenir son nom.

Gordonez s'interrompit et se redressa. Puis il but une gorgée de vin tout en jaugeant Noah.

— Vous avez suscité mon intérêt, monsieur Yates. Parlez-moi de cette femme et de sa bande.

Quand Noah eut achevé son récit, Gordonez le dévisagea de plus belle, comme s'il cherchait quelle somme exiger de lui.

— Je crois savoir de qui il s'agit. En fait, j'en suis certain.

— Quel est votre prix ?

— Mille dollars américains.

C'était cher mais abordable.

— Vous n'avez pas sourcillé, monsieur Yates. J'aurais sans doute dû demander davantage.

— Vous avez fixé votre tarif. Comment comptez-vous procéder ?

— Quand les fonds seront sur mon compte en banque, je vous ferai parvenir le nom de cette femme.

— Vous êtes sûr que c'est bien elle ?

— Oui. Je connais sa famille depuis des années. Quel sort lui réservez-vous ?

— Je préfère ne pas en parler, si cela ne vous ennuie pas.

— À votre place, je la livrerais aux autorités sans tarder. Sa famille m'est redevable. Je vais vous indiquer son adresse gratuitement.

Noah s'interrogea. Étaient-ils rivaux dans le milieu du crime ? Qu'il paraisse disposé à dénoncer la jeune femme incitait Noah à réfléchir. Mais peu lui importait, après tout. Cette pirate avait des comptes à lui rendre à lui aussi, désormais.

— Vous m'avez été d'une aide précieuse, monsieur Gordonez. Je vous laisse poursuivre votre repas.

Gordonez lui adressa un signe de tête, et le domestique raccompagna Noah à sa voiture.

Deux jours plus tard, on frappa à la porte de la chambre d'hôtel de Noah. Un messager lui remit une feuille de papier.

— De la part du *señor* Gordonez.

Noah lui donna un pourboire, puis déplia le feuillet sur lequel il n'y avait que trois mots : *Pilar Banderas, Santiago.*

Satisfait, Noah fit rapidement ses bagages et loua un bateau pour se rendre à Santiago. Dès qu'il posa le pied sur le quai, il se renseigna sur la jeune femme, mais personne n'admit connaître la famille Banderas. Un dénommé Calvo, dans un petit chantier naval, le toisa longuement, puis :

— Qu'est-ce que vous lui voulez, à cette Banderas ?

— Je lui ai prêté un bien que je souhaite récupérer.

— Connais pas, maugréa Calvo avant de s'éloigner.

Il mentait, c'était évident. Dans ces conditions, comment le contraindre à parler ? Désemparé, Noah prit un fiacre pour aller en ville.

Dans la soirée, installé sur la terrasse de sa chambre d'hôtel, il regarda le soleil sombrer telle une boule de feu dans la mer. Santiago était la deuxième plus grande ville de l'île et cette femme pouvait se trouver n'importe où en ville ou dans la montagne. De surcroît, comment être certain que Gordonez lui avait fourni son vrai nom ? Et s'il s'était fait escroquer ? Le fil de ses pensées fut interrompu par un coup frappé à sa porte. Sur le seuil se tenait Calvo, un des hommes qu'il avait croisés au port.

— Vous cherchez toujours la famille Banderas ? demanda-t-il, visiblement nerveux.

— Oui.

— Vous êtes prêt à payer ?

— Absolument, répondit Noah.

— Je peux entrer ? Je ne dois pas être vu avec vous.

Noah recula d'un pas.

— Vous connaissez Pilar Banderas ?

— Elle vit dans une ferme en dehors de la ville. Si personne ne vous a parlé, sur les quais, c'est parce qu'elle est liée aux rebelles, comme tous les autres.

— Combien pour ce renseignement ?

Calvo exigea une somme dérisoire aux yeux de Noah, mais qui devait représenter beaucoup pour lui.

— Je vous paierai quand nous atteindrons la ferme, décréta-t-il.

— D'accord. Nous devrons partir aux premières lueurs de l'aube, avant que les gens soient levés. Je ne veux pas qu'on nous voie ensemble, répéta l'homme.

Il revint comme convenu et ils quittèrent Santiago à bord de sa voiture pour gagner la montagne.

— Dans le temps, on trouvait des cimarrons, raconta l'homme.

Noah savait qu'il faisait référence aux esclaves fugitifs.

— Leurs descendants vivent dans ces montagnes depuis des centaines d'années. C'est ici que le général Maceo a recruté bon nombre de ses rebelles.

Finalement, l'homme arrêta sa voiture sur une propriété en retrait de la route. La maison était délabrée, de même que la grange attenante.

— On dirait qu'il n'y a personne, commenta-t-il.

Noah acquiesça, puis sauta à terre. Il rejoignit la maison, gravit les marches du porche, dont de nombreuses lattes étaient manquantes, et frappa à la porte.

Pas de réponse.

Il gagna l'arrière de la bâtisse. Les enclos étaient vides, le potager bien entretenu.

— Elle a de la famille ? demanda-t-il à son guide lorsqu'il revint à la voiture.

— Oui, mais j'ignore où ils habitent.

— Comment l'avez-vous connue ?

— J'ai grandi ici.

Noah lui remit l'argent promis et ils retournèrent en ville.

Une fois à l'hôtel, contrarié et furieux, Noah décida de partir pour la Floride. Il irait voir son vieil ami Miguel Ventura à propos des investissements de ses frères dans sa société de tabac, puis réfléchirait à la suite à donner à ses recherches pour retrouver Pilar Banderas.

8

Pilar balaya du regard la chambre qu'elle partageait avec sa sœur, une pièce magnifique, avec du linge de qualité, des rideaux en tissu précieux et un tapis moelleux. Son oncle Miguel Ventura et sa famille vivaient dans un véritable palais comparé à leur modeste ferme cubaine. Elles logeaient chez lui depuis deux semaines environ et Pilar était prête à rentrer chez elle. Sa sœur, en revanche, adorait ce nouvel environnement, de la salle de bains avec eau courante à la vaisselle en porcelaine, sans parler du jardin fleuri. Lorsque leur mère les avait emmenées faire des emplettes – leurs premiers vêtements neufs depuis la mort de leur père –, Doneta avait été émue aux larmes. Pilar, quant à elle, était plus à l'aise en pantalon de coton et chemise. Elle avait tenté de persuader sa mère qu'elle n'avait pas besoin d'une robe de bal pour la fête d'anniversaire, hélas, elle n'avait rien voulu entendre. Pilar avait dû endurer l'essayage d'une série de modèles pour finir par choisir une robe vert pâle dont les fines bretelles étaient ornées de roses.

— Que fais-tu là-haut, Pilar ? appela sa tante Simona. Tu es censée être en bas avec le professeur de danse !

— Je sais déjà danser !

— Que tu dis ! Au bal, nous n'aurons pas ces bourrées paysannes indécentes auxquelles vous êtes habituées chez vous. Tu dois apprendre à danser la valse.

Simona était l'épouse de son oncle Miguel, une véritable mégère. À peine les trois femmes étaient-elles arrivées chez elle qu'elle s'était montrée hostile. D'après Pilar, c'était non seulement parce qu'elles étaient pauvres – Simona était issue d'une famille fortunée –, mais aussi parce que les deux filles de Simona, Mari et Anya, qui avaient hérité du physique ingrat de leur mère, peinaient à trouver un mari et craignaient que la présence de Pilar et de la ravissante Doneta sous leur toit ne leur facilite pas les choses.

— Avez-vous vu ma mère ? s'enquit Pilar.

— Elle est allée visiter des maisons avec son frère. Elle songe à s'installer ici.

Pilar se crispa.

— À présent descends !

Après le dîner, tandis que Pilar, Doneta et Desa prenaient le frais sur la terrasse, Pilar interrogea sa mère :

— Tu comptes vraiment rester en Amérique ?

— Oui. Je veux commencer une nouvelle vie et le moment me semble idéal.

— Et notre maison ?

— Nous en aurons une autre, Pilar. Nous nous sommes battues et nous nous sommes débrouillées sans rien pendant si longtemps, et voilà que mon frère m'apprend que nos parents m'ont légué une grosse somme d'argent par testament. Que ce soit parce qu'ils éprouvaient un sentiment de culpabilité ou par amour, je l'ignore, quoi qu'il en soit, cet héritage nous permettra de mener une existence confortable.

— Avec cet argent, nous pourrions retourner à Cuba !

— Miguel a placé les fonds dans une banque américaine. À Cuba, nous devrons payer des taxes et des impôts à n'en plus finir, si bien qu'il ne nous restera quasiment rien.

— Et si moi, je préfère rentrer là-bas ? risqua Pilar.

— Tu es en âge de prendre tes propres décisions. Je ne te retiendrai pas.

Elle s'imagina un instant sa vie sans sa mère et sa sœur, car Doneta resterait ici, elle en était certaine.

— Je te ferai part de ma décision après la fête, conclut-elle.

— À ta guise.

Allongée sur son lit dans la pénombre, Pilar demanda à sa sœur dans un murmure :

— Tu préférerais vraiment habiter ici, Doneta ?

— Oh oui ! J'en ai assez de travailler dur pour si peu. Si un jour le pays évolue, les gens tels que nous auront peut-être droit à une existence décente. Pour l'heure... tu me trouveras sans doute superficielle, mais je suis impressionnée par la qualité de vie de notre oncle. Se coucher chaque soir le ventre plein, ne pas porter les mêmes haillons jour après jour. Tu te rends compte que je n'avais pas eu de vêtements neufs depuis la mort de papa ? Maman a fait de son mieux pour nous élever et nous nous sommes efforcées de l'aider. Pour une fois, je voudrais peindre un tableau que je puisse garder ou passer un moment à lire au lieu de chercher un moyen d'escroquer quelqu'un pour pouvoir manger.

Pilar comprenait ses arguments.

— Comme je l'ai dit l'autre jour, je trouverai peut-être un homme qui m'aimera. Si toi, tu t'en moques, Pilar, pour moi, c'est important.

Si Pilar ne cherchait nullement l'amour, elle ne reprochait pas à sa sœur de voir les choses différemment.

— Si seulement tu acceptais de rester, toi aussi, reprit Doneta. À qui vais-je me confier si tu t'en vas ? Avec qui vais-je plaisanter ?

— Avec ce fameux mari que tu recherches.

— Un mari ne rit pas. Du moins, je ne crois pas. Pilar, nous avons tout fait ensemble depuis le jour de ma naissance. Je ne me vois pas vivre sans toi.

— Tu veux que je me sente coupable, c'est ça ?

— Pas du tout ! Je te fais simplement part de mes sentiments.

Pilar se leva et alla s'asseoir sur le bord du lit de sa sœur.

— Quelle que soit ma décision, tu seras la première informée, assura-t-elle.

— Promis ? demanda Doneta en l'étreignant.

— Promis, répondit Pilar.

Si leur tante était hostile et acariâtre, les deux sœurs appréciaient la compagnie de leurs cousines. Celles-ci leur racontaient les joies de la vie en Floride et faisaient de leur mieux pour atténuer les piques de leur mère. Intelligentes et aimables, elles possédaient un sens de l'humour à toute épreuve. Le soir du bal, les quatre jeunes femmes se préparèrent ensemble dans la chambre de Mari, qui était aussi spacieuse que la maison entière des Banderas à Cuba. Elle avait trois ans de plus que sa sœur et un an de plus que Doneta.

— Vous êtes magnifiques, déclara-t-elle à ses cousines.

— Maman va s'étrangler de rage, railla Anya.

— Après quoi, reprit Mari, elle nous promènera dans l'assemblée en espérant qu'un homme souhaite nous acquérir.

Elles éclatèrent de rire, mais furent interrompues par l'arrivée de Simona.

— Vous êtes prêtes ?

Desa apparut à son tour, si belle qu'elle en était presque méconnaissable. Aux yeux de Pilar, Doneta était la plus belle, elle faisait toutefois pâle figure à côté de sa mère en robe émeraude, dont les cheveux relevés en chignon soulignaient la finesse des traits. Simona, quant à elle, arborait une robe trop serrée qui ne flattait pas ses rondeurs.

Elle étudia ses filles d'un œil critique.

— Vous êtes ravissantes, leur dit-elle d'un air pincé. Quant à vous, mes nièces, remontez donc ces décolletés. On risque de vous prendre pour des traînées.

— Pardon ? intervint Desa.

— N'oublie pas que ce sont mes filles qui recherchent un époux, rétorqua Simona. Pas les tiennes.

Sur ces mots, elle quitta la pièce.

— Désolée, bredouilla Anya à l'adresse de ses cousines.

— Ce n'est rien, assura Pilar.

— Les excuses ne sont pas de mise, déclara Desa. Nous sommes toutes belles. Descendons vite voir combien d'hommes nous pouvons impressionner.

Elles rirent de bon cœur. Desa en profita pour murmurer à ses filles :

— N'oubliez pas que nous venons de Santo Domingo. Nous ignorons qui est invité à ce bal.

Pilar se sentait engoncée dans cette robe inconfortable. Celle-ci était indéniablement élégante, mais elle aurait préféré ne pas avoir un décolleté aussi plongeant. À cela s'ajoutaient les souliers à talons auxquels elle n'était pas habituée et qui rendaient sa démarche un peu maladroite. Pourtant, tandis qu'elle traversait la salle, elle afficha un sourire de circonstance.

Entourée d'un essaim d'admirateurs, Doneta semblait apprécier l'attention qu'elle suscitait, et Pilar se réjouissait pour elle. En revanche, aucun de ces beaux jeunes gens n'accordait un regard à Mari et à Anya. Sa tante devait être furieuse, devinait-elle.

La réception était somptueuse, avec un buffet opulent et un orchestre. Chaque fois que sa mère ou son oncle lui présentait un invité, elle s'efforçait d'être aimable alors qu'elle aurait tout donné pour être ailleurs, de préférence chez elle. Le bonheur apparent de sa mère était une maigre consolation – elle ne l'avait pas vue aussi radieuse depuis la mort de son père.

Il faisait très chaud, aussi toutes les portes et fenêtres de la demeure étaient-elles ouvertes pour laisser entrer la brise. Pilar se dirigeait vers le bar pour aller chercher une boisson fraîche lorsque, jetant un coup d'œil vers l'entrée, elle se figea. Noah Yates ! Son cœur s'emballa et ses jambes menacèrent de se dérober.

Pivotant sur les talons, elle se perdit dans la foule. D'une main tremblante, elle accepta le verre de punch que lui tendait un serveur. Que diable faisait cet homme à la fête d'anniversaire de son oncle ? Risquant un regard furtif par-dessus son épaule, elle vit le maître de maison l'accueillir avec chaleur. En costume sombre, Yates était encore plus séduisant que dans ses souvenirs – elle n'était d'ailleurs pas la seule à l'avoir remarqué. Pilar chercha sa sœur des yeux. Alarmée par son expression, cette dernière s'excusa auprès des jeunes gens qui l'entouraient et rejoignit son aînée.

— Qu'est-ce qui ne va pas ?

— Suis-moi, ordonna Pilar en filant vers la terrasse.

Quelques rares invités profitaient d'un peu de calme et de fraîcheur. Les deux sœurs s'isolèrent.

— On dirait que tu as vu un fantôme, commenta Doneta.

— Presque. Noah Yates vient d'arriver !

— Le capitaine du bateau que tu as volé ? s'exclama Doneta, stupéfaite. Qu'est-ce qu'il fabrique ici ?

— Je l'ignore, mais j'ai cru m'évanouir en le voyant !

— Tout va bien, la rassura Doneta. Tu étais déguisée, non ?

— En effet.

— Dans ce cas, il n'y a aucun risque qu'il te reconnaisse.

— Oui, bien sûr, tu as raison, admit-elle. Je me suis affolée pour rien.

— Si jamais il t'aborde, fais comme s'il se méprenait.

Forte de cette stratégie très simple, Pilar peinait pourtant à calmer son angoisse.

— Tu te sens mieux ? s'enquit sa cadette.

— Beaucoup.

— Je peux rejoindre mes chevaliers servants, à présent ?

— Tu peux, répondit Pilar en riant.

— Tant mieux, parce que je passe une soirée merveilleuse. Certains de ces messieurs sont particulièrement charmants.

— Veille à en choisir un qui soit également très riche.

— Cela va de soi ! Yates ne peut t'identifier, mais montre-le-moi, histoire que je le surveille discrètement.

À l'intérieur, Yates était toujours en grande conversation avec Miguel.

— C'est lui.

— Oh ! Il est fort séduisant, lui aussi. Cette balafre ajoute à sa virilité, je trouve.

— Quoi ? bredouilla Pilar, troublée.

— Il a tout des héros de ces romans que maman et moi dévorons.

Pilar préférait ne pas en savoir davantage.

— Retourne à tes admirateurs, quant à moi, je vais m'efforcer de rester à distance de Yates.

— Tu n'as aucune raison de t'inquiéter, insista sa sœur.

Priant pour que ce soit vrai, Pilar regarda Yates s'incliner sur la main de sa cousine Mari, qui semblait sur le point de se pâmer.

Pourquoi diable avait-il accepté cette invitation ? C'était de la folie. Il y avait tant de monde que Noah parvint tout juste à s'emparer d'un verre de vin sur un plateau. Tous les habitants de Floride d'origine espagnole semblaient s'être donné rendez-vous chez Ventura.

Miguel et lui s'étaient rencontrés dans les rues de Key West, où il vendait ses cigares. Noah et Kingston les avaient trouvés tellement exceptionnels qu'ils avaient proposé à Miguel de les distribuer dans des boutiques partenaires au Texas, à La Nouvelle-Orléans et même à Londres et en Espagne. Miguel avait accepté et leur association prospérait.

Les cigares se vendaient si bien qu'il avait fallu augmenter la production. Avec le soutien financier de Noah et de Kingston, il avait acquis un entrepôt et engagé des ouvriers supplémentaires. En plus d'être un excellent homme d'affaires, Ventura était un homme charmant.

En vérité, Noah était honoré d'avoir été convié. L'échec de ses recherches à Santiago lui avait laissé un goût amer, et il voyait là une occasion de se distraire. Le lendemain, il avait un rendez-vous professionnel avec Miguel, après quoi il poursuivrait son enquête sur la pirate. Il craignait que Gordonez ne l'ait avertie qu'elle était recherchée, mais n'avait aucun moyen de le savoir.

— Noah, permets-moi de te présenter ma sœur, Desa Banderas.

Le nom de famille fit tiquer Noah.

— Desa est en visite. Elle vit à Santo Domingo, ajouta son hôte.

— Enchanté, madame, dit Noah en s'inclinant sur sa main. Seriez-vous parente des Banderas de Santiago de Cuba ?

— Non, répondit-elle.

Sa main tremblait légèrement, et il remarqua une hésitation dans son regard. Le fauve qui sommeillait en lui sentit la proie et sourit.

— Noah est l'un de mes partenaires en affaires, expliqua Miguel à sa sœur. Nous sommes amis depuis des années.

— Nous sommes-nous déjà rencontrés ? s'enquit-il d'un air innocent.

— Jamais, assura-t-elle en secouant la tête.

S'il ne décela aucune cicatrice révélatrice sur le dos de sa main, il trouva sa réaction intéressante.

— Êtes-vous venue seule en Floride, *señora* ?

— Non, répondit Miguel à sa place. Elle est accompagnée par ses ravissantes filles, Doneta et Pilar.

Noah demeura impassible. Certes, il devait exister plus d'une Pilar Banderas de par le monde, il n'empêche, son instinct lui soufflait qu'il touchait au but. Sentant le regard de Desa peser sur lui, il déclara à Miguel :

— Si elles sont aussi charmantes que leur mère, je serai honoré de faire leur connaissance.

Desa étrécit imperceptiblement les yeux. Elle se demandait s'il s'agissait là d'une menace, et il décida de la laisser, pour l'instant, dans l'incertitude.

— Je vous souhaite un excellent séjour, ainsi qu'à vos filles, conclut-il en s'inclinant.

Sur ce, il s'éloigna en direction du buffet. Tout en garnissant son assiette, il tenta de deviner laquelle de ces invitées était celle qu'il traquait. Les jolies jeunes femmes ne manquaient pas, nota-t-il. Il élimina les plus grandes, dont une beauté en robe blanche au sourire plein de promesses. Il avait beau la trouver à son goût, rien n'aurait pu le détourner de sa mission. Il se posta près d'une porte-fenêtre donnant sur la terrasse et continua de balayer la pièce du regard. Une autre créature de rêve, en robe rose et entourée de prétendants enamourés, semblait avoir la petite stature qu'il recherchait. Croisant furtivement son regard, il décela une certaine tension en elle. Elle lui adressa un signe de tête avant de concentrer de nouveau son attention sur ses admirateurs. Intrigué par sa nervosité manifeste, il l'observa à la dérobée. Il avait gardé un œil sur Desa Banderas et, pour l'heure, elle ne s'était pas approchée de ses filles. Les évitait-elle pour les protéger de lui ou simplement parce qu'il y avait un monde fou ? Il finirait bien par le savoir.

Après avoir vu Yates regarder Doneta, Pilar chercha sa mère des yeux dans la foule. Celle-ci surveillait l'Américain. Pilar aurait voulu savoir comment s'étaient déroulées les présentations, mais elle s'était abstenue de parler à sa mère dans l'espoir que Yates prenne congé. Après tout, il ignorait à quoi elle ressemblait...

— Ah, Pilar, tu es là ! s'écria son oncle en s'approchant. Il y a ici un gentleman que j'aimerais te présenter.

D'instinct, elle sut de qui il s'agissait.

— Je... J'allais justement chercher une part de gâteau...

— Ce ne sera pas long.

Elle se laissa entraîner vers Noah Yates.

— Noah, je te présente ma nièce Pilar, la fille aînée de Desa.

En croisant le regard sombre de Noah, elle crut défaillir. Il s'empara de sa main, s'inclina avec élégance et hésita une fraction de seconde avant de la porter à ses lèvres. Le contact eut beau être furtif, elle ressentit une onde de chaleur se diffuser en elle.

— Enchantée, monsieur. J'espère que vous passez une bonne soirée, parvint-elle à articuler malgré son trouble.

— Excellente, assura-t-il.

Il n'avait pas lâché sa main et affichait une expression légèrement amusée.

— Puisque je ne connais personne à part votre oncle, puis-je vous imposer ma présence pour bavarder un peu ? Il paraît que vous venez de Santo Domingo. J'ai de la famille là-bas et je me demandais si la situation était aussi instable qu'on le dit dans les journaux.

— Ma femme me fait signe, prétendit Miguel en se tournant à demi. Je vais voir ce qu'elle me veut.

Pilar faillit l'implorer de rester, puis elle se rappela ce que Doneta avait dit : Yates ne connaissait pas ses traits.

— Où habitez-vous, monsieur Yates ? s'enquit-elle.

— En Californie.

— Parlez-moi donc de ce beau pays.

Ils discutèrent pendant quelques minutes, puis il demanda soudain :

— Nous sommes-nous déjà rencontrés ?

— Je ne pense pas, non, répondit-elle, crispée.

— Vous êtes sûre ?

— Certaine. Il paraît que nous avons tous un sosie quelque part. Peut-être avez-vous rencontré une femme qui me ressemble...

— C'est possible, en effet.

Les premiers accords d'une valse résonnèrent soudain.

— M'accorderez-vous cette danse ? s'enquit Yates.

Pilar eut envie de refuser tout net, mais n'osa pas.

— Volontiers, répondit-elle en soutenant son regard.

Et c'est ainsi qu'elle se retrouva sur la piste, la grande main chaude de Yates au creux de sa taille. Au gré de leurs mouvements, elle percevait la chaleur de son corps et ne pouvait s'empêcher de trouver sa proximité presque enivrante. Yates semblait à l'aise, alors qu'elle devait se concentrer sur ses pas tant elle tremblait intérieurement.

— Vous dansez bien, murmura-t-il.

— Merci, dit-elle en levant les yeux vers lui.

Il semblait amusé et elle se crispa de nouveau. Ils tournoyaient de plus belle sur la piste lorsqu'il chuchota :

— Comme on se retrouve, ma petite pirate.

Sans réfléchir, Pilar se libéra de son étreinte, pivota sur les talons et fendit la foule, bredouillant des excuses aux danseurs qu'elle bousculait. Des verres furent renversés, des invités protestèrent. Tous les regards étaient braqués sur elle, mais elle n'en avait cure. Il fallait qu'elle quitte cet endroit au plus vite.

Jetant un coup d'œil par-dessus son épaule, elle découvrit que Yates l'avait suivie. Il souriait qui plus est ! Elle ignorait quelles étaient ses intentions et ne voulait pas le savoir. Empoignant ses jupes, elle se mit à courir. Elle déboula dans le grand hall, fila vers l'escalier dont elle gravit les marches à toute allure, Yates dans son sillage. Ah, il s'était bien joué d'elle sur la piste de danse ! En remontant le couloir, elle passa devant le petit salon de son oncle. Elle s'y engouffra. Des rapières étaient exposées sur un des murs. Elle en prit une et fit volte-face. Yates se tenait sur le seuil, les bras croisés.

— Vous choisissez l'épée ? dit-il.

Pilar se redressa, les yeux rivés sur son adversaire, le bras tendu.

— J'en conclus que la réponse est oui.

Il s'approcha de quelques pas. Prudente, elle recula d'autant.

À sa grande surprise, il décrocha à son tour une rapière qu'il soupesa.

— S'il y a une chose que ma mère espagnole a tenu à nous enseigner, à mon frère et moi, c'est l'escrime. Non pas pour nous défendre, mais parce que tout Espagnol bien éduqué se doit d'être un maître d'armes.

Miguel, Desa, Doneta et un groupe d'invités se massaient déjà derrière Yates.

— Noah, que se passe-t-il ? s'enquit Ventura.

Yates prit le temps d'enlever sa veste.

— Une affaire personnelle. J'insiste pour que tu ne t'en mêles pas.

— Pilar, pose cette épée ! ordonna son oncle.

— Je ne peux pas.

Les deux adversaires s'observaient en tournant en rond.

— Ainsi vous connaissez la *destreza*, dit Noah, impressionné.

En espagnol, ce mot signifiait « dextérité » et désignait la version locale de l'escrime.

— La *verdadera destreza*, répliqua-t-elle.

L'art véritable. Au contraire des combats linéaires en vogue dans certains pays comme l'Italie, la *destreza* se pratiquait selon un cercle imaginaire.

— Noah, j'exige une explication !

— Miguel, à moins que tu ne souhaites voir ta nièce livrée aux autorités, je te suggère de nous laisser régler cette histoire entre nous. La piraterie est hors la loi, n'est-ce pas, Pilar ?

— La piraterie ? répéta son oncle, interloqué.

Du coin de l'œil, Pilar vit l'expression horrifiée de sa sœur et de sa mère.

— Monsieur Yates ! lança Desa.

Au moment où il se détournait, Pilar lança l'offensive avec une telle vigueur qu'elle lui lacéra le menton. Elle l'aurait blessé plus gravement s'il n'avait pas paré sa nouvelle attaque.

Il porta les doigts à sa plaie et, les découvrant maculés de sang, regarda Pilar avec un mélange d'admiration et d'étonnement.

— Eh bien... vous êtes habile, je dois l'admettre. Lors de notre première rencontre, j'ai cru à un artifice. Vous venez de capter toute mon attention. Cependant, la manœuvre de diversion de votre mère n'était pas très honnête.

— Vous êtes plus grand et plus fort que moi. Je dois exploiter tous les avantages qui se présentent.

Ils reprirent le combat, feintèrent, parèrent les coups, attaquèrent et reculèrent tour à tour dans un tintement de métal.

Tandis qu'ils croisaient le fer, Pilar se mit à tournoyer tel un derviche et faillit prendre au dépourvu son adversaire, qui se montra toutefois plus rapide.

— Vous êtes très douée, *chiquita*, mais c'était encore un coup bas.

— Vous avez sans doute été formé par quelque maître d'armes espagnol de renom. Quant à moi, j'ai eu un pirate pour professeur.

Elle redoubla d'efforts, enchaînant les attaques. Malgré tout, elle n'était pas de taille, de sorte qu'il n'eut aucun mal à les parer.

— Vous aimez contourner les règles ?

D'un coup de poignet, il coupa la fine bande de tissu qui couvrait l'épaule gauche de la jeune femme, révélant une partie de son corset. Un instant bouche bée, elle tenta tant bien que mal de se couvrir.

— Je suis un gentleman, voyez-vous, j'ai veillé à ne pas vous toucher la clavicule. Nous nous en tenons là ?

— Non, répliqua-t-elle.

Pour lui prouver sa détermination, elle coupa elle-même l'autre bretelle, puis, sans se soucier de l'indécence de sa tenue, se remit à tourner en rond.

Il éclata de rire.

— Ah, voilà une femme selon mon cœur !

— Je vais le transpercer de mon épée !

— J'en doute. À présent finissons-en car nous avons à parler.

Sur ce, il attaqua. Pilar s'efforça de se défendre du mieux qu'elle put, mais la fatigue commençait à se faire sentir. Contrainte de reculer encore et encore, elle se retrouva le dos au mur, acculée. Ravalant des larmes de frustration, elle jeta sa rapière et se détourna pour ne pas assister au triomphe de son adversaire.

— Une reine guerrière ne pleure pas, murmura-t-il.

Étonnée, elle se tourna vers lui. Il fixait sur elle un regard farouche.

— Vous vous êtes bien battue, reprit-il. Gardez la tête haute.

Il alla récupérer sa veste et la posa sur les épaules de Pilar, puis, sans la quitter des yeux, il lança :

— Miguel, il faut que je te parle, ainsi qu'à la mère de Pilar.

— Allons dans mon bureau, proposa Miguel.

Sans prévenir, Noah souleva Pilar de terre et la porta hors de la pièce sous le regard médusé des invités encore présents.

9

Si Noah ne savait pas à quoi s'attendre, durant ce combat il avait eu l'impression d'être plus vivant que jamais. La bravoure de cette femme, sa témérité avaient ouvert une brèche en lui. Il en voulait davantage. Il voulait que cette femme entre dans sa vie.

— Vous pouvez me poser, à présent, ordonna-t-elle froidement lorsqu'ils pénétrèrent dans le bureau de son oncle.

Loin d'obéir, il prit le temps de la dévisager. Elle avait les yeux encore humides et les mâchoires serrées. Lorsqu'il l'avait rencontrée, il ignorait que sous la capuche sombre se dissimulait un aussi beau visage. Ses cheveux bruns bouclés étaient coupés court. Quoique inhabituelle pour une femme, cette coiffure seyait à merveille à sa personnalité hors du commun. Vaincue mais pas conquise, c'était bel et bien une reine guerrière.

Finalement, Noah la déposa sur le sol. Elle resserra la veste sur ses épaules, puis glissa la main dans sa poche et en sortit un mouchoir.

— Vous saignez, l'informa-t-elle en le lui tendant.

Esquissant un sourire, il se tamponna le menton.

— Je ne m'excuserai pas pour cela, le prévint-elle.

— Je ne vous le demande pas.

La mère de la pirate apparut, accompagnée de la jeune femme en robe rose qu'il avait remarquée en début de soirée. À en juger par leur ressemblance, ce devait être la sœur cadette. Toutes deux le fusillèrent du regard et rejoignirent Pilar d'un pas vif.

— Tout va bien, les rassura cette dernière.

Miguel entra, Simona dans son sillage.

— Qu'est-ce que c'est que cette histoire de piraterie ? demanda-t-il sans détour à Noah.

— Pilar, vous souhaitez lui expliquer vous-même ? suggéra ce dernier.

— Je suis sûre que vous relaterez les faits mieux que moi.

Noah décrivit donc à Miguel son enlèvement et le vol de *L'Alanza.* Si Miguel en demeura sans voix, il n'en alla pas de même pour son épouse :

— Je savais qu'il ne fallait pas les recevoir ! Des soldats risquent de frapper à la porte à tout moment ! Il n'est pas question que ta sœur et ses fripouilles de filles causent notre ruine !

— Ça suffit ! tonna Miguel qui se tourna ensuite vers sa sœur. Je te présente mes excuses, Desa.

— Je les accepte, dit cette dernière avant d'ajouter à l'adresse de Simona : N'insulte plus jamais mes filles !

— Sinon ?

En guise de réponse, Desa gifla sa belle-sœur.

— Voilà !

— Miguel..., gémit Simona en portant la main à sa joue meurtrie.

— Va t'asperger le visage d'eau froide, grommela son époux.

Elle n'insista pas et tourna les talons en gémissant.

Fulminante, Desa demanda à Noah :

— Quel dédommagement exigez-vous de nous ?

— La permission d'épouser votre fille.

Un silence de plomb suivit cette déclaration.

Puis Ventura laissa échapper un rire gêné.

— Tu plaisantes, sans doute...

— Pas du tout, rétorqua Noah. Tu préfères que je la livre aux autorités ?

— Bien sûr que non, bredouilla Miguel. Noah... tu ne la connais même pas !

— Je ne demande pas mieux que de faire plus ample connaissance. Je suis sûr que nous nous entendrons à merveille. Si tu souhaites que je la courtise, je t'accorde un mois, deux au maximum. J'aimerais regagner la Californie avec mon épouse dès que j'aurai relancé mes affaires.

— Et si vous ne vous entendez pas ? intervint Desa.

— Croyez-moi, je suis certain du contraire.

Pilar le regardait comme s'il lui était poussé deux têtes.

— Vous ne vous attendiez pas à cela, n'est-ce pas ? lui demanda-t-il.

— Non, souffla-t-elle.

— Moi non plus.

Son regard s'attarda sur elle, puis il reporta son attention sur Miguel et Desa.

— Je vous laisse discuter de ma proposition. Je vous attends sur la terrasse où vous me ferez part de votre décision.

Sur ces mots, il quitta le bureau.

Pilar était pétrifiée.

— Tu crois qu'il la livrerait aux autorités ? demanda Doneta à son oncle.

— C'est un homme de parole. Si ce qu'il nous a raconté est vrai, il a de quoi faire inculper ta sœur.

— Je ne veux pas d'un fiancé ni d'un mari, maman ! s'écria Pilar, affolée.

— Je sais, ma fille. Mais es-tu prête à aller en prison ?

— Bien sûr que non !

— Et si nous lui proposions de lui rendre son bateau ? hasarda Miguel.

— Il a été coulé par la marine espagnole, répliqua Desa. En outre, et si pénible que ce soit d'être d'accord avec Simona, il se peut que le gouvernement la recherche.

Elle lui relata la mésaventure de sa fille avec la marine.

— *Dios !* s'exclama-t-il. De mieux en mieux ! Desa, quelle enfant as-tu élevée ?

— Une enfant fougueuse et parfois indomptable, admit sa sœur avec un sourire triste.

Si Pilar ne s'offusquait pas de la description de sa mère, elle n'avait aucune envie d'être l'épouse de Noah Yates jusqu'à la fin de ses jours.

— Que sais-tu de lui, Miguel ? s'enquit Desa.

— Il est très riche et issu d'une vénérable famille espagnole établie en Californie. Elle aurait pu plus mal tomber.

— Ce genre d'homme doit avoir l'embarras du choix en matière de femmes.

— Il semblerait qu'il ait un faible pour ta fille.

— Mon oncle, si tu lui parlais, il entendrait peut-être raison, suggéra Doneta.

Pilar secoua la tête.

— Si quelqu'un doit lui parler, c'est moi.

— Tu en es certaine ? demanda son oncle.

— Absolument, mentit-elle.

En réalité, elle redoutait une entrevue avec Yates. Cette histoire était une pure folie.

— Tu lui as causé beaucoup de tort, lui rappela Miguel. Ce bateau était son gagne-pain, et mon avenir est lié au sien. Alors qu'il aurait pu aller voir les autorités américaines, il te propose une solution. Tu devrais la prendre en considération, je pense.

Si Pilar était consciente de la sagesse de ces paroles, ce n'était pas ce qu'elle avait envie d'entendre, loin de là.

— Oui, *tio*.

Si seulement elle avait écouté Tomas et choisi une autre cible que Yates ! Il fallait absolument le convaincre de changer d'avis sur ce mariage tout en évitant d'être jetée en prison.

— Commençons par remettre de l'ordre dans ta tenue, proposa sa mère.

Quelques minutes plus tard, Pilar quittait à son tour le bureau. Elle espérait en son for intérieur que Yates aurait renoncé à sa lubie et n'aurait plus envie de l'épouser, mais elle savait qu'elle se berçait d'illusions. Lorsqu'elle sortit de la maison, elle entendit au loin le brouhaha des invités qui s'en allaient. Dès le lendemain, les ragots iraient bon train. Elle regrettait sincèrement d'avoir transformé la fête d'anniversaire de son oncle en un tel fiasco, malheureusement elle ne pouvait y changer quoi que ce soit.

La soirée était superbe, nota-t-elle, et le jardin embaumait sous la lune.

Il était assis sur la terrasse. Une bougie était posée sur la table près de lui, jetant des ombres vacillantes sur son visage. À son approche, il se leva.

— Je vous attendais, dit-il.

Elle lui rendit son manteau tandis qu'il lui présentait une chaise. Elle le dévisagea en silence, ne sachant trop par où commencer.

— D'après mon oncle, vous êtes suffisamment riche pour avoir n'importe quelle femme. Pourquoi moi ?

— Parce que vous êtes la seule à manier ainsi la rapière.

Elle n'en crut pas un mot.

— C'est ce qu'une femme ayant votre caractère et votre fougue mérite.

Cette explication fit battre le cœur de Pilar, qui n'avait jamais eu droit à un tel compliment de la part d'un homme.

— Vous ne pouvez avoir des sentiments pour moi, répliqua-t-elle.

— C'est vrai. Mais cela viendra avec le temps. Et j'espère qu'il en sera de même pour vous.

Elle n'en fut que plus troublée, jusqu'à se demander s'il n'était pas fou.

— Je ne comprends pas.

— Moi non plus, mais j'aimerais essayer. Vous préféreriez devenir ma maîtresse plutôt que de m'épouser ?

— Certainement pas.

— Je m'en doutais.

Elle crut le voir sourire dans la pénombre.

— Simple hypothèse, dit-elle, supposons que nous convolions. En tant que mari, vous auriez tous les droits sur moi. Cherchez-vous à vous venger de moi parce que j'ai volé votre bateau ?

— Non, Pilar. J'ai beau avoir l'air d'un barbare, je suis un véritable gentleman. En tant qu'épouse, vous aurez tous les avantages liés à mon statut, une belle maison, des domestiques, de l'argent à dépenser. Vous aurez tout ce que vous voudrez, dans la limite du raisonnable, bien sûr. Je décrocherais la lune pour vous.

Le cœur de la jeune femme manqua un battement.

— Cela n'a aucun sens, souffla-t-elle.

— Je ne vous le fais pas dire. Avez-vous déjà été courtisée ?

Elle eut envie de mentir et de lui répondre « des dizaines de fois ».

— Non.

— Avez-vous déjà donné votre cœur à un homme ?

Jamais elle n'avait été à ce point déstabilisée. Elle le trouvait dominateur en dépit de sa douceur apparente, au point qu'elle eut envie de s'enfuir de nouveau.

— Non.

— Dans ce cas, laissez-moi vous courtiser, *chiquita*. Je vous promets que nous avancerons très lentement.

Le souffle court, Pilar sentit son cœur s'emballer.

— Dites oui, ma petite pirate…

Elle était incapable de prononcer un mot.

— Si vous craignez d'être loin de votre famille, sachez que ma mère sera aussi protectrice que la vôtre. Vous aurez deux belles-sœurs qui vous aideront et mes frères veilleront sur vous comme si vous étiez de leur sang.

— Mais je ne veux pas vous épouser.

— Je le comprends. Cela dit, nombre de mariages arrangés donnent des couples très heureux, vous savez.

— Ce n'est pas toujours le cas. Ma mère a laissé son fiancé devant l'autel pour s'enfuir avec mon père.

— Vous avez hérité de sa détermination.

Elle espérait le décourager en racontant cette anecdote et il lui répondait d'un compliment qui ne fit que la déstabiliser davantage. Il parut jauger son silence, puis reprit :

— Vous n'avez pas proposé de me rendre mon bateau. Pourquoi ?

Elle hésita si longtemps qu'il dut insister :

— Pilar ?

— Il a sombré sous les boulets de canon de la marine espagnole.

— Vous étiez à bord ?

— Oui.

— Vous avez été blessée ?

— Quelques contusions, rien de grave. J'ai avalé pas mal d'eau de mer...

— Et vous utilisiez *L'Alanza* pour ?

— Du trafic d'armes.

Il rit tout bas et croisa les bras.

— Pour les rebelles ?

Elle hocha la tête dans l'espoir de lui faire peur. Quel homme voudrait épouser une trafiquante ?

— Le gouvernement vous recherche ?

— C'est possible.

— En tant qu'épouse d'un Américain, vous pourriez bénéficier de mesures de protection. Raison de plus pour accepter.

Mais qui la protégerait de lui ?

— Depuis combien de temps êtes-vous liée aux rebelles ?

— Depuis la mort de mon père, en 1877.

— Quel âge aviez-vous ?

— Quinze ans.

Elle avait imploré sa mère de la laisser rejoindre l'armée révolutionnaire. Hélas, considérée comme trop menue pour combattre, elle s'était retrouvée parmi les femmes rebelles, à l'arrière-garde.

— Comment est-il mort ?

— Les Espagnols l'ont pendu pour trahison.

Noah accusa visiblement le coup.

— Mes condoléances, murmura-t-il.

— Merci.

Le décès de ce père qu'elle aimait tant lui avait brisé le cœur. Il s'était engagé pour la cause afin d'honorer la mémoire de ses frères, et elle avait fait de même pour lui.

— Je suis capable de piloter un navire et de tirer à la carabine, dit-elle. Je peux marcher pendant des heures dans la jungle sans manger ni dormir. Je sais allumer un feu sans fumée, me nourrir dans la nature, soigner les blessures et aiguiser ma machette. En revanche, j'ignore tout de la vie d'épouse.

— Et moi, je ne sais pas ce que c'est d'être un mari. Nous sommes quittes. Lorsque nous aurons surmonté les inévitables chamailleries des débuts, j'inviterai votre mère et votre sœur, en espérant qu'elles acceptent de nous rendre visite.

— Je doute que les choses se passent aussi facilement que vous l'imaginez.

— J'imagine une lutte acharnée, Pilar. Rien n'est facile, dans la vie, surtout pas une femme aussi belle et téméraire.

Une fois encore, elle fut touchée par son compliment.

— Du moment que vous me comprenez..., dit-elle.

— Je vous comprends.

Elle se leva en réprimant un tremblement intérieur. Elle ne craignait pas pour sa sécurité. Ce qu'elle redoutait n'avait pas de nom ; elle savait juste qu'une partie d'elle-même se révélait incapable de lui résister alors que la raison lui intimait de fuir.

— Vous ne m'avez toujours pas répondu, lui rappela-t-il d'une voix douce. Souhaitez-vous que je vous courtise ?

— Vous ne me laissez pas vraiment le choix ! Oui, vous pouvez me courtiser. À demain.

Cette fois, il sourit ouvertement.

— Ce n'est pas drôle, riposta-t-elle.

— Je suis impatient de livrer bataille contre vous. Nuance.

Exaspérée, Pilar secoua la tête et prit congé.

Après qu'elle eut disparu dans la nuit, Noah se plongea dans ses pensées. Il était désormais certain d'avoir perdu la raison, mais son corps n'en avait visiblement que faire tant il était attiré par la jeune femme. Pilar était aussi belle que féroce, et en dépit de son inexpérience manifeste s'agissant des hommes, elle serait une cible de choix. Leur combat à l'épée l'avait empli de joie et il se réjouissait à l'avance de ce qu'ils allaient partager.

Ce soir, pour la première fois depuis son atroce expérience sur l'île, l'armure qui le protégeait s'était fissurée. Cette découverte lui donnait l'espoir de s'en libérer un jour. Apparemment, Pilar possédait la clé de cette armure, et le simple fait de penser à elle apaisait sa douleur. Il savait désormais que la lumière pouvait percer les ténèbres. Sa guerrière et lui se battraient pour trouver un terrain d'entente, et peut-être aurait-il un aperçu de cette joie que ses frères avaient trouvée avec leurs épouses respectives. Il était si heureux de la tournure prise par les événements qu'il eut envie d'envoyer un câble à Drew pour l'informer que, enfin, il profitait de la vie.

Desa et Doneta attendaient Pilar dans sa chambre.

— Comment ça s'est passé ? s'enquit sa mère.

Pilar s'installa dans un fauteuil.

— Il refuse de revenir sur sa décision.

Elle préféra passer sous silence ce qu'elle avait ressenti au cours de leur échange.

— Je lui ai demandé si c'était là une vengeance de sa part, et il m'a assuré que non.

— Pourquoi, alors ? fit Doneta.

— À l'en croire, je suis la seule femme qu'il connaisse capable de manier une rapière.

Elle leva les yeux au ciel.

— Il a précisé que j'aurais une belle maison, de l'argent, des domestiques, tout ce que je voudrais. Il est prêt à décrocher la lune pour moi.

— Seigneur, si tu ne veux pas de cet homme, je veux bien l'épouser, moi ! s'exclama Doneta en riant.

Elles s'esclaffèrent et Pilar se demanda comment elle survivrait en Californie sans sa sœur.

— Il souhaite que vous veniez nous rendre visite en Californie quand nous serons installés. Je l'ai averti que ce ne serait pas si facile. Il n'espère quand même pas me conquérir en l'espace de deux mois !

— Tu as peur de lui ? demanda sa mère.

— Non. Il m'a assuré qu'il était un gentleman et je le crois. C'est juste que je ne comprends pas pourquoi il agit ainsi.

— Il est peut-être amoureux de toi, hasarda Doneta. D'après notre oncle, c'est un homme honorable. Tu aurais pu tomber sur pire.

— Mais je ne veux rien de tout ce qu'il m'offre ! Il avait juré de me retrouver et il a réussi.

Voyant l'expression perplexe de sa mère, elle rapporta les propos de Noah le soir de l'enlèvement et du vol du navire.

— Il est très motivé, commenta Desa.

— Apparemment, soupira Pilar. Et je ne sais rien de l'art de se faire courtiser.

— Moi si, intervint Doneta, rêveuse. Dans les romans, l'homme emmène sa bien-aimée en promenade. Il lui offre des fleurs et des chocolats. Parfois, quand le chaperon ne regarde pas, il lui vole un baiser.

La perspective d'un baiser de Yates donna le tournis à Pilar.

— Je ne l'embrasserai pas, Doneta ! Tu crois qu'il va essayer ?

C'était fort possible. Seigneur !

Sa mère fixait sur elle un regard pénétrant.
— Tu as accepté d'être courtisée ? demanda-t-elle.
— Je n'ai guère le choix, il me semble.
— Les choses se passeront peut-être mieux que tu ne le crains.
— J'en doute.
— Il n'empêche, tu dois garder l'esprit ouvert.
Pilar n'en avait aucune envie.
— Je vais me coucher, annonça-t-elle, sachant déjà qu'elle ne fermerait pas l'œil de la nuit.

10

Pilar s'attendait à ce que Yates se présente à la première heure. Il n'en fut rien. En milieu de journée, elle commença à se détendre. Peut-être s'était-il dit qu'une trafiquante d'armes n'était pas une femme pour lui, finalement. Ce n'était qu'un vœu pieux, bien sûr, elle en était consciente. Il avait certainement été retardé par quelque affaire à régler et avait remis sa visite au lendemain. En attendant, elle passa l'après-midi dans le jardin, à poser pour son portrait. Doneta avait décidé qu'elle voulait un tableau en souvenir, pour quand elle s'installerait en Californie.

— Pilar, ne bouge pas ! implora-t-elle. Tu ne tiens pas en place, ça ne me facilite pas la tâche.

— Désolée.

C'était la première fois qu'elle servait de modèle et elle avait bien du mal à rester immobile.

— Tu en as pour encore combien de temps ?

— Si tu ne te calmes pas, je n'aurai pas terminé avant Noël.

— Pilar ! appela leur mère en apparaissant dans le jardin. Te souviens-tu d'avoir rencontré un dénommé Luis Garcia, hier soir ?

— Non.

Pilar n'avait retenu de cette soirée que ce qui impliquait Noah Yates.

— Apparemment, lui se souvient de toi. Il est dans le petit salon et souhaite bavarder un peu avec toi.

— Pourquoi ? s'étonna Pilar.

— Je crois qu'il souhaite te courtiser.

Pilar soupira. Elle qui avait passé sa vie sans homme, voilà que les soupirants faisaient la queue devant sa porte !

— Que lui as-tu répondu ?

— J'ai accepté qu'il te rencontre. Puisque tu ne supportes pas M. Yates, le fait que tu accordes de l'attention à un autre homme le fera peut-être changer d'avis.

Pilar en doutait.

— Et à quoi ressemble ce *señor* Garcia ? s'enquit Doneta.

— Il ne faut pas se fier uniquement au physique, éluda sa mère.

— J'en conclus qu'il est ventripotent et qu'il a un œil de verre.

Sa mère la foudroya du regard, puis ordonna à Pilar d'aller se changer.

— Mets la robe bleue que nous venons d'acheter.

Pilar ouvrit la bouche pour protester.

— Tu préfères peut-être partir pour la Californie ?

La jeune femme n'insista pas et regagna la maison.

Lorsqu'elle entra dans le petit salon, quelques minutes plus tard, l'homme qui devait être Luis Garcia se leva. S'il n'était pas plus grand qu'elle, il était bien plus âgé. Il arborait une moustache fournie, sans doute pour compenser sa calvitie et sa petite taille. Il s'empara de la main de Pilar et s'inclina avec respect.

— C'est un honneur de vous revoir, *señorita* Banderas.

Où diable lui avait-elle été présentée ? Elle n'en gardait aucun souvenir. Elle lui répondit néanmoins :

— Un honneur partagé.

Il avait la main si moite qu'elle eut toutes les peines du monde à ne pas s'essuyer la paume sur sa robe. En s'asseyant, elle effleura tout de même discrètement l'accoudoir du divan. Elle avait passé l'âge d'avoir un chaperon, mais sa mère en faisait office car elles ne connaissaient pas Garcia. Elle affichait un sourire aussi contraint que celui de sa fille.

L'homme sourit à son tour, révélant des dents gâtées.

— Quel âge avez-vous ?

Quelle curieuse façon de démarrer une conversation. Un peu cavalière, semblait-il. Pilar le dévisagea un instant avant de répondre :

— Vingt-cinq ans.

— Vous ne les faites pas, avoua-t-il, surpris.

— Merci, dit-elle.

Ce devait être la réaction requise. En vérité, elle mourait d'envie de prendre ses jambes à son cou et de planter là ce monsieur aux mains moites. Sa mère, qui avait dû le deviner, lui intima du regard d'être aimable. Pilar prit une profonde inspiration et sourit.

— À quelle fréquence allez-vous à la messe ?

Si Pilar était croyante, sa famille n'avait jamais pratiqué régulièrement.

— À Pâques et à Noël.

— C'est tout ?

— Oui.

— Je vois.

Combien de temps fallait-il pour obtenir une moustache aussi imposante ? se demanda-t-elle. Elle semblait jaillir de ses narines.

— *Señorita* Banderas, je viens de vous demander si vous étiez baptisée.

Concentrée sur sa pilosité, elle n'avait pas entendu sa question.

— Pardon... Oui, je suis baptisée.

— Elle l'a été à la naissance, précisa Desa avec fierté.

— La femme que j'épouserai devra assister à la messe chaque dimanche, assena-t-il.

— Je suis certaine qu'elle acceptera.

Garcia afficha une certaine réprobation. Quant à Pilar, elle se garda d'intervenir.

— Je suis un homme riche.

— C'est très bien.

Là encore, elle ne sut que dire.

— Qu'attendez-vous d'un mari ? s'enquit Garcia.

— La *señorita* souhaite que son mari possède un bateau, déclara une voix masculine depuis le seuil.

Pilar se figea. Noah Yates avait les bras chargés de fleurs. Depuis combien de temps patientait-il dans le couloir ?

— Un bateau ? répéta Garcia, abasourdi.

— Oui, vous savez, ces embarcations qui flottent sur l'eau. La *señorita* aime naviguer.

Yates s'inclina devant Desa et lui tendit un énorme bouquet de roses rouges.

— *Señora*, j'ai cherché des fleurs dignes de votre beauté, mais c'était une mission impossible.

— Merci, monsieur Yates, bredouilla Desa en riant de son audace.

Il s'approcha ensuite de Pilar et lui offrit un bouquet de roses jaunes encore plus imposant.

Alors qu'elle le remerciait froidement, les paroles de Doneta lui revinrent à l'esprit. Un prétendant offrait des fleurs à sa bien-aimée.

— Qui êtes-vous ? demanda Garcia.

— Noah Yates, un partenaire en affaires de Miguel Ventura.

Il se tourna vers Desa et s'enquit d'un air innocent :

— Puis-je me joindre à votre famille pour dîner, *señora* ?

— Naturellement, répondit-elle.

Comment refuser avec un superbe bouquet dans les bras ?

— Merci.

Noah s'inclina poliment devant Pilar et s'en fut, le sourire aux lèvres.

Pilar soupira. Il l'avait prise par surprise. Sur un champ de bataille, elle aurait été grièvement blessée... ou tuée. Il marquait un point.

Garcia regarda Pilar et articula, éberlué :

— Vous aimez naviguer ?

— En effet.

— Et votre oncle navigue avec vous ?

— Non.

— Mais alors, qui vous accompagne ?

— Des amis. Parfois, je suis seule. C'est mon grand-père qui m'a appris à piloter.

— Madame, vous laisser votre fille sortir seule en mer ?

— Oui. C'est une excellente navigatrice, vous savez.

— Et vous, *señor* Garcia, faites-vous du bateau ? intervint Pilar.

— Je suis tailleur. Quelle raison aurais-je de naviguer ? Ma future épouse n'en aura pas non plus, du reste. Il serait de toute façon hors de question qu'elle sorte en mer sans être accompagnée.

Sans se départir de son sourire, Pilar se tourna vers sa mère.

— J'aimerais mettre mes fleurs dans un vase, maman. Puis-je me retirer ?

Desa se leva.

— Je crois que ce serait plus sage. Merci pour votre visite, monsieur Garcia.

Ce dernier parut déconcerté d'être congédié aussi rapidement.

— Je… Je vous en prie.

— Je vous raccompagne ? proposa Desa.

Garcia salua Pilar d'une courbette, coiffa son chapeau et sortit en compagnie de Desa.

Pilar laissa échapper un soupir de soulagement.

— Il semblait gentil, railla Yates, qui était réapparu comme par enchantement. Vous et moi avons sans doute pêché des poissons plus gros que lui, mais sa moustache est impressionnante.

— Allez-vous-en, maugréa-t-elle en se retenant de rire.

— Vous croyez que les gens lui marchent dessus sans le faire exprès, dans la pénombre ? Il serait en danger dans le ranch de ma famille. Mes frères et moi sommes plutôt grands.

Pilar l'aurait volontiers transpercé de son épée, même si elle lui était reconnaissante d'avoir hâté le départ de Garcia.

— Vous aimez ces roses ? demanda-t-il d'une voix douce, le regard si intense qu'elle dut détourner les yeux.

— Oui, avoua-telle.

— À en croire Doneta, personne ne vous a jamais offert de roses. Ni d'autres fleurs, du reste. Je suis heureux d'être le premier.

Les sens de la jeune femme s'embrasèrent. Elle savait qu'il ne parlait pas uniquement des fleurs.

— Je… Je vais chercher un vase, bredouilla-t-elle.

Seigneur, jamais elle n'avait bégayé devant qui que ce soit. Elle aurait volontiers étranglé sa sœur, qui était bien trop bavarde.

— Allez chercher votre vase. Je vous verrai au dîner.

Sur ce, il tourna les talons.

La domestique à qui Pilar avait demandé un vase lui proposa de disposer les fleurs. Pour une raison inconnue, Pilar déclina son offre ; elle avait envie de s'en charger elle-même. Elle emporta vase et bouquet dans sa chambre, et s'assit par terre pour réaliser sa première composition florale.

— Tu vois, j'avais raison ! jubila Doneta. Un soupirant offre des fleurs.

— Pourquoi diable l'aides-tu ? rétorqua Pilar d'un ton acerbe.

— Parce que c'est mon devoir de sœur ! Tu devrais lire des romans d'amour, tu sais.

Pilar la fixa d'un air perplexe.

— Dans ces livres, la petite sœur est toujours l'alliée du héros, expliqua Doneta, avant d'ajouter : j'espère qu'il a des frères.

— Il en a deux. Qui sont mariés.

— Dommage.

Doneta regarda en silence sa sœur s'efforcer de créer un bouquet harmonieux, puis :

— Il faut d'abord tailler quelques tiges pour qu'elles ne soient pas toutes de la même longueur. Ensuite, tu places les plus courtes devant les grandes.

— Comment le sais-tu ?

— Je suis peintre, c'est ainsi qu'on procède. Les grandes fleurs à l'arrière.

Pilar suivit les conseils de sa cadette.

— Elles sont magnifiques, admets-le, dit celle-ci.

— Je l'admets volontiers. Pour autant, je ne veux pas que tu donnes des informations sur moi à M. Yates.

— Pilar, je ne fais que t'aider.

— Sûrement pas !

— Si, parce que tu en as besoin. S'il ne tenait qu'à toi, cet homme séduisant s'en irait et deviendrait le beau-frère d'une autre. Je ne le permettrai pas. En outre, il t'aime.

— Laisse-moi en douter, ricana Pilar.

— Très bien, soupira sa sœur. Quand tu seras amoureuse au point de ramper à ses pieds, ne viens pas me dire que je ne t'avais pas prévenue !

— Ramper à ses pieds ? C'est ce que font les héroïnes de tes maudits romans ?

— Ce n'est qu'une image.

— Et d'où te vient-elle ?

— Peu importe.

— Je commence à m'inquiéter pour toi, Doneta.

— Surveille plutôt tes filets et ne laisse pas cette belle prise passer entre les mailles.

Pilar secoua la tête. Décidément, Yates avait rendu sa sœur complètement folle.

Noah appréciait d'autant plus le dîner chez Miguel Ventura qu'il pouvait contempler Pilar à loisir. Elle portait la même robe bleue que l'après-midi – un modèle à manches longues très simple dont la coupe soulignait sa silhouette – et des créoles aux oreilles. À vrai dire, sa beauté naturelle n'avait nul besoin d'artifices.

Miguel expliqua que sa femme et ses filles étaient parties de bon matin chez sa belle-sœur, à Yorba City. Si Noah appréciait les filles de son ami, il n'en allait pas de même de sa femme.

Il était assis en face de Pilar, qui s'efforçait de l'ignorer, ce dont il n'avait cure. Chaque fois qu'elle lui jetait un coup d'œil furtif, elle croisait son regard, et détournait aussitôt les yeux. Il se serait bien passé de cette mascarade et l'aurait volontiers emmenée dans un lieu plus… intime. Il imaginait déjà ses lèvres frémissantes sous les siennes, et les pointes de ses seins se dresser sous ses paumes.

Heureusement qu'elle ne pouvait pas lire dans les pensées, songea-t-il, car elle l'aurait transpercé de son épée.

— Combien de temps Simona compte-t-elle s'absenter ? demanda Desa à Miguel.

— Elle ne compte pas revenir avant que tes filles et toi ayez emménagé ailleurs, avoua-t-il avant d'avaler une gorgée de vin.

— Dans ce cas, nous allons faire en sorte de conclure un accord au plus vite.

— Prenez votre temps.

— Où se trouve la maison que vous souhaitez acquérir, *señora* ? demanda Noah.

— Ici, dans les Keys. La plupart de mes compatriotes s'y trouvent.

— Je préfère avoir ma sœur et mes nièces près de moi, que cela plaise ou non à Simona, intervint Miguel.

Sauf qu'il devrait se passer de Pilar, faillit lui rappeler Noah.

— *Señora*, me permettrez-vous d'emmener Pilar se promener dans le jardin à l'issue du dîner ?

L'intéressée leva vivement la tête. Cette requête ne semblait guère l'enchanter, mais il s'y attendait. Quant à lui, il se réjouissait d'avance des joutes verbales à venir.

— Je n'y vois aucun inconvénient, monsieur Yates. Qu'en dis-tu, Pilar ?

— Pourquoi pas ? répondit celle-ci en haussant les épaules.

— Je compte sur vous pour vous conduire en gentleman, précisa Desa.

— Bien entendu, répondit Noah.

Pilar leva les yeux au ciel, ce qui l'amusa au plus haut point.

Lorsqu'ils quittèrent la maison, Pilar refusa le bras qu'il lui offrait.

— Je suis une femme de vingt-cinq ans qui a fait la guerre et non une petite créature fragile qui risque de trébucher sans le soutien d'un homme.

— À votre guise. Y a-t-il un domaine dans lequel un homme vous serait utile, vu votre âge avancé ?

Cette pique lui valut un regard réprobateur.

— Pas que je sache, rétorqua-t-elle.

— Vous êtes bien innocente.

— Mais encore ?

— Je vous expliquerai quand nous serons mariés.

— Ah, les baisers, le lit conjugal, je suppose ? Je doute que cela me fasse me pâmer.

Ils arrivèrent près d'un banc niché dans un massif de jasmin odorant.

— Asseyons-nous, voulez-vous ? proposa-t-il.

— Si vous insistez.

Il lui aurait bien cloué le bec d'un baiser, toutefois le moment n'était pas encore venu.

— Avez-vous apprécié votre entrevue avec le gnome ? s'enquit-il, une fois assis.

— Il se nomme Luis Garcia.

— Possible, mais il n'en est pas moins un gnome. Vous n'envisagez pas de l'épouser.

— Je n'ai pas envie de vous épouser, vous non plus. Néanmoins, j'y réfléchis.

— Touché, ma petite pirate.

— Cessez de m'appeler ainsi, je vous prie.

— Pourquoi ?

— Parce que vous avez une façon de prononcer ces mots... On dirait...

Elle s'interrompit et détourna les yeux. Lui soulevant le menton, il plongea son regard dans le sien.

— Un terme d'affection ? hasarda-t-il.

Elle acquiesça.

— Et si c'était le cas ? Vous pensez vraiment être immunisée contre les baisers d'un homme ?

Elle s'écarta abruptement.

— Si vous m'avez proposé cette promenade dans le but de m'embrasser, faites vite, que je puisse regagner la maison.

Il la contempla sans mot dire. Bon sang, quelle sauvageonne ! S'il se fiait à sa réaction, elle n'avait vraiment aucune idée des sensations qu'il était capable de faire naître en elle.

— Alors ? s'impatienta-t-elle.

— Alors quoi ?

— Pourquoi hésitez-vous ? Vous comptez m'embrasser oui ou non ?

— Je ne crois pas.

— Puis-je savoir pourquoi ?

Il lui caressa la joue du bout du doigt. Elle frissonna, ce qui ne fit qu'attiser le désir de Noah.

— Vous n'êtes pas prête, répondit-il. Je peux certes me tromper...

— Accepter un baiser ne me fera pas...

Les lèvres de Noah se posèrent sur les siennes.

— Oh..., souffla-t-elle.

Elle entrouvrit la bouche en sentant sa langue la titiller, et ne put réprimer un gémissement d'aise.

— Voilà à quoi peut servir un homme, murmura-t-il.

Il avait très envie de la prendre sur ses genoux, mais il ne voulait rien précipiter. Pour le moment, il se contenterait de quelques baisers. Il abandonna un instant sa bouche pour tracer un sillon sensuel le long de son cou et s'attarda à la lisière de son corsage. Elle gémit de nouveau.

— Vous disiez, *chiquita* ? lui souffla-t-il à l'oreille.

En guise de réponse, elle l'attira à elle, puis, comme si elle se rendait soudain compte de son audace, elle se figea. Elle ouvrit vivement les yeux, l'air consterné, et se leva d'un bond.

— Je... Je dois rentrer, bredouilla-t-elle.

Il opina, se retenant de rire de son trouble.

— Au... Au revoir.

— Au revoir, Pilar.

Affolée, elle regagna la maison en courant presque.

De retour dans sa chambre, Pilar s'adossa à la porte, le cœur battant une chamade effrénée. Comment avait-elle pu vivre vingt-cinq ans en ignorant que c'était *cela*, un baiser ? Dès que les lèvres de Yates s'étaient posées sur les siennes, elle avait littéralement fondu. *Voilà à quoi peut servir un homme*. En temps ordinaire, il aurait eu droit à une répartie cinglante, seulement, les sensations qu'il lui avait fait découvrir l'avaient laissée sans voix. Elle n'était pas armée pour cela. Elle était désorientée, à la dérive, perdue. En sentant ses lèvres chaudes sur sa peau, elle l'avait attiré à elle spontanément, comme si sa main avait agi de son propre chef. Il avait le corps ferme et sa langue était divine. Puis la petite voix de sa conscience avait crié : « Mais qu'est-ce que tu fais ? » Et elle avait su qu'elle devait s'enfuir. Elle se passa une main tremblante sur le visage.

C'est alors qu'elle remarqua sa sœur assise devant son chevalet, un pinceau à la main.

— Il t'a embrassée, n'est-ce pas ? s'enquit-elle après l'avoir dévisagée, les yeux étrécis.

— Non.

— Menteuse ! Tu as l'air d'avoir été soit embrassée, soit frappée par la foudre.

— Tais-toi !

Doneta la gratifia d'un sourire entendu, puis se remit à peindre.

— Tu as envie d'en parler ?

— Je n'ai rien à te dire.

— À ta guise. Sache néanmoins que tu es fichue, à présent.

— Que veux-tu dire ?

— Une femme qui reçoit un baiser en veut toujours davantage.

Pilar s'écarta de la porte et alla s'asseoir sur son lit.

— C'est ridicule !

— Tu trouves ?

— Oui.

— Eh bien, moi, à ta place, je mettrais fin à la période de cour pour passer directement au mariage.

— Tu n'es pas moi, lui rappela Pilar.

— Certes. Aucun miracle n'aura lieu, tu sais. Cet homme est si séduisant que la plupart des femmes se pâment dès qu'il entre dans une pièce. Rends les armes et trouve le bonheur !

— Je ne veux pas l'épouser ! s'écria Pilar en s'affalant sur son lit.

— C'est la révolutionnaire, la trafiquante d'armes qui parle. Mais la femme, que dit-elle ?

Pilar refusait de s'attarder sur cette partie d'elle-même qu'elle venait de découvrir. En outre, sa sœur en savait bien plus qu'elle ne l'imaginait, ce qui la contrariait.

— Réponds-moi, insista Doneta.

— Je ne te parle pas.

— C'est vrai, j'avais oublié. Quand tu seras prête à parler de sa façon divine d'embrasser, préviens-moi.

Elle évita de justesse la chaussure que son aînée lui lança.

11

Le lendemain matin, Noah dégustait un café sur le balcon de sa chambre d'hôtel en admirant le soleil levant. Il ne parvenait pas à chasser Pilar de ses pensées. Il rit tout bas au souvenir de son expression juste avant qu'elle prenne ses jambes à son cou. Même si elle n'était sans doute pas prête à l'admettre, Pilar était une femme passionnée, et il brûlait désormais de lui en faire découvrir davantage. Étrangement, il avait bien dormi. En général, son corps se contentait de quelques heures de repos, ce qui lui permettait sans doute d'éviter les cauchemars. Ceux-ci se faisaient plus rares, mais ils étaient encore tapis dans un recoin de son esprit tourmenté. La présence de sa petite pirate semblait être un antidote contre ses démons. S'il ignorait combien de temps cela durerait, il avait bien l'intention d'en profiter.

Était-elle déjà levée ou dormait-elle encore ? La perspective de se réveiller à ses côtés dans un avenir proche était vraiment plaisante. Remuait-elle dans son sommeil ? Prenait-elle toutes les couvertures ? Aimerait-elle faire l'amour lorsque les premières lueurs de l'aube filtreraient entre les rideaux ? Ces questions demeureraient pour l'heure sans réponses.

En attendant, il était censé visiter l'entrepôt de Miguel afin de réfléchir au développement de l'entreprise pour augmenter leurs profits. La veille, il avait fait la tournée des chantiers navals en quête d'un bateau pour remplacer *L'Alanza*, malheureusement ils étaient tous trop vieux, trop petits ou trop grands. Il lui faudrait du temps pour trouver un navire aussi parfait, or la patience n'était pas sa qualité première.

En aurait-il assez pour s'astreindre à une cour assidue ? Le baiser de la veille l'avait embrasé. Comment réagiraient Miguel et Desa s'il leur proposait de passer directement au mariage ? Pilar, elle, le prendrait mal, devinait-il. Quant aux vœux, il ne serait pas facile de les lui soutirer. Il aimerait que sa famille soit présente, sauf qu'elle ne pourrait sans doute pas venir. Mieux valait oublier cette idée, décida-t-il. Il termina son café et alla se préparer pour son rendez-vous avec Miguel.

La visite de l'entrepôt dura toute la matinée. Ils inspectèrent les salles de séchage des feuilles de tabac, puis Noah regarda, admiratif, les ouvrières qui roulaient les cigares avec une habileté inouïe. Après quoi, Miguel et lui discutèrent logistique devant un café.

— J'aimerais te remercier d'avoir demandé la main de ma nièce, lâcha son ami à brûle-pourpoint.

— C'est un défi qui m'enthousiasme.

— Sans toi, elle serait sans doute restée un boulet pour sa mère jusqu'à la fin de ses jours.

— Pourquoi ?

— Parce que je doute qu'un autre que toi soit prêt à l'épouser. Luis Garcia ne compte pas. C'est un veuf qui cherche une mère pour ses cinq enfants. N'importe qui ferait l'affaire.

— Pilar n'aurait certainement aucun mal à trouver des prétendants.

— Tu es gentil, Noah, mais, franchement, quel homme sain d'esprit voudrait d'une épouse qui manie l'épée et qui est sans doute recherchée par la Couronne pour trafic d'armes ? Je ne dis pas que tu es fou, bien sûr.

— Je la trouve fascinante, rétorqua Noah.

— Sauvage et féroce, surtout ! Ne te méprends pas. Pilar est ma nièce et je la défendrais au prix de ma vie s'il le fallait. Pour autant, je n'approuve guère son éducation. Son manque d'éducation, plutôt. Question de point de vue. Elle a manifestement bénéficié de trop de liberté. Ce n'est pas la faute de ma sœur, c'est celle de son défunt mari, Javier. Ce n'est pas l'homme que mes parents avaient choisi pour elle. Desa a toujours été entêtée et rebelle. Elle a préféré Javier et tourné le dos à son fiancé le jour du mariage !

— Pilar m'a parlé de cette histoire.

— Je refuse que mes filles pensent qu'elles peuvent être aussi indomptables.

S'efforçant de ne pas porter de jugement, Noah demanda :

— Tu te sentirais mieux si Pilar ne s'attardait pas trop chez toi, n'est-ce pas ?

— Sans vouloir paraître mesquin, j'avoue que oui. Si j'avais une fille telle que Pilar, je ne serais plus de ce monde depuis longtemps. En la voyant rapière en main, j'ai cru que j'allais avoir une attaque. Et quand j'ai constaté qu'elle savait s'en servir… je n'en croyais pas mes yeux.

— Souhaites-tu modifier les conditions de nos fiançailles ?

— Franchement, oui. Desa ne sera peut-être pas d'accord, mais si les autorités sont vraiment aux trousses de ma nièce, il est dans l'intérêt de tous qu'elle parte pour la Californie au plus vite.

Si son ami avait une certaine idée du rôle des femmes, Noah, qui avait été élevé par Alanza, voyait les choses différemment. Il savait que toutes n'étaient pas des créatures fragiles et dociles, et que de tout temps et dans le monde entier elles avaient lutté pour leur pays.

— Tu as l'intention d'en parler à ta sœur ? s'enquit-il.

— Oui. Plus vite Pilar et toi vous marierez, mieux ce sera. J'ignore si tu seras du même avis, mais mon instinct me dit que oui.

Noah se garda d'avouer qu'il aurait été disposé à convoler dans l'heure si ça avait été possible.

— Parles-en à ta sœur, et si elle accepte, nous verrons comment faire avancer la situation, déclara-t-il simplement.

— Merci, Noah.

Une fois de plus, Pilar posait pour son portrait dans le jardin quand sa mère apparut.

— Pilar, Gerardo Calvo est là.

— Quoi ? s'écria Pilar.

— Il veut te parler sur-le-champ.

Pourquoi le patron de chantier naval cubain venait-il la voir sans prévenir ? Ce devait être important. S'agissait-il de Tomas et des autres, dont elle n'avait plus de nouvelles depuis que le bateau avait été coulé ? Le général Maceo avait-il pris La Havane ? Mille questions se bousculaient dans sa tête, toutes plus affolantes les unes que les autres.

Elle gagna le salon sans attendre.

— Je suis heureuse de vous revoir, *señor* Calvo.

— Moi aussi. Hélas, je vous apporte de mauvaises nouvelles. Votre ami Tomas est mort. La nuit du naufrage, il a été capturé avec deux de mes hommes et torturé. J'ignore ce qu'est devenu le troisième.

Le cœur de Pilar cessa de battre.

— À en croire nos alliés, la Couronne vous recherche. Nul ne sait quels renseignements ils ont obtenus, il n'empêche, vous seriez avisée de ne pas retourner à Cuba.

Elle avait beau être au fait, et Tomas avec elle, des risques qu'ils prenaient, cela ne l'empêchait pas d'être sous le choc. À l'idée que plus jamais elle ne reverrait Tomas...

— Son enterrement a été organisé ?

Calvo secoua la tête.

— Il paraît que les corps ont été jetés dans l'océan. La mère de Tomas a été emmenée dans un camp.

— Oh, mon Dieu ! souffla Pilar.

La vieille dame n'avait que peu de chances de survivre aux conditions qui régnaient dans ces camps - maladies, parasites, faim...

— Mieux vaut disparaître quelque temps, lui suggéra Calvo. Les Espagnols ne peuvent pas vous arrêter ici, mais ils ont des espions dans les Keys et à Yorba City. Ils sont capables de tout. Je compte me faire oublier, moi aussi. Comme vous, j'en sais trop pour prendre le risque d'être capturé et torturé.

C'était un conseil avisé.

— Nous avons fait circuler une rumeur selon laquelle vous vous êtes noyée cette nuit-là, reprit-il. Reste à savoir s'ils vont y croire...

— Merci d'être venu me prévenir, *señor*, dit Pilar.

— Vous nous avez été très précieuse pendant des années. C'était le moins que je puisse faire.

— Je suis désolée pour vos hommes.

— Moi aussi, dit-il tristement avant de prendre congé.

Une fois seule, Pilar se laissa tomber dans un fauteuil et pleura pour Tomas et sa mère. Qu'il ait souffert et ait été privé d'une sépulture décente ne fit qu'ajouter à sa peine. Il n'aurait pas voulu qu'elle se sente coupable, elle le savait, pourtant elle ne pouvait s'en empêcher. En outre, elle avait désormais la certitude que sa sœur, sa mère et elle étaient en danger. Mettant son chagrin de côté, elle réfléchit aux solutions qui s'offraient à elles. Sa décision prise, elle se leva.

— Tu es sûre que c'est ce que tu souhaites ? lui demanda son oncle lorsqu'elle alla le trouver un peu plus tard.

— Oui.

Elle avait discuté avec Desa et Doneta qui, bien que comprenant son choix, en avaient été attristées.

— Très bien, répondit Miguel, la mine grave. Noah ne va pas tarder. Je te l'envoie pour que vous discutiez.

Seule dans le bureau de son oncle, Pilar s'approcha de la fenêtre et contempla le ciel qui s'assombrissait. La nuit allait bientôt tomber. Elle ignorait quel serait son sort, mais elle était déterminée à l'affronter avec courage. Un coup frappé à la porte la tira de ses pensées.

— Entrez.

Noah poussa le battant et la dévisagea sans mot dire, l'air inquiet. Elle savait qu'elle avait les yeux rouges.

— Fermez la porte, s'il vous plaît.

Il obéit, puis demanda :

— Que s'est-il passé ?

Elle lui rapporta ce que Calvo lui avait appris, et le conseil qu'il lui avait donné.

— Je refuse que les Espagnols me prennent un autre être cher, je vais donc disparaître.

Elle eut toutes les peines du monde à ajouter :

— Si vous voulez toujours de moi, j'aimerais que vous m'épousiez au plus vite.

Il eut le bon goût de ne pas se moquer d'elle.

— C'est une sage décision, déclara-t-il, et je désire toujours faire de vous ma femme. Je doute que nous puissions acheter des billets de train à cette heure tardive, mais je m'en occuperai demain à la première heure. Votre oncle connaît-il un prêtre qui puisse nous marier sans exiger les documents officiels ?

Si elle était soulagée, elle n'était pas totalement sereine.

— Je lui en ai parlé et il m'a dit que oui.

— Dans ce cas, qu'il le fasse venir sans tarder.

— Attendez-moi ici, je vais le lui demander, dit-elle en se dirigeant vers la porte.

Comme elle passait près de lui, il lui prit la main et murmura :

— Tout va s'arranger, Pilar.

Une heure plus tard, ils étaient mariés. La mère de Pilar avait insisté pour qu'elle porte la robe verte qu'elle arborait le soir du bal. Noah s'était contenté de son costume sombre. Il dut verser une somme substantielle aux bonnes œuvres de la paroisse pour compenser l'absence de formalités officielles et, naturellement, il n'y eut pas de messe. Ils n'en avaient que faire dès lors que leur certificat de mariage était dûment signé et tamponné.

Après le départ du prêtre, Pilar murmura à celui qui était désormais son époux :

— Je m'efforcerai d'être une bonne épouse.

— Et moi d'être un bon mari.

Ils avaient décidé de partir juste après la cérémonie, aussi la jeune femme s'excusa-t-elle et alla préparer ses bagages.

Elle fourra quelques vêtements et effets personnels dans une valise empruntée à son oncle sous le regard triste de sa mère et de sa sœur.

— Doneta, tu veux bien nous laisser un instant ? s'enquit Desa lorsque Pilar fut prête.

Dès que sa cadette fut sortie, elle demanda sans détour :

— As-tu des questions à me poser au sujet de la nuit de noces, Pilar ?

Cette dernière rougit mais hocha la tête. Les deux femmes eurent une discussion assez franche, puis Desa conclut :

— Certaines trouvent du plaisir dans le lit conjugal, d'autres pas.

Pilar n'osa pas lui demander si elle était de celles-là. Toutefois, comme si elle avait lu dans ses pensées, sa mère avoua avec un sourire attendri :

— Ton père et moi appréciions énormément cet aspect du mariage.

On frappa à la porte.

— La voiture est là, annonça Miguel.

— Nous descendons dans un instant, répondit Desa avant de prendre sa fille dans ses bras et de l'embrasser avec émotion. Tout va bien se passer, tu verras.

Noah patientait au salon.

— Prenez votre temps pour vous faire vos adieux. Je serai dans la voiture.

— Merci, souffla Pilar avec gratitude.

— Je vous ferai venir, ainsi que Doneta, dès que nous serons installés, promit-il à Desa avant de quitter la pièce.

Les deux sœurs s'étreignirent, en larmes. Pour la première fois, elles allaient être séparées par des milliers de kilomètres.

— Sois heureuse, murmura Doneta.

— On se reverra très bientôt, assura Desa à son aînée. Dieu te garde.

— Toi aussi, maman. Pardonne-moi.

— Il n'y a rien à pardonner. Je prierai pour Noah et toi.

Lorsqu'elle prit congé de son oncle, Pilar déclara :

— Je regrette d'avoir apporté la honte dans ton foyer.

— N'aie aucun regret, assura-t-il. Grâce à toi, je suis célèbre. Tout le monde veut acheter des cigares chez l'homme qui a eu droit à un combat à l'épée pour son anniversaire.

Elle rit de bon cœur et sécha ses larmes.

— Je veillerai sur ta mère et ta sœur, reprit-il, compte sur moi. Que Dieu t'accompagne, ma nièce rebelle.

Après un ultime regard à ses proches, Pilar ramassa sa valise et sortit dans la nuit.

12

Il l'attendait près de la voiture. Par chance, il faisait sombre. Elle s'essuya furtivement les yeux car elle ne supportait pas de montrer la moindre faiblesse.

— Je vais prendre vos bagages.

— Je peux porter moi-même ma valise.

— C'est de la pure galanterie, Pilar. Je me dois de vous aider à porter vos bagages et à monter en voiture. Laissez-moi faire, je vous en conjure !

Elle plaqua brutalement sa valise contre le torse de Noah, qui esquissa un sourire.

— Donnez-moi votre main, à présent.

— Je sais monter et descendre d'une voiture !

— Vous avez désormais un mari, lui rappela-t-il.

À court de répartie, elle lui tendit la main d'un geste brusque. Dès qu'il la prit, elle ressentit comme une onde de chaleur le long du bras. Dès qu'elle eut foulé le marchepied, elle se libéra pour tenter de retrouver son souffle.

Dans la cabine, il n'y avait qu'une banquette. Elle s'assit près de la fenêtre, tout au fond. Noah la rejoignit.

Lorsque l'attelage s'ébranla, elle demanda d'un ton rogue :

— Où allons-nous ?

— À l'hôtel où j'ai loué une chambre.

Elle préférait ne pas penser à la nuit de noces qui s'annonçait. Grâce à sa mère, elle savait à quoi s'attendre. En outre, dans la jungle, lorsqu'elle faisait partie de l'armée révolutionnaire, il lui était arrivé de tomber sans le vouloir sur des couples en train de copuler. Une camarade de combat lui avait aussi confié que les rapports sexuels pouvaient être le paradis ou l'enfer, en fonction du partenaire. Sentant le regard de Noah peser sur elle, elle demanda :

— Combien de temps mettrons-nous pour atteindre votre demeure californienne ?

— Cinq jours, peut-être sept, en fonction de l'état des rails, du temps, de divers facteurs.

— Votre mère et vos frères habitent non loin ?

— Nous habitons tous le ranch.

— Dans la même maison ?

— Non. Mes frères ont chacun la leur. Vous et moi logerons avec ma mère, dans la demeure où j'ai grandi, le temps de choisir notre nouvelle résidence.

— Ah.

Noah n'en revenait pas qu'elle ait trouvé des raisons de s'agacer parce qu'il l'aidait à monter en voiture. Décidément, la vie avec Pilar s'annonçait comme un défi quotidien. Cela dit, elle avait vingt-cinq ans, une vie déjà bien remplie, et ignorait tout de la galanterie. De plus, il avait dû lui en coûter de lui demander de l'épouser. En d'autres circonstances, il ne se serait plus senti de joie. Les menaces qui pesaient sur sa famille n'étaient pas anodines, loin de là, et pourtant, il souhaitait toujours l'épouser.

La lueur d'un réverbère éclaira fugitivement le visage infiniment triste de Pilar, et Noah ressentit un élan de compassion pour la jeune femme aussi inattendu que les sentiments qui se faisaient jour en lui. Elle avait quitté sa famille, perdu un ami de longue date... Il aurait aimé la consoler, mais elle risquait de sortir une machette de son sac. Il garda donc le silence.

Il était un peu plus de 22 heures lorsqu'ils arrivèrent à l'hôtel, en réalité une pension de famille. La bâtisse était plongée dans la pénombre. La patronne, une robuste Irlandaise du nom d'Ira Fitzhugh, ne remettait pas les clés à la réception après 20 heures. Noah dut frapper à la porte en espérant qu'elle ne le maudirait pas de la réveiller. Elle vint ouvrir en peignoir et les dévisagea tour à tour avant d'annoncer :

— Les messieurs n'ont pas le droit de ramener des femmes dans leur chambre, monsieur Yates.

— Il s'agit de mon épouse, Pilar.

Mme Fitzhugh se détendit.

— Dans ce cas, entrez. Vous vous êtes mariés aujourd'hui ?

— Oui.

— Elle est jolie, cette petite. Et elle a beaucoup de chance ! Bien des femmes rêveraient d'un mari aussi séduisant ! Je me rappelle ma nuit de noces. J'avais tellement peur ! Et quand mon Jamie a commencé à...

Voyant l'expression alarmée de Pilar, Noah jugea bon de couper court.

— Nous allons monter, madame Fitzhugh. Désolé de vous avoir réveillée.

— Oh, il n'y a pas de mal ! Amusez-vous bien !

Elle leur adressa un clin d'œil complice avant de tourner les talons.

Tandis que Noah et elle gravissaient l'escalier menant à l'étage, Pilar eut l'impression d'être une condamnée que l'on mène à l'échafaud. Elle demeura silencieuse tandis qu'il tournait la clé dans la serrure.

— Attendez, je vais allumer une lampe.

À la lueur vacillante d'une lampe à pétrole, elle découvrit une pièce spacieuse meublée d'un petit bureau, de quelques fauteuils et d'un paravent dissimulant sans doute un cabinet de toilette. Jamais elle n'avait ressenti une telle appréhension.

Noah ôta sa veste et dénoua sa cravate.

— Vous devriez vous coucher et dormir, lui conseilla-t-il. La journée de demain sera longue.

Il n'y aurait donc pas de nuit de noces ?

Comme s'il lisait dans ses pensées, il reprit :

— Nous garderons notre nuit de noces pour plus tard. Je tiens à ce que vous soyez prête, ce qui n'est pas le cas ce soir.

Pilar n'avait pas envie de partager son lit, loin de là, ne devait-elle toutefois pas s'offusquer de la décision de Noah ?

— Vous ne voulez pas d'une nuit de noces ? risqua-t-elle.

— Bien sûr que si. Mais, je vous le répète, vous n'êtes pas prête.

— Qu'en savez-vous ?

Il s'approcha d'elle et lui souleva le menton pour l'obliger à le regarder dans les yeux.

— Vous ne l'êtes pas. Vous voulez que je vous en apporte la preuve ?

Pilar tremblait sous son regard, pourtant elle refusa de s'avouer vaincue. Elle opina.

— Vous êtes sûre ?

— Certaine.

Il l'enlaça et s'empara de sa bouche. Comme dans le jardin, elle fut emportée dans une spirale de sensations qui la laissa hors d'haleine, l'esprit en déroute.

— Donne-moi ta bouche, ma petite pirate, que je goûte ta saveur…

Les lèvres de Pilar s'entrouvrirent d'elles-mêmes. Dès qu'il insinua la langue en elle, elle gémit.

— Quand tu seras prête, tu voudras que je te fasse ceci...

Il déposa une suite de baisers dans son cou, traçant un sillon brûlant, avant de remonter jusqu'à sa bouche qu'il reprit avec ardeur. Il referma la main sur son sein, en titilla la pointe. Elle haletait et ne protesta pas lorsqu'il tira sur sa robe pour dénuder sa poitrine. S'inclinant, il aspira la pointe durcie entre ses lèvres. Submergée par un flot de sensations nouvelles, Pilar eut l'impression de se noyer. Elle réprima un cri et repoussa Noah pour se couvrir pudiquement. Le sang lui rugissait aux oreilles.

— Tu as compris ? murmura Noah, le souffle court.

Elle avait tout à la fois envie de prendre ses jambes à son cou et de s'offrir à lui sans réserve.

— Va te coucher, Pilar. Quand tu seras prête, nous reprendrons nos jeux.

Sur ce, il ouvrit la porte-fenêtre et sortit sur le balcon. Après une hésitation, Pilar s'allongea sur le lit et fixa le plafond. Son cœur battait à tout rompre, son sein dénudé était encore humide. La sensation des lèvres de Noah était obsédante. Elle se redressa et se prit la tête entre les mains. Rien ne l'avait préparée à un tel tourbillon sensuel. Noah avait-il été troublé par ces caresses lui aussi ou avait-il trop d'expérience pour être touché par une vierge ? Encore une question sans réponse.

Elle se leva, se déshabilla en hâte et enfila sa chemise de nuit avant de se glisser entre les draps. Tandis qu'elle se demandait s'il comptait rester dehors toute la nuit et quel effet cela ferait de dormir à ses côtés, elle sombra peu à peu dans le sommeil.

Sur le balcon, Noah se demandait si elle pensait à lui autant qu'il pensait à elle. Cela faisait longtemps qu'il n'avait pas été en proie à une telle excitation.

Il avait failli l'allonger sur le lit et lui ôter ses vêtements pour la faire sienne sans attendre. Il ignorait comment il avait résisté à cette impulsion, mais il s'en félicitait.

Il faut dire que, depuis la fête de Miguel, il était obsédé par le besoin de la toucher, de la goûter. La retenue qu'il avait perçue chez elle lorsqu'il l'avait embrassée était liée à sa virginité, il en était sûr, tout comme il était sûr qu'il ne faudrait pas grand-chose pour qu'elle laisse libre cours à sa passion. Elle avait besoin d'un peu de temps, c'est tout. Il attendit donc l'aube dans un fauteuil en espérant que la tension charnelle qui l'habitait finirait par s'apaiser.

Pilar se réveilla au petit matin, seule dans son lit. Où était Yates ? Elle se leva, s'habilla, puis sortit sur le balcon. Elle découvrit son mari allongé sur le sol, endormi, son manteau en guise d'oreiller. Il ronflait doucement, aussi en profita-t-elle pour étudier son profil altier. Son visage était si serein dans le sommeil, comme s'il n'avait pas le moindre souci. Ce Noah Yates-là était différent de l'homme qui la faisait défaillir d'un simple baiser, il semblait plus jeune, presque innocent. Préférant le laisser dormir, elle regagna la chambre sur la pointe des pieds.

Elle n'eut pas à patienter longtemps.

— Bonjour ! lança-t-il, les cheveux en bataille.

Il paraissait emplir la pièce de sa présence.

— Je ne voulais pas te faire attendre.

— Tu dormais si paisiblement. Je n'ai pas eu le cœur de te réveiller.

Le souvenir de ses baisers ressurgit dans sa mémoire, la chaleur de ses lèvres sur son sein. Elle sentit les pointes se dresser sous son corsage.

— Je… Je vais sortir sur le balcon le temps que tu fasses ta toilette, proposa-t-elle.

Tout en s'habillant, Noah se demanda à quels défis il allait devoir faire face aujourd'hui. Lorsqu'il rejoignit sa femme, il lui demanda si elle avait faim, puis lui suggéra d'aller goûter à l'excellent petit déjeuner de Mme Fitzhugh.

Elle accepta d'un signe de tête.

Lorsqu'il lui ouvrit la porte, elle marmonna en levant les yeux au ciel :

— Encore ta galanterie ?

— Après toi, dit-il triomphalement.

Attablée dans la salle à manger, Pilar considérait d'un air perplexe son assiette garnie d'œufs, de bacon, de gruau de maïs et de pain grillé.

— Quelque chose ne va pas ? s'enquit Noah.

— Je ne suis pas habituée à cela… Qu'est-ce que c'est ?

— Du gruau de maïs. Une sorte de bouillie de céréales, précisa-t-il.

Elle en goûta une bouchée, fit la grimace.

— La plupart des gens y ajoutent du sel et du poivre, ainsi qu'un peu de beurre, parfois. Dans la région, on le sert avec des crevettes.

— Il y a des crevettes dans celui-ci ?

Il trouva sa réaction attendrissante.

— Non, désolé.

— Ah, fit-elle, déçue. Et ces choses longues, qu'est-ce que c'est ?

— Du porc. On appelle cela du bacon.

— Pourquoi les tranches sont-elles si fines ? Nous mangeons du porc à la maison, quoique sous une autre forme.

Il la regarda déguster un morceau de bacon, un peu méfiante.

— C'est sec et salé, commenta-t-elle.

— Les Américains adorent cela au petit déjeuner. Que manges-tu, d'habitude ?

— Du *mangu*, un mélange à base de banane plantain, d'œufs, de saucisse, de poivrons, d'oignons...

Sa voix mourut.

— Au ranch, les repas te sembleront peut-être plus familiers. En attendant, il faudra manger américain.

De nouveau, elle parut déçue, mais s'attaqua néanmoins aux œufs.

— Ah, monsieur Yates, vous êtes encore parmi nous !

Levant les yeux, il reconnut les DeValle et Carolina, leur fille de seize ans. Il avait fait leur connaissance quelques jours plus tôt, dans cette même salle à manger, lorsque la femme l'avait salué.

— Comment allez-vous ? s'enquit-il.

— Très bien. N'est-ce pas, Carolina ?

— Oh oui ! approuva la jeune fille en dévorant Noah des yeux.

Encore une mère cherchant désespérément à caser sa fille... Pilar afficha une expression glaciale. Au moment où Noah allait la présenter aux DeValle, la mère demanda :

— Quels sont vos projets pour la journée, monsieur Yates ? Caroline rêve de visiter le parc. Vous pourriez peut-être...

— Veux-tu encore un peu de café, *querido* ? la coupa Pilar.

Chéri ! Noah faillit s'étrangler. Elle avait toutefois le regard si incendiaire qu'il ne put réprimer un sourire.

— Non merci, *querida*. Monsieur et madame DeValle, j'aimerais vous présenter ma femme, Pilar.

Stupéfaite, la mère écarquilla les yeux et sa fille fusilla Pilar du regard. Quant au père, il ne put masquer sa déception.

— Quand vous êtes-vous mariés ? demanda Mme DeValle.

— Hier, répondit Pilar. Ce fut un plaisir de vous rencontrer.

Ainsi congédiés, les DeValle n'eurent d'autre choix que de s'éclipser. Ils allèrent s'attabler à l'autre extrémité de la salle.

Fixant Noah droit dans les yeux, Pilar articula :

— Je suis ta femme. Ce n'est peut-être pas un mariage d'amour, mais je ne tolérerai pas les regards enamourés des jeunes filles et les propositions à peine voilées de leurs mères, du moins en ma présence.

— C'est noté.

— Parfait.

Amusé, Noah poursuivit son repas.

— Tu as une maîtresse ?

Il s'interrompit et leva la tête.

— Pas officiellement, non.

— Cela signifie-t-il qu'il y a une femme ou plusieurs dans ta vie ? insista Pilar.

Plutôt que de tourner autour du pot, il opta pour la franchise.

— Il y a une femme que je vois de temps en temps quand je suis à San Francisco. Elle se nomme Lavinia Douglas. Son père, Walter, possède un petit chantier naval...

— Et maintenant que tu es marié ?

— Les hommes de ma famille honorent leurs épouses. Ils n'ont pas de liaisons.

— Merci. Je voulais simplement savoir.

— Sache aussi que je ne tolérerai pas de regards enamourés d'admirateurs en ma présence.

— C'est noté.

Mme DeValle leur jetait de fréquents coups d'œil, remarqua Noah. Si elle semblait mécontente, lui se réjouissait de ce premier repas partagé avec son épouse. Néanmoins, une question le taraudait.

— Loin de moi l'idée de gâcher cette belle matinée, mais j'aimerais bien savoir ce que sont devenues mes affaires, celles qui étaient à bord de *L'Alanza* ?

La jeune femme posa lentement sa tasse.

— J'ai tout vendu. Tu ne t'attendais quand même pas que je mette tes affaires au garde-meuble ?

À vrai dire, il ignorait à quoi il s'attendait.

— Et tu en as obtenu un bon prix ?

— Oui. J'en aurais toutefois tiré davantage si je n'avais pas dû les vendre à la hâte.

— À la hâte ? répéta-t-il, alarmé.

— Il nous fallait payer le marin qui nous a emmenés en Floride et je n'ai pas eu la possibilité de négocier. J'ai donc vendu ton arme et son holster, ainsi que ton tableau, sur le quai, à un type qui voulait l'offrir à sa mère pour son anniversaire.

Noah faillit de nouveau s'étrangler.

— Le tableau accroché dans ma cabine ?

— Oui. C'est toi qui l'as peint ?

— En effet, admit-il, abasourdi.

— Je m'en doutais. Doneta trouve que tu as du talent.

— Je l'ai vue à l'œuvre. Elle est très douée.

— Oh que oui ! Ce n'est pas pour rien qu'elle est la faussaire de la famille.

Noah scruta les alentours pour s'assurer que personne ne l'avait entendue.

— Une faussaire… dans le domaine de la peinture ?

Pilar confirma.

— Certains de ses tableaux sont même exposés dans des musées. Naturellement, personne ne sait que ce sont des faux. Nous avons échangé les toiles authentiques contre les siennes.

Noah était stupéfait.

— Si tu as terminé ton petit déjeuner, je crois qu'il vaudrait mieux poursuivre cette conversation en privé, suggéra-t-il.

Ils quittèrent la salle à manger.

— À présent, reprends depuis le début, ordonna-t-il lorsqu'ils eurent regagné leur chambre.

— Pour appeler un chat un chat, sache que je suis issue d'une famille de faussaires, d'escrocs et de voleurs.

— Quelle est ta spécialité, à part le vol de bateaux ?

Cette question lui déplut visiblement, mais Noah n'en avait cure.

— Je vole.

— Quoi ?

— Quand j'étais très jeune, on m'a appris à dérober de petits objets dans les maisons.

— Qui te l'a appris ?

— Mon père et mes oncles.

— Si je comprends bien, le vol est une tradition familiale, comme certains sont charpentiers ou marins de père en fils ?

— Quand bien même je n'apprécie guère ce sarcasme, ton raisonnement n'est pas faux.

Cette révélation lui semblait à la fois fascinante et révoltante.

— Comment t'y prenais-tu ?

— On me faisait passer par une fenêtre, le soir, et je dérobais tout ce que je pouvais. Argenterie, statuettes, bijoux sur les tables de chevet.

— Tu entrais dans les chambres à coucher ?

— Oui. J'étais très discrète et rapide.

— Tu ne t'es jamais fait prendre ?

— Une fois. J'avais environ sept ans et un homme m'a attrapée alors que je m'en allais. Il m'a demandé ce que je fabriquais chez lui, alors je me suis mise à pleurer en affirmant que je cherchais ma mère, qui était domestique et n'était pas rentrée à la maison. Je ne trouvais pas la demeure de ses patrons.

— Il est tombé dans le panneau ?

— Oui. En fait, j'ai été si convaincante qu'il m'a proposé de m'accompagner chez ses voisins pour m'aider dans mes recherches.

D'abord incrédule, Noah s'esclaffa.

— Et les faux tableaux ?

— Parfois, nous remplacions des toiles de valeur par des copies réalisées par Doneta. Il nous est arrivé de subtiliser des œuvres dans des musées. Mon père avait des connaissances à La Havane qui vendaient des toiles authentiques à des collectionneurs américains ou européens. Je me faisais engager en tant que bonne et j'échangeais les toiles pendant la nuit. Je remettais le vrai à mon père et les propriétaires n'y voyaient que du feu. Une semaine plus tard, je démissionnais pour passer à ma mission suivante.

— Je suis impressionné.

— Comment as-tu su que je serais chez mon oncle ? demanda soudain Pilar.

— Je l'ignorais. Je suis venu chez lui parce qu'il est mon partenaire en affaires et m'avait invité à sa fête d'anniversaire. Je ne t'ai pas trouvée chez toi, à Santiago, et je ne savais pas où te chercher.

— Tu es allé chez nous ? s'écria-t-elle, surprise.

— Oui.

— Comment as-tu obtenu notre adresse ?

— Un dénommé Gordonez m'a renseigné moyennant finance.

— L'ordure ! cracha-t-elle.

— Tu le connais bien ?

— C'est le fiancé que ma mère a abandonné devant l'autel le jour de leur mariage. Il détestait mon père.

— Il semblait avoir une dent contre ta famille, mais je ne lui ai posé aucune question.

— Il a menti aux autorités espagnoles en prétendant que mon père était un chef rebelle et c'est ce qui a provoqué sa mort, expliqua Pilar, amère. Nous ne lui pardonnerons jamais.

Noah comprenait mieux la raison de cette acrimonie qu'il avait ressentie chez Gordonez ce jour-là. Il devait jubiler à l'idée qu'il pourchasse la fille de Desa.

— Et le reste de mes affaires ? dit-il, pour changer de sujet. Mes vêtements, par exemple ? Tu les as aussi vendus ?

Elle demeura un instant silencieuse, puis :

— Tomas a pris tes vêtements. Je ne sais pas ce qu'il en a fait.

Elle avait l'air si triste, tout à coup, qu'il murmura :

— Pardonne-moi. Je ne voulais pas raviver ton chagrin.

— Il va me manquer terriblement.

Noah ne put s'empêcher de s'interroger sur la nature de ses relations avec Tomas, mais se garda de l'interroger de crainte que sa réponse ne le contrarie.

— Pour le reste, reprit-elle, j'ai donné ta peinture et ton chevalet à Doneta. Nous avons aussi trouvé des partitions. Tu es compositeur ?

— Oui. Tu les as vendues ?

— Non. Je les ai rangées dans ton bureau.

— Qui repose désormais au fond de l'océan ?

— C'est cela, souffla-t-elle.

Pour lui, c'était la plus grande perte. Son arme, ses vêtements, son matériel de peinture étaient remplaçables. Pas le requiem sur lequel il travaillait depuis plusieurs années. Il devrait repartir de zéro en se fiant à sa mémoire.

— En tant qu'épouse, je devrais sans doute m'excuser.

— Seulement si tes excuses sont sincères.

— Je te demande pardon... en toute sincérité.

— Merci, dit-il, un peu sèchement peut-être.

Elle encaissa le coup.

— De quel instrument joues-tu ?

— Du piano.

— Si c'était à refaire, je choisirais une autre cible, déclara-t-elle.

— Je n'en doute pas, mais le mal est fait. À présent, que dirais-tu d'aller se renseigner sur nos billets de train ?

Au moment de sortir, il demanda soudain :

— Ma mère devra-t-elle cacher son argenterie ?

— Tu m'insultes ?

— Je te pose une question directe qui exige une réponse tout aussi directe.

— Je ne vole pas la famille.

— C'est bon à savoir.

— C'est toi qui as voulu ce mariage, lui rappela-t-elle.

— Toi aussi, il me semble, non ?

— Ce n'est pas facile pour autant, avoua-t-elle en se détournant.

— Je comprends. De même qu'il m'est difficile d'accepter que tu cambrioles les braves gens depuis ton plus jeune âge.

Tandis qu'ils se rendaient à la gare, Noah réfléchit aux révélations de sa femme sur son passé. Une famille de voleurs ? Il savait certes que Pilar était différente des autres femmes, de là à être une cambrioleuse… Que la douce Doneta soit une faussaire le sidérait tout autant. Et il préférait ne pas savoir quel rôle jouait Desa.

Eh bien, songea-t-il, lui qui se demandait quels nouveaux défis sa jeune épouse lui réservait, il avait sa réponse.

13

— Le bateau pour le continent lève l'ancre demain matin à 4 heures. Le train part à 5 heures, leur indiqua l'employé en leur remettant leurs billets. Vous irez à Birmingham, dans l'Alabama, puis vous prendrez le train pour Saint Louis. Nous sommes dans le Sud, vous devrez donc voyager séparément.

Pilar était perplexe et le regard glacial de Noah l'alarma.

— Désolé, monsieur, reprit l'employé, je n'adhère pas à ces pratiques, mais je ne suis pas le président de la société de chemin de fer.

— Je comprends, répliqua sèchement Noah. Ce sera le wagon fumeurs ou le wagon à bestiaux ?

— Fumeurs, monsieur. Avec un peu de chance, le contrôleur de Saint Louis sera un homme bien et votre petite dame gagnera Denver sans encombre.

Tandis qu'ils quittaient la gare, Pilar demanda :

— Nous devrons prendre le train séparément ? Hommes et femmes n'ont pas le droit de voyager ensemble ?

— Si. Mais ici, Blancs, Noirs et métis ne se mélangent pas. C'est la loi. Dans certains trains, les sangs mêlés, comme nous, sont relégués dans le wagon fumeurs. Parfois, c'est le wagon à bestiaux.

— Nous risquons donc d'avoir pour compagnons de voyage des cochons et des chèvres ?

— Ou des chevaux, répondit-il amèrement. Comment souhaites-tu occuper le reste de la journée ?

Il était si furieux que sa balafre semblait palpiter.

— Si tu préfères retourner à l'hôtel, risqua-t-elle, je n'y vois pas d'inconvénient.

— Non. J'ai besoin de me changer les idées. J'ai pris le train pour me rendre au mariage de ma mère. Au Texas, il n'y a pas de ségrégation. Ici, je me rappelle pourquoi j'évite le train en général. C'est humiliant.

Cette discrimination existait aussi à Cuba, des hommes tels que le général Maceo se battaient contre ce fléau.

— Pilar ? reprit-il, interrompant le fil de ses pensées. Y a-t-il quelque chose que tu aies envie de faire ?

— Désolée, je pensais à mon pays. J'aimerais me promener sur la plage pour dire au revoir.

— À qui ?

— À Cuba, au ciel, à l'océan.

— Il y a l'océan en Californie.

— Ici, ce sont les eaux de *mon* océan qui m'ont vue naître. Tu dois me prendre pour une pauvre fille de la campagne…

— Pas le moins du monde.

Elle se détourna, en proie à une sourde nostalgie.

— Je ne te demande qu'un petit moment.

— Nous pouvons y rester jusqu'à ce soir si tu veux.

— Cela me plairait.

— Alors allons-y, décréta Noah. Je doute que les Espagnols débarquent en plein jour sur le sol américain pour t'enlever.

Ils dénichèrent une plage tranquille non loin de l'hôtel. Un peu à l'écart des quelques promeneurs, Noah et Pilar contemplèrent un petit bateau au large, puis, inspirant l'air chargé d'embruns à pleins poumons, Pilar murmura :

— Tout cela va me manquer.

Après un silence, elle demanda :

— Tu vas acheter un autre bateau ?

— Oui. À moins que tu ne comptes m'en voler un.

Elle faillit s'offusquer, puis décela l'esquisse d'un sourire et décida d'en rester là.

— Quand as-tu pris la mer pour la première fois ? voulut-elle savoir.

Le sourire de Noah disparut et son expression se fit grave.

— Pardonne-moi, souffla-t-elle comme il ne répondait pas, je ne voulais pas me montrer indiscrète. Je vais m'approcher de l'eau.

Noah la suivit du regard tandis qu'elle se dirigeait vers le rivage. Il lui devait sans doute une explication, mais il gardait cette histoire en lui depuis si longtemps qu'il ne savait par où commencer, que révéler et d'ailleurs le devait-il ? Il avait été incapable de se confier à son frère Drew, qu'il aimait depuis toujours, alors à Pilar, qu'il venait d'épouser ?

Aller à la plage était une bonne idée, songea-t-il. La mer l'avait toujours apaisé, accompagné, soutenu, lui aussi avait besoin de lui faire ses adieux.

Il rejoignit sa femme.

— À l'âge de dix-huit ans, j'ai été enlevé.

Elle ne masqua pas sa surprise.

— Tu veux dire enrôlé de force ?

— Oui. À l'époque, c'était légal en Amérique.

— Comment peut-il être légal d'enlever quelqu'un pour l'obliger à travailler ? C'est de l'esclavage ! Décidément, ce pays est étrange.

— Je suis d'accord, mais ceux qui soutiennent cette pratique sont au gouvernement et rédigent des lois qui leur sont favorables.

Il lui parla de ses ravisseurs, les *crimps*, et des hommes qui les employaient.

— Les *crimps* sont payés pour chaque homme enlevé et remis aux capitaines. Plus ils livrent d'hommes, plus ils touchent d'argent. Les hommes enlevés doivent signer un contrat qui les oblige à servir à bord durant un an, parfois deux, faute de quoi ils sont emprisonnés.

— Certains de ces ravisseurs étaient au gouvernement ?

— Oui. Notamment Joseph Franklin et George Lewis, deux élus de notre État, des *crimps* notoires.

— Où as-tu été enlevé ?

— Dans une taverne à San Francisco où je célébrais mon anniversaire avec des amis.

— Tes amis aussi ont été emmenés ?

— Non. Ils ont réussi à s'enfuir durant la bagarre.

— Ta mère et tes frères sont au courant ?

— Oui.

— Combien de temps es-tu resté loin de ta famille ?

— Plus de deux ans.

— C'est une histoire affreusement triste, murmura-t-elle.

— Au moins, dans mon malheur, j'ai appris à aimer la mer.

Après un long silence, Pilar demanda :

— Tu en parles rarement, n'est-ce pas ?

— En effet. Comment le sais-tu ?

— Je le devine, répondit-elle en haussant les épaules avant de s'approcher d'un tronc rejeté par la mer.

Elle s'y assit, puis, sous le regard stupéfait de Noah, retroussa sa robe et entreprit d'enlever ses bas.

— Qu'est-ce que tu fais ? s'écria-t-il.

— Je me débarrasse de ces choses afin de me tremper les pieds.

Il scruta les alentours.

— Il n'y a personne, ne t'inquiète pas ! Je déteste les bas presque autant que les robes, avoua Pilar. Ils sont inutiles et tiennent chaud.

Contemplant ses jambes dénudées, Noah sentit son sexe durcir.

— Tu m'accompagnes ? proposa-t-elle.

— Non.

— Allez, viens ! Personne ne te verra. Nous allons prendre le train avec des cochons, pour l'amour du ciel ! Autant prendre un peu de bon temps.

Elle l'émoustillait et le bon temps qu'il rêvait de prendre avec elle n'avait rien à voir avec les trains ou les vagues.

— Vas-y, je te rejoins, céda-t-il.

— Tu aurais bien besoin de t'amuser un peu dans la vie, Noah Yates !

— On me l'a déjà dit.

— Eh bien, tu devrais écouter les bons conseils ! riposta-t-elle.

Noah ne lui répondit pas, fasciné qu'il était par la joie qu'elle semblait trouver dans les petites choses de la vie. Ses propres souvenirs l'avaient privé de toute joie, et il s'en voulut de les laisser ressurgir.

— Tout va bien ? s'enquit-elle.

— Très bien, assura-t-il, touché par sa sollicitude.

Elle ne semblait guère convaincue. Pour l'empêcher de l'interroger plus avant, il s'assit à son tour et se débarrassa de ses bottes.

— Tu me rejoins ? s'étonna-t-elle.

— Mais oui !

Il ôta ses chaussettes, roula les jambes de son pantalon.

— À présent, montre-moi comment prendre du bon temps !

Sans crier gare, elle se mit à courir sur le sable.

Noah s'esclaffa et se lança à sa poursuite. Elle courait vite, sa robe levée très haut, hilare. Sentant qu'il la rattrapait, elle tourna la tête et poussa un cri avant d'accélérer l'allure. Lorsqu'elle entra dans l'eau, il ne ralentit pas. Il la rejoignit en deux enjambées, l'agrippa, la souleva dans ses bras et fit semblant de la jeter à l'eau.

— Non ! cria-t-elle en enroulant les bras autour de son cou.

— Dans ce cas, j'exige une compensation.

En quelques secondes, il venait de passer des ténèbres à la lumière.

— Vous êtes fous, vous autres Américains ! Repose-moi sur le sol !

Loin de lui obéir, il la fit tournoyer comme s'il avait vraiment l'intention de la jeter à l'eau. Leurs éclats de rire se répondirent. Il accéda enfin à sa demande, sans la relâcher pour autant. Il aurait pu passer le reste de sa vie à la contempler.

— Que veux-tu en compensation ? demanda-t-elle.

— Deux choses.

— Deux ? s'écria-t-elle, outrée.

Il fit mine de la soulever de nouveau.

— Très bien, deux ! s'empressa-t-elle d'acquiescer. Que veux-tu ?

— D'abord, que tu m'appelles par mon prénom.

Elle retrouva un peu son sérieux.

— J'ai aussi bien aimé entendre le *querido* de ce matin.

— Et la seconde chose, cher Noah le Californien ?

— Un baiser.

— Maintenant ?

— Oui.

Elle leva les yeux au ciel.

— Vois cela comme un entraînement, suggéra-t-il.

— J'ai plutôt l'impression que tu profites de la situation.

— Et que toi, tu cherches à te défiler.

Sans discuter davantage, elle se hissa sur la pointe des pieds et déposa un chaste baiser sur sa joue.

— Voilà, nous sommes quittes.

— Tu appelles cela un baiser ?

— Oui !

— Pas moi.

Il l'entraîna en direction de la plage.

— Où allons-nous ?

— Nous allons nous asseoir pour discuter.

Lorsqu'il s'assit sur le tronc d'arbre échoué et l'attira sur ses genoux, elle tenta de s'écarter de lui.

— Tu es très bien là, déclara-t-il.

Pilar n'était pas de cet avis. Cette proximité, la chaleur du corps de Noah, c'était trop pour elle. Elle craignait de perdre le contrôle.

— À propos de ce simulacre de baiser…

— Ce n'était pas un simulacre ! se défendit-elle.

— Il était si mal fait que tu devrais recommencer, selon moi, insista Noah.

— Tu dépasses les bornes !

Il lui caressa la joue du bout des doigts, et elle ferma les yeux.

— Tu trouves ? murmura-t-il avant de déposer alors une pluie de baisers sur son visage.

— Tu ne joues pas franc-jeu, l'Américain, articula-t-elle, le souffle court.

— C'est ainsi que l'on joue à ce petit jeu, *querida*.

Il s'empara de ses lèvres avec une douceur sensuelle qui lui arracha un soupir de bien-être. Elle avait beau être novice dans l'art d'embrasser, lorsque sa langue frôla la sienne, elle répondit à son baiser avec enthousiasme.

Quand Noah s'écarta, elle rouvrit les yeux et le regarda, un peu haletante. Il passa le bout du doigt sur sa lèvre inférieure.

— J'ai réglé ma dette ? s'enquit-elle d'un ton qui se voulait désinvolte.

— Pour l'heure, oui.

Il l'embrassa tendrement sur la joue.

— J'aime tes taches de rousseur, ajouta-t-il.

— Je les détestais quand j'étais adolescente.

— Pourquoi ?

— Parce que, en dehors de ma famille, j'étais la seule à en avoir. À l'école, les enfants se moquaient de Doneta et de moi.

— Elles ne se voient pourtant pas beaucoup. On dirait de petites taches de cannelle.

— J'avais plutôt l'impression qu'il s'agissait de noix de coco.

— Je les trouve mignonnes, s'entêta Noah en lui effleurant la joue de ses lèvres.

Le cœur de Pilar battait si fort qu'elle fut incapable de prononcer un mot.

— Merci pour cette journée de détente, reprit-il.

— Je t'en prie, murmura-t-elle. Selon toi, tous les couples mariés s'amusent ainsi ?

— Pas toujours, mais quand on trouve le bon conjoint, oui.

— Tes frères l'ont-ils trouvé ?

— Sans doute, car ils ont l'air très amoureux.

Pilar songea que ce ne serait jamais leur cas. Elle ignorait ce qu'on ressentait quand on était épris et se demanda si elle n'aurait pas mieux fait de lire quelques-uns de ces romans dont sa sœur raffolait tant au lieu de se battre pour son pays.

— Pourquoi as-tu voulu m'épouser ? demanda-t-elle. Je veux la véritable raison. Pas ces balivernes sur mes talents d'escrimeuse.

— Cette explication ne t'a pas plu ?

— Je n'y ai pas cru une seconde.

— Tu as tort, car elle est en partie exacte. En t'affrontant, je me suis senti revivre, ce qui ne m'était pas arrivé depuis des années.

Elle avait un doute, même s'il semblait sincère.

— Tu es sceptique ? devina-t-il.

— Oui, mais uniquement parce que je ne te connais pas suffisamment pour distinguer la vérité du mensonge.

— J'étais sincère. Tu es la première femme à m'avoir défié à l'épée et j'ai trouvé cela... vivifiant.

— Tu es bizarre.

Il se mit à rire.

— C'est l'hôpital qui se moque de la charité !

— L'escrime n'est pas censée être une activité vivifiante.

— Ça a pourtant été le cas. Pour être franc, j'ai hâte que tu t'emportes de nouveau contre moi et que tu me menaces avec ton épée.

Pilar secoua la tête. Cet homme qu'elle avait épousé était décidément un drôle d'individu.

— Tu ne risques rien, rétorqua-t-elle. Ma mère m'a obligée à laisser l'arme de mon grand-père à Cuba et je n'avais pas de place dans mes bagages pour celle de mon oncle Miguel.

— En arrivant à la maison, nous t'en trouverons une autre.

Cette promesse la surprit agréablement.

— Et je te donnerai des leçons, ajouta Noah.

— Je n'en ai pas besoin. Mon grand-père m'a tout appris.

— Pas tout, visiblement. Ta posture était trop ouverte et tu te laisses trop guider par tes émotions.

— Tu m'apprendras à avoir le dessus sur toi ?

— Jamais de la vie ! En revanche, je peux te montrer comment améliorer ta technique.

— Je devrai m'en contenter, je suppose.

Pilar n'avait pas envie d'apprécier Noah. Pourtant, à son corps défendant, quelque chose en lui l'attirait. Et ses baisers n'arrangeaient rien à l'affaire.

— Que veux-tu faire, à présent ? s'enquit-il.

— J'aimerais déguster un bon repas cubain avant d'être condamnée aux tranches de porc desséchées pour le reste de mes jours.

— La cuisine américaine n'est pas si mauvaise.

— On voit que tu ne connais pas grand-chose d'autre. As-tu déjà goûté aux *frijoles negros* ?

— Naturellement. Difficile de voyager dans ton pays sans manger ce potage aux haricots noirs que je trouve délicieux.

— Et aux haricots noirs avec du riz et des *maduros* ?

— Non.

— Et la *ropa vieja* ?

— Non plus. De quoi s'agit-il ?

— De lamelles de bœuf sur du riz.

— Ah.

— Et le *sancocho* ?

Noah secoua la tête.

— Ton estomac ignore ce qui est bon. J'espère qu'un jour tu seras capable de manger comme un Cubain et que tu ne te contenteras pas de ton porc séché.

Il l'embrassa sur le front.

— Tu es vivifiante, je te dis. Allez, debout ! J'ai besoin de me dégourdir les jambes.

— Ce n'est pas moi qui ai voulu m'asseoir sur tes genoux, lui rappela-t-elle.

— Je sais, mais tous les maris aiment avoir leur femme sur les genoux. J'ai bien aimé les baisers aussi.

Comme elle esquivait son regard, il la prit gentiment par le menton.

— Pas toi ?

Elle ne répondit pas. Pas question de lui avouer qu'elle avait apprécié ses baisers.

— Qui ne dit mot consent, déclara Noah.

— Pas du tout !

Du bout de l'index, il traça le contour de ses lèvres.

— Si, murmura-t-il.

Il posa délicatement ses lèvres sur les siennes, puis accentua la pression jusqu'à ce qu'elle s'abandonne.

— Tu as aimé mes baisers, *querida* ? lui chuchota-t-il à l'oreille d'une voix suave. Le mensonge est un péché.

Pilar se trouva incapable de respirer, de parler, de bouger. Où diable était passée la femme forte, la guerrière ?

Lorsqu'il se mit à dessiner des cercles autour de la pointe de son sein, elle retint son souffle. Elle qui n'avait jamais accordé d'importance à ses seins découvrait qu'ils étaient la source d'un plaisir inouï ! Soudain, elle mourait d'envie d'ôter son corsage.

— Si je te reprends dans ma bouche, diras-tu oui ?

Pour toute réponse, elle gémit.

— Le veux-tu, Pilar ?

Il entreprit de déboutonner son corsage, puis se mit à dévorer de baisers la peau exposée au-dessus de la camisole avant d'écarter le tissu pour happer entre ses lèvres la pointe de son sein. Elle ne put réprimer un gémissement.

— Noah...

— Dis oui, ma guerrière, insista-t-il, avant d'infliger les mêmes tourments à son autre sein.

— Oui..., souffla-t-elle. Oh, oui !

Noah désirait sa femme comme un fou. Étaient-ce les prémices d'ébats merveilleux ?

— Tu es si délicieuse...

Capturant sa bouche, il l'embrassa avec fougue sans cesser de lui caresser les seins.

Alors qu'il levait la tête pour reprendre son souffle, il découvrit un petit garçon avec un chien qui les observait, les yeux écarquillés. Pilar le vit à son tour et se détourna vivement pour masquer sa nudité.

— Va-t'en ! grommela Noah.

Le gamin détala sans demander son reste, son chien sur les talons.

— Désolé de ne pas avoir été plus vigilant.

— Tu étais un peu occupé, murmura Pilar en remettant de l'ordre dans sa tenue.

Il rit et l'embrassa sur le front.

— En effet... La prochaine fois, je serai plus prudent.

— Il n'y aura pas de prochaine fois.

— Tu sais bien que si, soupira-t-il.

— Pas du tout.

Lorsqu'il voulut lui caresser un sein, elle lui mit une tape sur la main.

— Arrête !

— Tu voulais que je m'amuse, non ? Je viens de trouver un moyen de passer un bon moment et tu changes d'avis !

— Tu es incorrigible !

— Et tu n'as pas tout vu, la prévint-il, taquin. Debout. Il est temps de retourner à l'hôtel. Pour ton dernier soir, nous essayerons de te trouver un endroit où manger cubain. Peut-être referons-nous une dernière promenade ici, ensuite.

— Uniquement si tu me promets de ne pas me déshabiller.

— Ma mère m'a appris à ne jamais faire de promesses que je n'étais pas sûr de pouvoir tenir.

Ils s'arrêtèrent au bureau de poste où Noah envoya un message à sa mère afin de lui annoncer qu'il était en route pour la Californie en compagnie de son épouse.

14

De retour dans la chambre, Pilar se sentit soudain intimidée, ce qui ne lui était pas habituel. Dans cet espace clos, elle était encore plus sensible à la présence de Noah et ne savait pas où poser les yeux.

— Je devrais peut-être rincer le sable et le sel sur ma peau avant de ressortir ? hasarda-t-elle.

— Veux-tu que je demande qu'on nous monte de l'eau ?

— Si cela ne t'ennuie pas.

Dès qu'il fut sorti, elle poussa un long soupir. Elle était toute vibrante de désir. Noah avait éveillé en elle un besoin insoupçonné qu'elle ne demandait qu'à combler. Elle était choquée de s'être laissé dénuder en public sans se soucier d'être vue, et en même temps elle brûlait de revivre ces instants magiques. Décidément, Pilar Yates était fort différente de Pilar Banderas, et elle n'avait apparemment que peu d'emprise sur elle.

Noah réapparut, accompagné d'une femme de chambre portant deux seaux d'eau.

— Je vais attendre sur le balcon pour te laisser un peu d'intimité, proposa-t-il à Pilar, et elle lui en sut gré.

Une fois sa toilette terminée, elle le rejoignit.

— Je vais me changer, annonça-t-il. Après quoi, j'aurai une surprise pour toi.

— De quoi s'agit-il ?

— Si je te le dis, ce ne sera plus une surprise.

Elle devait avoir l'air méfiant, car il ajouta :

— Je te promets que tu vas l'apprécier.

Restée seule, elle songea à la journée qui venait de s'écouler. Elle était soulagée que Noah n'ait pas pris trop mal ses aveux concernant les activités illicites de sa famille. Elle espérait juste qu'il l'avait crue lorsqu'elle avait affirmé être incapable de voler sa belle-famille. Elle s'interrogeait aussi sur ce que serait leur mariage lorsqu'ils vivraient en Californie. Quel rôle jouerait-elle dans la vie de Noah ? Et que ferait-elle de la sienne ? Elle ne s'imaginait pas passant ses journées à courir les boutiques et à régenter les domestiques, à l'instar de sa tante Simona. Il fallait absolument qu'elle aborde le sujet avec lui…

Elle perçut soudain des mouvements dans la chambre, et y entra. Un homme et une femme s'affairaient à dresser une table à côté d'un chariot chargé de plats sous cloche.

— C'est ta surprise, annonça Noah avec un sourire.

Lorsque les employés se retirèrent, il tira galamment une chaise pour Pilar, puis prit place en face d'elle. Et tandis qu'il soulevait les cloches des différents plats, elle découvrit, abasourdie, une sélection de spécialités cubaines.

— D'où vient ce festin ? s'écria-t-elle.

— Quand je suis allé chercher de l'eau, j'ai demandé à Mme Fitzhugh si elle connaissait quelqu'un qui serait capable de préparer de bons plats cubains. Elle m'a conseillé la pension d'une amie, dont la cuisinière est originaire de ton pays.

— C'est merveilleux !

En entrée, il y avait des *chatinas* encore tièdes, des beignets de banane plantain, qu'elle mangea avec plaisir. Ensuite, ils dégustèrent un *pollo asado*, du poulet agrémenté d'une sauce tomate un peu sucrée. Il était si savoureux qu'il rappela à Pilar celui de sa grand-mère. Il y avait aussi des *moros y cristianos*, du riz aux haricots noirs.

— Le nom de ce plat signifie « Maures et chrétiens » en espagnol, non ? risqua Noah.

— Les haricots noirs représentent les Maures et le riz les chrétiens. À Cuba, ce sont les Africains et les Espagnols.

Le repas se termina sur un *flan cubano*, un petit flan au caramel.

— Merci, Noah, murmura Pilar, repue. C'était succulent.

— Je suis heureux que tu aies apprécié ma surprise.

— Je t'autorise à me surprendre quand tu voudras.

— J'en prends bonne note. Ta mère cuisine-t-elle ? voulut-il savoir.

— Pas vraiment. Elle a grandi entourée de domestiques. Quand elle a épousé mon père, elle ne savait même pas faire cuire des haricots ! Ma grand-mère, en revanche, était un véritable cordon-bleu. Nous en redemandions.

— Et toi ?

— C'est moi qui étais généralement aux fourneaux à la maison. Ta mère est espagnole, tu n'as pas eu droit à ce genre de plats ?

— Non. Il y avait des flans pour les grandes occasions, sinon nous mangions surtout des spécialités américaines, des steaks, des pommes de terre.

— Et du bacon ?

— Et du bacon, confirma-t-il en riant. En grande quantité.

— Tu crois que ta mère s'offusquera si je prépare un repas de temps en temps ?

— Elle a une cuisinière, une Irlandaise du nom de Bonnie. Mais je suis sûre qu'elle n'y verra aucun inconvénient, surtout si tu cuisines ces spécialités. Quand nous aurons notre propre maison, tu feras comme bon te semblera.

— Tant mieux. Parle-moi de ta mère.

— Elle n'a peur de rien, elle est entêtée. La dernière fois que je l'ai vue, elle était très amoureuse.

Il lui raconta son histoire d'amour avec Max.

— Et toi, tu as déjà été amoureux ?

— Non.

— Moi non plus. Ma mère avait des sentiments très forts pour mon père. Doneta rêve d'un couple uni, elle aussi.

Il se contenta de la dévisager.

— Je ne te demande pas de m'aimer, Noah.

— Et si cela finit par arriver ?

— Ne dis pas de bêtises.

— Ce ne sont pas des bêtises.

— Mais si. Je peux te poser une question sérieuse ? dit-elle pour détourner la conversation.

— Je t'écoute, répondit-il avant de boire une gorgée de vin.

— Que vais-je faire en tant qu'épouse ? Les femmes de tes frères travaillent-elles ?

— Mariah, la femme de Logan, est couturière. J'ignore ce que fait Billie. Qu'aimerais-tu faire de tes journées ?

Elle haussa les épaules.

— Je ne sais pas, mais je tiens à être active. Vous avez des employés pour s'occuper de vos bêtes ?

Noah faillit s'esclaffer, puis il comprit qu'elle était sérieuse.

— Oui.

Elle souhaitait travailler comme ouvrière ?

— Ma mère a des activités caritatives avec sa paroisse. Tu pourrais lui donner un coup de main.

— Peut-être… Je manie bien la machette. Tu as besoin de quelqu'un pour élaguer ou débroussailler ?

— Pilar, tu ne seras pas ouvrière sur le ranch.

— Pourquoi ?

— Parce que tu es ma femme.

— Donc je n'ai pas besoin de gagner ma vie.

— C'est cela.

— L'argent tombe du ciel, en Californie ?

— Bien sûr que non.

— Dans ce cas, je dois apporter ma contribution.

Il sentit qu'il n'allait pas avoir le dernier mot.

— Et si nous en parlions une fois à la maison ?

— D'accord, mais il est hors de question que je me fasse servir.

— Entendu.

Sa femme était vraiment hors du commun.

— Encore un peu de vin ? suggéra-t-il.

— Volontiers.

— À notre avenir ! dit-il en levant son verre, ravi qu'elle apprécie ce breuvage autant que lui.

— À notre avenir, répéta-t-elle.

La nuit commençait à tomber.

— Et si nous sortions sur le balcon pour déguster notre vin avant d'aller nous coucher ? proposa-t-il.

— Avec plaisir.

Ils se levèrent, et Pilar sentit un désir irrépressible s'emparer d'elle.

— Qu'est-ce qui ne va pas ? murmura Noah.

Devait-elle lui avouer ce qu'elle ressentait ? Et s'il la trouvait faible ? Stupide ? Ah, si seulement elle pouvait redevenir celle qu'elle était avant que cet homme entre dans sa vie !

— Dès mon plus jeune âge, mon père et mon grand-père m'ont inculqué le sens de la discipline, une qualité qui m'a été très utile pour devenir une cambrioleuse et une combattante rebelle. Et maintenant...

Noah esquissa un sourire.

— Ce n'est pas drôle.

— Je ne me moque pas de toi, *querida*. Je te regarde lutter contre une chose contre laquelle il n'existe aucun antidote.

— Et quelle est cette chose ? demanda-t-elle d'un air de défi.

— Le désir, la passion, le manque, quel que soit le nom qu'on lui donne.

— Comment peux-tu savoir ce que j'éprouve ?

— Tu es bien la femme qui était assise sur mes genoux sur la plage ?

— Je ne devrais pas avoir envie que tu...

Elle n'alla pas plus loin.

— Que je quoi ?

Elle hésita, puis se jeta à l'eau :

— Que tu m'embrasses, que tu me touches.

— Et pourquoi cela ?

Elle chercha désespérément une réponse.

— Parce que ça ne peut être convenable.

— Personne ne peut juger de ce qui est convenable ou pas entre un mari et sa femme, à part les intéressés eux-mêmes.

— Dans ce cas, comment fait-on pour que cela cesse ?

— C'est impossible. Enfin, il existe des moyens d'apaiser temporairement une envie. En revanche, quand le désir s'installe, on ne peut le chasser.

Il lui caressa la joue.

— En tant que mari, je trouve ton désir très excitant. Il n'y a rien de mal à cela. Quel homme voudrait d'une femme froide ?

— Je n'aime pas me sentir perdue, à la dérive.

— Si cela peut te consoler, tu me fais de l'effet, un effet grandissant.

Une fois de plus, elle s'interrogea sur sa sincérité.

— Veux-tu que je te procure un peu d'apaisement ?

Elle devinait qu'accepter serait un tournant dans son existence, mais elle ne supportait plus cette tension croissante qui la rongeait.

— Oui, répondit-elle avec assurance.

Il l'enlaça.

— Tu me provoques, dit-elle.

— Non.

Il l'embrassa tendrement, puis resserra son étreinte.

— Je veux notre nuit de noces, murmura-t-elle.

— Ah oui ? lui souffla-t-il à l'oreille, avant de déposer un chapelet de baisers brûlants le long de son cou.

— Oui…

Elle avait envie de savoir.

— Tu es sûre ?

Il lui mordilla la lèvre inférieure, puis la caressa de la langue.

Elle se mit à trembler.

— Oui…

C'était un amant si habile que Pilar se sentit partir de nouveau à la dérive. N'ayant pour repères que ses baisers et ses caresses, elle avait l'impression de naviguer en pleine tempête. Le plaisir menaçait de la submerger, telle une déferlante. Dieu merci, Noah tenait la barre et la guidait dans sa découverte.

— Débarrassons-nous de cette robe, chuchota-t-il.

En un tournemain, elle se retrouva uniquement vêtue de ses dessous. Il reprit sa bouche et recommença à la caresser. Lorsqu'il glissa les doigts entre les replis de sa chair intime, là où elle était toute chaude et moite, elle faillit crier de bonheur.

En la découvrant humide et prête à le recevoir, Noah crut qu'il allait jouir sur-le-champ. Son sexe était dur comme un roc et palpitait follement. Ah, si seulement elle n'était pas aussi innocente !

Le souffle court, Pilar s'était mise à onduler des hanches. Il ne fallut que quelques secondes pour que la jouissance l'emporte, le dos cambré, la tête rejetée en arrière. Plus excité que jamais, Noah s'inclina et happa la pointe dressée d'un sein entre ses lèvres.

— Arrête ! l'implora Pilar avec un mouvement de recul.

Si elle n'en voulait pas plus, il ne lui imposerait rien, quand bien même lui n'en avait pas terminé.

— Je croyais que tu voulais une nuit de noces, *querida* ?

Elle hésita visiblement, puis murmura :

— Oui, je le veux.

S'emparant de sa main, il l'entraîna vers le lit.

Il la prépara avec soin à vivre ce moment précieux entre tous, et quand il la fit enfin sienne, elle était prête à l'accueillir.

— Je vais peut-être te faire un peu mal, *querida*, la prévint-il en se positionnant à l'orée de son intimité. Pardonne-moi.

— Attends, Noah... je t'en prie...

Il ferma les yeux et prit une profonde inspiration. Elle était tendue soudain, il le sentait. Le désir avait fait place à l'appréhension, voire à la peur, or il ne voulait surtout pas qu'elle garde un mauvais souvenir de cette première nuit conjugale.

— Je serai très doux, fais-moi confiance, la rassura-t-il avant de l'embrasser tendrement.

Il entra lentement en elle, lui laissant le temps de s'habituer à cette intrusion qui était si nouvelle pour elle. Puis il se retira avant de revenir en douceur. Il recommença encore et encore, jusqu'à ce qu'elle réponde à son va-et-vient d'un délicieux mouvement sensuel des hanches. S'il devait serrer les dents pour ne pas perdre le contrôle, il ne pouvait s'empêcher d'intensifier le rythme de ses coups de reins. Leurs gémissements se répondaient tandis que la pression devenait insupportable. Il plongea en elle une dernière fois et la jouissance balaya tout sur son passage, leur arrachant un cri.

Lorsqu'il redescendit sur terre, Pilar était blottie entre ses bras.

— Je t'ai fait mal ? murmura-t-il.

— Au début, un peu. Ensuite, cela m'a plu.

— Tant mieux, dit-il en riant tout bas. Moi aussi, cela m'a plu, au point que si tu avais de l'expérience, je recommencerais.

— Encore ?

— Jusqu'à l'aube.

Elle parut tellement choquée qu'il lui caressa la joue, attendri.

— Tu es passionnée, *querida*. J'ai hâte de partager d'autres nuits comme celle-ci avec toi. À présent, repose-toi. Nous prenons le ferry à l'aube.

— Je suppose que nous ne ferons pas cela parmi les cochons et les poules, dans le wagon à bestiaux.

— Non !

— Dommage, railla-t-elle.

Il s'esclaffa et la serra contre lui.

Le cauchemar revint. Il revécut sa première nuit sur l'île. Barton Felix, un Anglais, et ses hommes s'en étaient pris à lui. Devinant ce qu'ils avaient en tête, Noah et Kingston s'étaient battus comme des beaux diables. Hélas, les autres étant plus nombreux, ils n'avaient eu aucun mal à avoir le dessus. Entourés d'une foule hilare, les deux hommes avaient été jetés à plat ventre et maintenus à terre pendant qu'on baissait leur pantalon. Comme d'habitude, Noah fut réveillé par ses propres cris. Il était en nage et tremblait de la tête aux pieds. Une seule chose avait changé : Pilar était là, à son côté.

— Noah, tu trembles... Tu as fait un cauch...

Il repoussa sa main et quitta le lit.

— Rendors-toi !

Elle ne dit pas un mot tandis qu'il sortait sur le balcon pour respirer l'air nocturne à pleins poumons. Il ne supportait plus ces cauchemars, mais craignait qu'ils ne l'accompagnent jusqu'à la mort. Dieu qu'il avait été naïf de croire qu'une femme, aussi extraordinaire soit-elle, pourrait le débarrasser de ses démons. Et de sa honte.

Grâce à elle cependant, il était parvenu à les tenir à distance. Hélas, ils ressurgissaient au moment où il était le plus vulnérable ! Qu'allait s'imaginer Pilar ? Et qu'allait-il se passer à présent ? Il ferma les yeux et s'efforça de chasser les images horribles qui se bousculaient dans son esprit.

— Noah ?

Il ne bougea pas.

— Désolé d'avoir été brutal. Je te demande de retourner te coucher. Je te verrai demain matin.

— Comme tu veux, souffla-t-elle.

Il l'entendit regagner la chambre, et frappa du poing sur la rambarde en fer forgé.

15

Ce fut l'orage qui réveilla Pilar. En cette fin du mois d'août, les ouragans étaient fréquents et elle priait pour qu'ils n'en arrivent pas là. Se hissant sur les coudes, elle constata qu'elle était seule. Où diable était passé Noah ? Son comportement de la veille l'avait troublée. Elle ne comprenait pas qu'il l'ait rejetée alors qu'ils venaient de partager un moment délicieux. Elle était blessée. Elle en était presque à espérer qu'il était parti seul pour la Californie lorsqu'il entra avec un plateau. En voyant qu'elle était réveillée, il hésita. Elle l'ignora ostensiblement, et se leva. Elle remarqua une tache de sang sur le drap froissé. Elle l'ignora également et contourna le paravent pour aller faire une toilette sommaire.

Elle réapparut et s'habilla devant Noah sans se soucier de sa présence.

— Je t'ai monté un petit déjeuner.

— Merci, dit-elle.

Elle n'avait rien à lui dire, aussi mangèrent-ils en silence.

L'homme qu'elle commençait à apprécier affichait un masque froid. Il ne plaisantait plus, ne la taquinait plus. C'en était fini de la passion. Préférant ne pas trop chercher les raisons de ce changement de comportement, elle attendit qu'il lui fasse part du programme de la journée.

— Je vais descendre le plateau. Nous partirons ensuite.

Elle se contenta de hocher la tête.

Il pleuvait des cordes. Le temps de courir du seuil de l'hôtel à la voiture qui les attendait, ils étaient trempés.

— Couvre-toi, dit Noah en tendant son manteau à Pilar, qui ne portait qu'un simple châle. Tu vas attraper froid.

— Ce n'est rien. J'ai déjà pris la pluie.

— Pilar…

Les lèvres pincées, elle s'empara du manteau d'un geste brusque et le drapa sur ses épaules. Si elle avait eu une rapière, elle n'aurait pas hésité à s'en servir, devina-t-il. Il contempla son profil. C'était une vraie beauté ! Cheveux bouclés, traits juvéniles, posture altière, elle ferait la fierté de n'importe quel mari. Il se demandait quel regard elle porterait sur lui s'il lui avouait ce qui lui était arrivé sur l'île. Parler ou ne pas parler, il se retrouvait face à un cruel dilemme qui, s'il ne parvenait pas à le résoudre, les condamnait à s'éloigner inexorablement l'un de l'autre.

Après une traversée sur une mer agitée, ils se rendirent à la gare. Pour éviter le déluge, ils coururent vers le quai couvert où des voyageurs de toutes origines patientaient. L'agent auquel ils avaient eu affaire la veille cria :

— Les personnes de couleur chez les fumeurs !

Noah lut sa propre contrariété sur le visage de ses semblables. Au moins, ils n'étaient pas relégués dans le wagon à bestiaux – maigre consolation dans la mesure où le prix des places était le même pour tout le monde.

Dans le wagon, plusieurs hommes entreprirent des parties de cartes. Certains buvaient de l'alcool. Des musiciens entonnèrent un air entraînant. Il pleuvait à torrents et le vent hurlait, aussi Noah s'inquiétait-il à l'idée que les voies soient endommagées. Il ne voulait qu'une chose : rentrer chez lui.

Pilar aussi avait envie de rentrer, quoique pas en Californie. Cuba lui manquait déjà, sans parler de sa mère et de sa sœur. En cet instant, elle aurait tout donné pour se trouver ailleurs.

Les voyageurs victimes de ségrégation étaient majoritairement des familles. Les enfants s'installèrent à même le sol, à l'extrémité de la voiture.

— Pilar, veux-tu t'asseoir à une table ? s'enquit Noah.

— Non, je préfère rester avec les familles.

Elle voulait surtout échapper aux joueurs de cartes qui fumaient le cigare et aux filles de joie au maquillage outrancier qui affichaient des sourires faux.

Elle trouva une place par terre dans un coin. Noah attrapa deux chaises et la rejoignit.

— Tu serais mieux sur une chaise, non ?

Des femmes les observaient. Pour ne pas attirer davantage leur attention, Pilar accepta.

— Tu peux rejoindre ces hommes à table, suggéra-t-elle.

— Je ne veux pas que ces types un peu louches aient l'impression que tu voyages seule.

Elle n'avait pas songé qu'elle était peut-être en danger, mais il avait raison, bien sûr. Plusieurs dandys en costume voyant et cheveux gominés ne lui inspiraient guère confiance.

Le silence tomba entre eux.

— Pilar ?

Elle fixa sur lui un regard froid.

— À propos d'hier soir… je me suis montré grossier et brutal. Je suis désolé.

Elle s'efforça de demeurer impassible pour masquer sa tristesse.

— Il m'arrive d'avoir des cauchemars et…

Une pause, puis :

— Ils ne sont pas si fréquents, en fait. Celui-ci m'a déstabilisé, et je me suis mal comporté avec toi.

Elle observa son visage balafré. Elle aurait aimé l'interroger sur la nature de ces cauchemars, pourtant elle se retint. Il semblait terriblement mal à l'aise. Peut-être lui en révélerait-il davantage au fil du temps…

— Si cela se reproduit, je m'efforcerai de réagir autrement, promit-il.

— Merci. Si je peux t'aider…

Il secoua la tête.

— Ça ira. Je voulais juste que tu saches que tu n'as rien à voir avec ma conduite.

Il souffrait si visiblement que Pilar eut envie de le réconforter, ce qui l'étonna elle-même.

— J'ai apprécié ce qui s'est passé hier, avoua-t-il.

Elle pensa à leur promenade sur la plage, puis à leur nuit.

— Moi aussi, dit-elle, sincère.

— Et si nous repartions sur de nouvelles bases ? risqua-t-il.

Échaudée, elle hésitait à lui faire confiance. Et en même temps, elle en avait très envie.

— Oui, ce serait bien.

Il s'empara de ses mains et y déposa un baiser furtif.

— Merci d'être aussi compréhensive.

— Merci de t'être excusé.

Il semblait si repentant qu'elle aurait eu mauvaise grâce à lui refuser cette trêve. Dorénavant, toutefois, elle resterait sur ses gardes.

— Que dirais-tu d'une tasse de thé, histoire de te réchauffer ? proposa-t-il.

— Volontiers.

— Je reviens tout de suite.

En traversant le wagon bondé, il se dit qu'il avait de la chance. Elle avait essayé de mettre un peu de joie dans le couple étrange qu'ils formaient et voilà comment il l'avait remerciée ! S'il s'était interdit de lui parler de ce qu'il avait vécu, c'était pour ne pas l'entraîner dans l'enfer qu'il vivait, or elle partageait déjà cet enfer. Il ne savait que faire sinon vivre au jour le jour en priant pour que l'avenir leur soit plus doux.

À la tombée de la nuit, les mères réunirent leurs enfants et déroulèrent des paillasses. Les joueurs de cartes allumèrent des lampes et l'alcool coula à flots.

Pilar et Noah s'assirent côte à côte sur le sol. Il l'enlaça et l'attira à lui. Lorsque Pilar posa la tête sur son épaule, il l'embrassa sur le front.

— Essaie de dormir, murmura-t-il.

Noah, lui, demeura éveillé jusqu'au petit matin. Le contrôleur vint informer les voyageurs qu'un ouragan menaçait le golfe et que le train devait ralentir.

À Cuba, Pilar s'était déjà rendue au marché en wagon à bestiaux. De là à dormir entourée de bêtes qui empestaient... Le trajet entre Birmingham et Saint Louis se révéla extrêmement pénible. Elle ne pouvait s'en plaindre à son mari, qui n'y était pour rien et était tout aussi furieux qu'elle, de sorte qu'ils passèrent ces deux jours à fulminer de concert.

Lorsqu'elle descendit du train à Saint Louis, elle ne pensait qu'à prendre un bain.

— Y a-t-il un endroit où je pourrais me laver ? demanda-t-elle.

— Oui. Les bains publics ne sont pas très loin.

— La ségrégation y est appliquée ?

— Oui, mais cela ne t'empêchera pas de te laver. Ensuite, nous irons acheter des chaussures et des vêtements.

Ils étaient en effet dans un triste état. Les souliers de la jeune femme étaient crottés et l'odeur fétide des déjections animales semblait s'accrocher à elle.

— J'espère que nous serons mieux traités en nous rendant à Denver, ajouta Noah.

Une fois baignés et changés, ils se rendirent dans les boutiques recommandées par le responsable des bains publics.

Pilar voulut savoir s'ils étaient loin de la Floride.

— Environ mille cinq cents kilomètres, répondit Noah.

— J'ignorais que les États-Unis étaient si vastes.

— Il nous reste encore des milliers de kilomètres à parcourir avant d'atteindre San Francisco.

Ayant grandi à la campagne, l'idée d'être si loin de chez elle lui semblait abstraite. Ces rues encombrées de voitures, de piétons, cette effervescence l'oppressaient. Elle demeura bouche bée devant les petits vendeurs de journaux, les élégants messieurs coiffés de chapeaux et accompagnés de dames aux toilettes recherchées.

Chez le drapier, ils furent accueillis par un petit homme trapu.

— Soyez les bienvenus. Je m'appelle Claude Dell. Je ne crois pas vous avoir jamais vus en ville…

— Nous sommes en route pour Denver, répondit Noah. Nous souhaitions acheter des vêtements.

— Je vous laisse jeter un coup d'œil. Appelez-moi quand vous aurez terminé.

La boutique n'était pas très grande, mais la marchandise était bien présentée. Pendant que Pilar passait en revue le rayon dames, Noah sélectionna un costume, quelques chemises, des chaussettes et divers articles. Il s'approcha du comptoir, et Pilar le rejoignit quelques instants plus tard. Elle avait choisi une robe en toile informe, ornée de nœuds et de fronces, et une paire de bottes masculines. Noah était si manifestement stupéfait qu'elle crut bon d'expliquer :

— Ces bottes sont parfaites, elles m'éviteront d'avoir les pieds trempés.

— Tu ne souhaites pas un modèle un peu plus... féminin ?

— Je refuse de patauger dans la bouse avec des souliers féminins, comme tu dis.

Cela se défendait, aussi Noah préféra-t-il ne pas discuter ce point. En revanche, la robe faisait débat.

— Tu es sûre de ton choix ?

M. Dell intervint, l'air confus :

— Désolé, nous n'avons rien de plus moderne pour la petite dame.

— Ce n'est pas grave, assura Pilar. La mode n'est pas ma préoccupation première.

Bien qu'affligé par la laideur du modèle, Noah se garda de tout commentaire. Mariah et Billie, ses belles-sœurs, étaient très au fait de la mode. Elles prendraient Pilar sous leur aile. Elle était bien trop belle pour porter une tenue aussi informe.

Noah régla leurs achats, puis ils partirent à la recherche de la pension de famille également conseillée par le responsable des bains publics. Ils eurent du mal à trouver un fiacre qui acceptait les personnes de couleur. Le train pour Denver ne partait que le lendemain et ils n'avaient pas dormi dans un vrai lit depuis leur départ de chez Mme Fitzhugh.

Même si Pilar ne s'était pas plainte de leurs conditions de voyage, il devinait qu'elle rêvait d'un bon lit. Cependant, et bien que son désir soit intact, Noah ne voulait pas lui imposer un nouveau cauchemar. Il décida donc qu'il lui laisserait le lit et se contenterait d'un fauteuil. C'était plus raisonnable.

Pilar se sentait si bien, après son bain, qu'elle avait envie de chanter. La puanteur du bétail avait fait place à un parfum subtil de savon sur sa peau. Tandis que le cocher les conduisait vers leur destination, elle coula un regard furtif à Noah. Il la regardait.

— Tu sens bon, *querida,* souffla-t-il avant de l'embrasser sur le front.

En dépit de ses efforts pour maîtriser ses désirs, Pilar devait s'avouer que les lèvres de son mari lui manquaient. Bien que consciente de la présence du cocher, elle se serra contre lui.

— Je me suis languie de tes baisers, chuchota-t-elle.

— Ah oui ? s'étonna-t-il.

Elle hocha la tête.

— Je vais y remédier au plus vite, dit-il dans un souffle.

— Tant mieux, murmura-t-elle en se blottissant davantage contre lui.

Le cocher, un dénommé Oscar, les déposa devant la pension de famille. Après avoir empoché un généreux pourboire, il promit de revenir le lendemain pour les conduire à la gare.

Le couple pénétra dans une bâtisse au bardage peint en vert. La propriétaire des lieux, Andora Pennington, une métisse, les accueillit chaleureusement.

— Soyez les bienvenus.

Noah Yates se présenta, ainsi que Pilar, puis demanda s'il y avait des chambres à louer.

— En ce moment, je n'ai que deux pensionnaires, répondit Mme Pennington, vous aurez donc le choix entre trois chambres standard ou la plus grande, à l'étage supérieur. Elle coûte plus cher, bien sûr.

— Pourriez-vous nous la montrer ? s'enquit Noah.

— Oui, mais le prix est non négociable. Vous êtes vraiment mariés ? ajouta-t-elle.

— Oui.

— Tant mieux. Je ne tolère pas les clients vivant dans le péché.

Noah et Pilar échangèrent un regard et réprimèrent un sourire tandis que la propriétaire les conduisait à l'étage.

Ils découvrirent une chambre spacieuse et bien aménagée.

— Il y a une salle de bains attenante. Moyennant un supplément, vous pouvez manger ici plutôt que dans la salle à manger. Vous bénéficiez aussi d'un balcon.

— Combien ?

Le tarif laissa Pilar sans voix.

— Nous la prenons, déclara Noah.

Pilar lui jeta un regard effaré, à quoi il répondit d'un clin d'œil.

— Nous ne resterons qu'une nuit et nous préférons dîner seuls, précisa-t-il.

— À votre guise. Je vous remercie de régler d'avance, dit Mme Pennington en tendant la main.

Noah s'exécuta.

— Elle a le sens des affaires, commenta Pilar lorsqu'elle fut sortie.

— C'est le moins qu'on puisse dire. Cette chambre te convient-elle ?

Elle balaya la pièce du regard.

— C'est joli, mais le prix est exorbitant, tu ne trouves pas ?

Noah la prit par la taille.

— Pour toi, rien n'est trop cher. Je serais prêt à t'offrir le Taj Mahal.

— Qu'est-ce que c'est ?

— Une merveille qu'un roi indien a fait construire pour rendre hommage à sa femme défunte. Il est en marbre blanc. Peut-être aurons-nous un jour l'occasion d'aller l'admirer.

— Cela me plairait.

— À présent, passons aux baisers qui te manquent, murmura-t-il en la couvant d'un regard ardent qui lui mit les sens en émoi.

Son baiser était une invitation, un appel à la passion. Elle entrouvrit les lèvres pour l'accueillir et son corps prit feu.

Elle aussi lui avait manqué, songea-t-il en déboutonnant son corsage. Il aimait sa peau soyeuse, ses gémissements sensuels... Il libéra ses seins, en prit un en coupe et le suça avec une vigueur qui arracha un soupir de bonheur à Pilar. Impatient, il la débarrassa de sa robe et l'embrassa de plus belle tout en explorant ses courbes délicieuses.

Plongée dans une douce torpeur, Pilar avait le souffle court et le cœur qui battait à coups redoublés. Elle écarta spontanément les jambes, et dès que son mari glissa les doigts entre les pétales de son sexe, elle se mit à trembler.

— Je pourrais te faire l'amour jusqu'à la fin de mes jours, *querida*, murmura-t-il sans cesser de la caresser.

Pilar n'imaginait pas qu'on puisse se livrer à ces ébats en plein jour, alors que le soleil entrait à flots par la fenêtre. Cela lui paraissait aussi décadent que de n'être vêtue que de son seul corset et de ses bas sous le regard brûlant de son mari.

Elle le regarda se déshabiller à son tour, subjuguée. Lorsqu'elle avait perdu sa virginité, elle n'avait pas osé le toucher. Enhardie, elle se risqua à faire courir sa main sur son torse musclé, puis plus bas. Enroulant les doigts autour de sa virilité, elle murmura :

— Montre-moi ce qu'il faut faire…

Il referma la main sur la sienne avant de l'inciter à faire un mouvement de va-et-vient. Très vite, cependant, il recula, hors d'haleine.

— Tu es une petite coquine ! déclara-t-il.

— C'est interdit ?

— Loin de là. Et tu auras même droit à une récompense.

— Quel genre de récompense ?

— Attends, je reviens.

— Noah…, gémit-elle tandis qu'il gagnait la salle de bains.

Il réapparut peu après, une serviette sur l'épaule. La glissant autour de la taille de Pilar, il l'entraîna vers le divan, déposa la serviette sur celui-ci, puis s'assit.

— Je veux que tu te mettes à califourchon sur mes genoux.

— Pourquoi ? demanda-t-elle en s'exécutant.

— Pour que je puisse faire ceci, répondit-il en la soulevant avant de la pénétrer lentement. Tu aimes ?

— Beaucoup.

Elle ne mentait pas. Elle trouvait tout à la fois choquant et délicieux d'être ainsi empalée sur son sexe. Guidée par Noah, elle se mit à le chevaucher, d'abord prudemment, puis avec un enthousiasme grandissant. Leurs mains s'exploraient mutuellement, leurs souffles se mêlaient entre deux baisers.

Sans prévenir, Noah glissa soudain la main entre leurs corps pour caresser la petite crête nichée au cœur de sa féminité. Presque aussitôt le plaisir explosa en elle avec la force d'une éruption volcanique et ses muscles intimes se crispèrent follement tandis que Noah l'empoignait aux hanches pour la pilonner sans merci. Il se déversa en elle en laissant échapper un cri rauque.

Tous deux étaient pantelants et en nage.

— Je n'aurais jamais cru que ce serait… ainsi, articula Pilar.

Il caressa son dos humide et l'embrassa tendrement.

— Il y a bien des façons de prendre du plaisir et nous aurons le temps de les étudier toutes.

— Toutes ? répéta-t-elle en s'écartant pour le regarder.

— Jusqu'à ce que nous soyons trop vieux.

— J'espère ne jamais être trop vieille, souffla-t-elle.

— Moi aussi. En fait, ajouta-t-il en sentant son sexe revenir à la vie, nous avons bien mérité une seconde manche.

— Tu crois ?

— J'en suis sûr.

16

Alanza se tenait sur le balcon et contemplait la lune. Elle était plus heureuse que jamais, surtout la nuit. Du reste, il lui suffisait d'y penser pour s'empourprer. Une belle journée s'achevait et tout allait pour le mieux. Le ranch prospérait, ses fils étaient heureux avec leurs épouses et leurs enfants. Il ne manquait plus que Noah pour compléter ce tableau idyllique.

Depuis son retour, après avoir été enrôlé de force, il n'était plus le même et elle s'inquiétait pour lui. Le jeune artiste brillant avait fait place à un homme sombre qui semblait la proie de démons personnels. Elle ignorait ce qu'il lui était arrivé, n'avait pas réussi à obtenir la moindre explication, et cela la hantait.

Dans la journée, elle avait reçu un télégramme de lui.

Ai retrouvé pirate. Marié. Dans le train. Retour bientôt.

Elle était encore sous le choc. Qui diable avait-il épousé ?

Max s'approcha et l'enlaça avant de déposer un baiser sur sa nuque.

— Tu viens te coucher ?

— Oui. Patience, *querido*.

— C'est ce télégramme de Noah qui te tracasse ?

Elle pivota entre ses bras et opina.

— Tu sauras tout à son retour.

— Tu crois qu'il a épousé cette pirate qui lui a dérobé son bateau ?

— Qui sait ? Logan a bien épousé une lanceuse de pierres et Drew une belle-de-nuit. Pourquoi ton petit dernier ne se marierait-il pas avec une pirate ? Je dois reconnaître que tes fils ont des goûts particuliers en amour. Cela dit, j'ai la chance d'avoir l'épouse la plus fascinante. Viens donc te coucher, que je te le prouve.

— Quclle canaille !

— Tu n'aimerais pas que je ne le sois pas, rétorqua-t-il.

Et il avait raison, bien sûr

La ségrégation n'étant pas en vigueur dans le train pour Denver, Pilar put donc admirer le paysage qui défilait devant la fenêtre. L'Amérique était vaste et diversifiée, avec de grands espaces que Noah appelait prairies et qui n'existaient pas à Cuba. Elle songea à sa famille. Sa mère et sa sœur lui manquaient et elle avait hâte qu'elles viennent lui rendre visite au ranch. Étonnamment, elle était plus heureuse qu'elle ne s'y attendait. Lorsque Noah avait demandé sa main, elle ignorait qu'il pouvait se montrer aussi charmant. Depuis qu'ils avaient décidé cette trêve, dans le train, il était attentionné, plein de sollicitude, d'excellente compagnie… sans parler de ses talents au lit. Leur couple serait peut-être une réussite. Peut-être… Elle savait qu'elle n'était pas enceinte car ses menstrues étaient arrivées le jour où ils avaient quitté Saint Louis. Elle avait envie d'avoir un enfant, mais pas tout de suite. Elle souhaitait d'abord mieux connaître Noah. Pour autant qu'elle sache, il n'avait pas refait ce cauchemar qui avait jeté un froid dans leur relation au tout début. Quoi qu'il en soit, elle n'avait pas l'intention de l'interroger à ce sujet et espérait que le problème se réglerait de lui-même.

— À quoi penses-tu ? demanda-t-il.

— Ce pays est immense. Tellement plus grand que Cuba !

— Une fois à Denver, il ne nous restera plus que deux jours de trajet avant d'atteindre San Francisco.

— Tant mieux. Si j'apprécie les paysages, je suis un peu lasse de voyager.

— Moi aussi, admit Noah en lui caressant le dos. Comment te sens-tu ?

— Je me sentirai mieux dans quelques jours.

Elle n'aurait jamais cru pouvoir évoquer ce sujet avec un homme, d'autant que son mari était allé jusqu'à lui demander ce qu'il pouvait faire pour la soulager.

— Quelle est la première chose que tu souhaites faire à ton retour chez toi ? lui demanda-t-elle.

— À part faire l'amour à ma femme ?

— Oui !

— D'abord, me reposer, puis me rendre à San Francisco pour acheter un nouveau bateau.

— Je suis vraiment désolée pour *L'Alanza*.

— De l'eau a coulé sous les ponts. Et puis, si cela n'était pas arrivé, nous ne serions pas mari et femme aujourd'hui.

Son attitude généreuse toucha Pilar.

— Quel genre d'embarcation rechercheras-tu ?

— J'hésite encore.

Ils discutèrent des avantages et des inconvénients des sloops et des cotres, et des bateaux à vapeur qui rendaient les voiliers obsolètes.

Leur conversation fut interrompue par l'apparition du contrôleur, qui annonça :

— Nous faisons une halte d'une demi-heure pour nous ravitailler en eau. Vous pouvez descendre vous dégourdir les jambes. Il y a une dame qui vend des sandwichs dans la gare.

Si la halte fut courte, ils eurent tout de même le temps d'acheter deux sandwichs au jambon et de la citronnade bien fraîche.

— Pourquoi fait-il si froid ? demanda Pilar lorsqu'ils descendirent sur le quai, à Denver, quelques heures plus tard.

— Il ne fait pas froid ! s'esclaffa Noah.

— Si ! Je tremble.

— Tu es cubaine.

— Et toi, tu es mon mari. Fais quelque chose !

— Voyons s'il y a une boutique qui vend des manteaux dans le quartier.

Elle dut se contenter d'une cape. Le train pour San Francisco ne partant que le lendemain matin, ils prirent une chambre dans une pension, puis montèrent se coucher tout de suite après le dîner.

— Désolée, nous ne pouvons pas faire l'amour, murmura-t-elle, une fois couchée.

— Tu n'as pas à t'excuser, *querida*. Repose-toi. Je te rejoins dans un instant.

Elle remonta les couvertures et sombra dans le sommeil.

Noah s'installa dans l'unique fauteuil de la petite chambre. Lui aussi était épuisé. Au cours du mois écoulé, il était allé du ranch à Cuba, puis en Floride, avant de regagner la Californie en compagnie de sa petite diablesse d'épouse. Il aimait tout en elle, jusqu'à sa façon d'accepter ses excuses après cette nuit de noces marquée par ses cauchemars. Il sentait que cet incident planait encore entre eux. À plusieurs reprises, il l'avait surprise à l'observer comme si elle cherchait à percer ses secrets. Depuis dix ans, il parcourait le monde pour échapper à son passé et refusait de se lier. Seules comptaient sa musique, sa famille et la solitude qu'il trouvait sur le pont d'un bateau. Et cependant, un nouveau Noah Yates semblait se profiler. Un Yates qui se voyait avec des enfants et un bel avenir dans lequel le passé n'aurait plus sa place.

Pour l'heure, il devait réfléchir à son avenir immédiat avec son épouse. Il ne voulait pas renoncer à la mer, mais ne se voyait plus partir des mois durant à l'autre bout du monde. Si remplacer *L'Alanza* était une priorité, gagner sa vie en naviguant ne l'était plus. Il n'en revenait pas d'être capable de voir les choses sous ce jour, lui qui, depuis son enrôlement de force, n'avait eu qu'une idée en tête : prendre la mer. Il posa les yeux sur la jeune femme endormie. À l'instant où ils avaient croisé le fer, il avait été sûr qu'elle bouleverserait sa vie.

Il se leva et s'étira, puis éteignit la lampe et rejoignit Pilar dans le lit. Elle se réveilla juste le temps de lui murmurer un « bonne nuit » d'une voix ensommeillée. Il l'attira à lui, et ferma les yeux.

Une heure après avoir quitté Denver, le train traversa des montagnes.

— Pourquoi le sommet est-il blanc ? s'étonna Pilar.

— C'est de la neige, expliqua Noah.

Stupéfaite, elle se tourna de nouveau vers la fenêtre.

— J'imagine que tu n'avais jamais vu la neige.

— Non. Il ne neige pas, à Cuba, figure-toi. Et en Californie ?

— Très rarement, là où nous allons, en revanche, c'est assez fréquent dans le Nord.

— Que fait-on lorsque cela se produit ?

— On ajoute du bois dans la cheminée et on enfile des vêtements chauds.

— Seigneur…

— Je te promets de te tenir chaud.

— La neige, les wagons à bestiaux, le bacon… Et si nous retournions en Floride ?

— Trop tard.

Elle lui donna une tape affectueuse et il se replongea dans son journal. Il était en train de lire un article passionnant sur un inventeur allemand du nom de Karl Benz qui venait de présenter un véhicule à moteur : la première automobile dotée d'un moteur à essence. Dans les années à venir, ce moteur pourrait être utilisé pour divers moyens de transport, supplantant le charbon et la vapeur. Il serait avisé de s'intéresser de près à ces progrès techniques, décida Noah. Un autre article concernait l'armée et ses efforts pour capturer Geronimo, le chef apache, le dernier à ne pas avoir été confiné dans une réserve. Noah espéra que le vieux chef continuerait à leur échapper.

— Pas de nouvelles de Cuba ? demanda Pilar.

— Jusqu'à présent, non. Ah si ! L'Espagne envisage d'y abolir l'esclavage.

— Il serait temps. Cuba et le Brésil sont les deux derniers pays au monde où l'esclavage existe encore. Cela dit, j'y croirai lorsque la mesure sera effective. Rien sur le général Maceo ou les rebelles ?

— Non, répondit Noah après avoir parcouru l'article.

La tristesse de la jeune femme le toucha en plein cœur. Il n'avait aucun moyen de la réconforter, à part la laisser regagner son île et reprendre les armes contre les Espagnols...

— Je suis désolé, Pilar, murmura-t-il.

— Tout va bien, mentit-elle en se tournant vers lui. Ma vie est avec toi, désormais. J'espère que j'apprendrai à aimer ton pays autant que j'ai aimé le mien.

— Je ferai tout pour cela.

— Je te prends au mot, méfie-toi.

Lorsqu'ils arrivèrent enfin à San Francisco, Pilar avait mal au dos et mourait d'envie de prendre un bain et de manger un bon repas.

— Encore un train, *querida*, et ce sera terminé.

Ils traversèrent le hall de la gare qui grouillait de monde.

— C'est encore loin ? voulut-elle savoir.

— Non. Quelques heures.

— Noah !

Une femme élégante, vêtue d'une robe verte, se jeta au cou de Noah. Pilar la foudroya du regard tandis que son mari s'efforçait de se dégager de son étreinte.

— Bonjour Lavinia. Que fais-tu donc là ?

— Je viens d'arriver de Los Angeles. Où étais-tu passé, vilain garçon ?

Pilar arqua les sourcils.

— Lavinia, je te présente ma femme, Pilar. Pilar, voici Lavinia Douglas.

— Ta femme ? répéta Lavinia, abasourdie.

— Enchantée, lâcha Pilar.

— De même, répliqua Lavinia froidement en la fixant d'un regard critique.

Elle se tourna vers Noah et afficha un sourire faux.

— Marié ? Quelle surprise ! Depuis longtemps ?

— Non, répondit-il en prenant sa femme par la taille. Je dois avouer que c'était un peu inattendu.

— Et où vous êtes-vous rencontrés ?

— À Cuba. Elle m'a immédiatement pris dans ses filets.

— Jamais je n'aurais imaginé que tu puisses te faire prendre dans les filets d'une femme aussi... étrangère, disons.

Pilar se raidit, puis se rappela qu'elle était Mme Yates, contrairement à cette pimbêche. Il était en outre évident que Noah n'avait pas apprécié ce commentaire, ce qui la rassura.

— Vous êtes en route pour le ranch ?

— Oui. Pilar n'était jamais venue aux États-Unis. Je suis impatient de lui présenter la famille.

— Je vois. Lors de votre prochaine venue à San Francisco, envoie-moi un message, que nous dînions ensemble. Papa serait ravi de la rencontrer, lui aussi. Pilar, mettez donc cette adorable petite robe, vous aurez beaucoup de succès.

Pilar sentit sa colère remonter d'un cran. Comparée aux femmes élégamment vêtues qui allaient et venaient autour d'eux, elle avait l'air d'une miséreuse avec sa robe en toile et ses bottes. Il faudrait lui apprendre à s'habiller comme une Américaine. En attendant, Lavinia manquait totalement de savoir-vivre.

— Ravie de t'avoir vu, Noah.

Sans un mot pour la jeune femme, Lavinia prit congé.

— C'est elle, la mijaurée que tu fréquentais ? s'enquit Pilar en la suivant du regard.

Noah éclata de rire et la serra contre lui.

— Tu es merveilleuse ! Elle ne s'en remettrait pas si elle t'entendait la qualifier de mijaurée.

— Je doute que ce soit la première fois, pourtant.

— Merci de m'avoir épousé.

— Si je me souviens bien, je n'ai pas vraiment eu le choix.

— Non, mais j'en suis heureux.

Tandis qu'il l'entraînait vers le train qui les conduirait à leur destination finale, Pilar songea qu'elle l'interrogerait sur son « amie » si grossière à la première occasion.

17

Lorsque le fiacre franchit le portail en fer forgé du Rancho Destino, Pilar sentit son angoisse grandir. Elle ne pouvait s'empêcher de se demander comment la famille de Noah allait la recevoir. S'ils savaient qu'elle avait volé son bateau, ils ne l'accueilleraient sans doute pas à bras ouverts, or elle n'avait pas envie de passer le reste de ses jours dans un environnement hostile. En son for intérieur, elle espérait que les Yates l'aimeraient, mais si ce n'était pas le cas, elle se débrouillerait.

Très vite, l'anxiété fit place à l'émerveillement. Le ranch était aussi vaste que certaines plantations chez elle, avec des terres à perte de vue, du bétail, des enclos pour les chevaux, des vergers. Le personnel semblait nombreux.

— J'ignorais que ce serait aussi immense, avoua-t-elle.

— Ma mère nous a bâti un sacré héritage.

— Ton père est décédé ?

— Oui, quand j'étais très jeune. Ma mère a travaillé d'arrache-pied pour créer cet endroit. Mes frères et moi sommes fiers d'être ses fils.

Il y avait du respect et de l'amour dans sa voix. La demeure somptueuse ceinte d'un balcon ouvragé apparut, entourée de jardins. Qu'allait penser la mère de Noah en le voyant ramener une pauvresse ?

— Je suis très anxieuse, murmura-t-elle.

— Ne t'inquiète pas, elle t'adorera autant que mes belles-sœurs.

Pilar avait du mal à le croire.

Lorsque la voiture s'arrêta enfin, son mari l'aida à en descendre.

— Noah, te voilà !

Une femme vêtue d'une jupe d'équitation et chaussée de bottes noires dévala les marches du perron. Un sourire radieux aux lèvres, elle ouvrit les bras pour étreindre son fils avec tant d'amour que Pilar en fut touchée.

— Quel bonheur de te voir enfin !

— J'en suis heureux aussi. Maman, je te présente ma femme, Pilar. Pilar, voici ma mère, Alanza Maria Vallejo… Yates… Rudd.

La mère de Noah était une femme superbe, manifestement d'origine espagnole.

— Bienvenue dans ta nouvelle maison, Pilar.

— Merci. Je suis honorée de vous rencontrer.

— Noah, elle est ravissante !

— Je sais, dit-il avec un sourire.

Pilar le remercia mentalement pour son soutien.

— Eh bien, me voilà désormais avec trois belles-filles, déclara Alanza avec une fierté non dissimulée.

Tandis que Noah allait régler la course et récupérer leurs bagages, Pilar sentit le regard de sa belle-mère rivé sur elle. Sans doute la trouvait-elle mal habillée. Cela dit, il émanait d'elle une grande bienveillance. Restait à savoir si elle durerait quand Alanza connaîtrait les détails de sa rencontre avec Noah.

La voiture s'éloigna et tous trois gravirent les marches du perron.

— J'ai reçu ton télégramme, Noah, dit sa mère. J'avoue qu'il m'a laissée perplexe. Il suggérait que tu avais épousé la pirate.

Pilar se figea.

— C'est le cas.

Alanza considéra Pilar avec stupeur.

— C'est elle, la pirate ?

— Absolument.

— Ce petit bout de femme ?

— Ce petit bout de femme m'a dérobé mon bateau, l'a coulé et...

— C'est la marine espagnole qui l'a coulé, rectifia l'intéressée.

— Bref, nous en sommes venus à danser *la verdadera destreza.*

— Non ?

— Elle manie la rapière comme personne, maman.

— Pas suffisamment pour le battre, précisa Pilar.

Alanza les observa tour à tour, parut sur le point de dire quelque chose, puis se ravisa :

— Entrons vite avant que je ne tombe à la renverse, dit-elle en riant.

— Je ne suis pas mécontent que tu aies insisté pour que nous prenions des leçons d'escrime. Sinon, elle m'aurait peut-être battu.

— D'abord Mariah, puis Billie, et maintenant une escrimeuse du nom de Pilar ! s'exclama Alanza. Seigneur !

L'intérieur de la maison était aussi beau que Pilar l'avait imaginé. Des tapis d'Orient ornaient les parquets cirés, des lampes à pétrole étaient posées sur les tablettes et consoles de bois sombre. La jeune femme admira les rideaux et les fauteuils aux tons chauds. Les vases et les statuettes de saints lui rappelèrent Cuba, au point qu'elle en eut les larmes aux yeux.

— *Qué pasa ?* lui demanda Alanza avec sollicitude.

L'emploi de l'espagnol ne fit qu'ajouter à la nostalgie de Pilar, qui avoua que son pays et sa famille lui manquaient, qu'elle avait envie de parler espagnol et qu'elle avait honte de pleurer. Séchant ses larmes, elle jeta un coup d'œil à son mari ; elle craignait que ce moment de faiblesse ne l'agace.

— Aucune de mes autres belles-filles ne parle espagnol et je le regrette. Tu seras ma joie, Pilar. Noah ne t'a donc jamais parlé dans cette langue ?

— Rarement. En vérité, je ne sais pas s'il la parle couramment.

Jusqu'ici, il s'était contenté de lui chuchoter des mots tendres en espagnol.

— Il est bilingue, révéla Alanza. Pourquoi ta femme ignore-t-elle que tu parles espagnol, Noah ?

— Pilar, dit-il, amusé, tu es dans cette maison depuis deux minutes et tu m'attires déjà des ennuis !

— Désolée, mais je l'ignorais.

— Je te promets d'y remédier, déclara-t-il avec un regard aussi doux qu'une caresse. Où sont les autres, maman ?

— Billie, Mariah et les enfants sont allés voir des amis et tes frères sont en ville.

— Et Max ?

— À la scierie pour examiner un lot de bois. Tout le monde sera réuni pour le dîner, comme d'habitude. Si vous avez faim, tous les deux, Bonnie peut vous préparer un encas.

Pilar savait qu'il s'agissait de la cuisinière. Et elle avait une faim de loup.

— Volontiers, répondit Noah à sa place.

— Très bien. Emmène donc ma *nuera* à l'étage. Bonnie vous servira très vite.

Sur ce, elle s'empara des mains de Pilar.

— Bienvenue, lui dit-elle, sincère.

Alanza regarda le couple s'éloigner. Dire que Pilar n'était autre que la pirate ! Elle n'en revenait pas. Quoi qu'il en soit, Noah semblait très épris, ce qui était étonnant. Elle ignorait tout des circonstances de leur mariage, mais elle finirait par connaître le fin mot de l'histoire, elle en était sûre. En attendant, elle avait une raison de plus de se réjouir.

L'escalier et les couloirs étaient ornés de tableaux – des scènes religieuses et des portraits d'ancêtres à la mine sévère. Pilar se demanda combien de temps il lui faudrait pour se repérer dans cette demeure imposante.

— Ma mère a grandi dans cette maison, lui expliqua Noah. Ses parents l'avaient héritée de ses grands-parents. Chaque génération a procédé à des agrandissements. Ne sois pas impressionnée par tous ces couloirs.

Il ouvrit une porte en bois sculpté et, à sa grande surprise, souleva la jeune femme dans ses bras.

— Qu'est-ce que tu fais ? s'esclaffa-t-elle.

— Je te porte.

— Pourquoi diable ?

— Dans de nombreux pays, la tradition veut que l'on porte la mariée pour franchir le seuil de sa maison.

Bien qu'elle n'ait jamais entendu parler de cette coutume, Pilar ne discuta pas. Lorsqu'il la déposa sur le sol, elle parcourut les lieux du regard. La pièce était plus spacieuse que son logement à Cuba. Il y avait une cheminée, de jolies lampes, des fauteuils, un divan confortable… et un piano !

— Nous sommes dans le salon. La chambre se trouve par ici.

Il la précéda dans une grande pièce tout aussi luxueuse au milieu de laquelle trônait un lit à baldaquin.

— Cette porte s'ouvre sur une salle de bains dotée de l'eau courante. Là-bas, tu peux sortir sur le balcon.

— Tu es fort bien installé, dis-moi.

— *Nous* sommes fort bien installés, corrigea-t-il. Tu es chez toi, désormais.

Elle mettrait un certain temps à s'y habituer mais, pour l'heure, elle avait juste envie de se détendre. Elle se laissa tomber dans un fauteuil près de la fenêtre.

— Je suis si heureuse que le voyage soit terminé.

— Et moi donc ! Tu vois, j'avais raison de te dire que ma mère t'accueillerait bien.

— C'est vrai. Elle est très aimable. Tes frères ont tous les deux épousé une Américaine ?

— Oui. Mariah, la femme de Logan, vient de Philadelphie, et Billie, celle de Drew, de San Francisco. Je n'avais pas réfléchi au fait que ma mère serait heureuse d'avoir une belle-fille espagnole. C'est assez logique, finalement.

— J'avoue, je suis ravie de partager ma langue maternelle avec elle.

Se perchant sur l'accoudoir de son fauteuil, il se pencha vers elle et murmura en espagnol :

— Et si tu partageais ta langue avec moi ?

— Ta mère sait-elle à quel point tu es coquin ?

— Non. Et ne lui dis surtout pas. J'ai envie de t'embrasser depuis des heures.

Joignant le geste à la parole, il effleura ses lèvres d'un baiser.

— Durant les jours à venir, je vais te faire l'amour dans toutes les positions et dans les moindres recoins de cette suite, la prévint-il.

Il la fit lever pour qu'ils puissent s'embrasser plus confortablement.

— Dans notre lit, sur le tapis devant la cheminée, sur le balcon, au clair de lune...

Elle frissonna et il poursuivit, impitoyable :

— Ensuite, je te prendrai sur le piano et je t'enduirai les seins de miel...

On frappa soudain à la porte du salon.

— Monsieur Noah, votre collation !

Furieux d'être interrompu, il se retourna.

— J'arrive, Bonnie ! Toi, ne bouge pas, ajouta-t-il à l'adresse de Pilar.

— Cela ne me viendrait même pas à l'idée.

Il gagna le salon.

— Bienvenue à la maison, monsieur Noah !

— Merci Bonnie, répondit-il en lui prenant le plateau des mains. Pilar, ma femme, se repose. Vous vous verrez plus tard.

— Souhaitez-lui la bienvenue de ma part.

— Je n'y manquerai pas.

Il retourna dans la chambre et découvrit son épouse endormie dans le fauteuil. Un peu déçu, car il espérait lui faire l'amour, il posa le plateau, porta sa femme sur le lit avec précaution et la couvrit d'un édredon. Ils avaient parcouru un long chemin depuis la Floride et elle avait besoin de repos.

— Bienvenue chez toi, Pilar, chuchota-t-il en lui caressant la joue.

18

Ce soir-là, Pilar fit la connaissance des autres membres de la famille. Logan était un colosse, l'incarnation du propriétaire de ranch. Drew possédait le charme espagnol du vieux continent. La belle Mariah avait des yeux dorés et une élégance naturelle. Billie, plus sombre de peau, était souriante et chaleureuse. Elle trouva la petite Maria très sage et s'étonna de la voir en pantalon. Quant à Antonio, il était turbulent et semblait trouver très amusant de jeter les aliments. Max, le mari d'Alanza, lui parut très séduisant.

À un moment, Logan leva son verre.

— Je propose un toast à Noah et à Pilar. Longue vie aux jeunes mariés !

— Longue vie aux jeunes mariés !

Pilar sourit, ravie de constater que tout le monde s'efforçait de la mettre à l'aise. Elle se trouvait bien maigrichonne comparée à ses voluptueuses belles-sœurs. Celles-ci étaient en outre élégantes sans ostentation et elle faisait pâle figure avec sa jupe bon marché et son corsage ordinaire. Elle avait l'impression d'être une parente pauvre. Pour ne pas leur faire honte, elle se promit de demander à Noah d'étoffer sa garde-robe. Billie et Mariah accepteraient peut-être de lui donner quelques conseils.

Les conversations allaient bon train autour de la table.

— Pilar, verrais-tu un inconvénient à ce que nous organisions une petite fête pour te présenter aux voisins ? s'enquit Alanza.

— Je te préviens, intervint Billie, quand elle dit « une petite fête », tu peux compter sur la présence des trois quarts des habitants de l'État.

— Allons, Billie ! la gronda leur belle-mère avec affection.

— Billie a raison, renchérit Mariah. Maman ne fait jamais rien à moitié. Sa fête d'anniversaire dure généralement une semaine.

Déstabilisée, Pilar chercha le regard de Noah.

— Dis oui, qu'on en finisse, parce qu'elle aura le dernier mot de toute façon. Comme toujours.

— Quelles mauvaises langues ! railla Alanza.

— Sans vouloir défendre maman, il faut admettre que ses réceptions sont toujours particulièrement réussies.

— À moins que tu ne détestes les ours savants, les clowns, les jongleurs, précisa Logan.

Des ours savants ?

— Ta belle-mère est extravagante, mais elle a un cœur d'or, affirma Max.

— Merci, Max, déclara l'intéressée.

Il la salua de son verre.

— Alors, reprit Alanza. Tu es d'accord ?

— Je... Je le suppose, bredouilla Pilar.

— Tant mieux.

— Nous aurons ainsi un prétexte pour courir les boutiques, déclara Mariah, visiblement ravie.

— Du moment qu'il nous reste de quoi payer les ouvriers et les factures, dit Logan, suscitant l'hilarité générale.

Pilar songea qu'elle serait peut-être heureuse, au sein de cette famille.

À l'issue du repas, Noah et ses frères sortirent fumer un cigare. Un employé vint prévenir Logan que plusieurs vaches s'étaient échappées par une brèche dans un enclos.

— Nous préviendrons Mariah, lui dit Drew. File ! Nous aurons besoin de ces bêtes si les filles vont courir les boutiques.

Logan gagna les écuries en hâte.

— Alors, reprit Drew, tu as l'air plus heureux que lors de notre dernière entrevue. Je me trompe ?

Noah gratta une allumette pour allumer son cigare, puis la tendit à son frère, qui l'imita.

— Tu ne te trompes pas.

— D'abord, parle-moi de ce pirate. Ton télégramme était un peu vague. Nous n'avons pas tout compris. Que lui est-il arrivé ?

— Je l'ai épousée.

Drew faillit s'étouffer.

— Pilar est une pirate ?

— Eh oui, confirma son cadet avec un sourire.

Noah lui raconta toute l'histoire, de l'enlèvement initial à ses recherches, au combat à l'épée et au mariage.

— Lors de ce combat à l'épée, j'ai entrevu un avenir différent.

— Et donc, tu as demandé sa main ?

— Oui mais, finalement, c'est elle qui a demandé la mienne.

Une fois encore, il raconta.

— C'est une révolutionnaire, trafiquante d'armes et qui est sans doute recherchée par les Espagnols ? Eh bien ! Tu parles d'un pedigree ! Il ne manquait plus qu'une révolutionnaire dans la famille. Nous sommes au complet, désormais !

— Révolutionnaire ou pas, je la voulais dans ma vie, avoua Noah en riant.

— Tu es bien Noah Yates ? railla son aîné, perplexe.

— Je me suis posé la même question. Je crois que je suis en train de devenir une version améliorée de moi-même.

— En tout cas, vous semblez heureux, tous les deux.

— C'est vrai, nous apprenons à nous connaître. Je m'en voulais un peu de l'arracher à sa famille, sa mère et son oncle ont toutefois compris qu'elle devait quitter la Floride au plus vite. Son oncle est le producteur de cigares dont je t'ai parlé au mariage de maman. Nous sommes d'ailleurs en train de fumer ses cigares.

— Elle n'a pas de père ?

— Non. Il a péri lors de la guerre civile, tué par les autorités. Pilar a rejoint les rebelles à l'âge de quinze ans.

— Peu d'hommes peuvent se vanter d'avoir une révolutionnaire pour épouse.

— Issue d'une famille de voleurs et de faussaires.

Cette fois, Drew écarquilla les yeux, si bien que son frère dut lui expliquer de quoi il retournait.

— Maman est au courant ?

— Non, et je préférerais que ça reste entre nous.

Noah avait confiance en lui. Il était plus proche de lui que de leur demi-frère, de neuf ans son aîné.

— Ne le prends surtout pas mal, mais… crois-tu que je devrais cacher les bijoux de Billie ?

Noah le fusilla du regard.

— Tu viens de dire qu'elle était une voleuse ! se défendit Drew.

— Cacher les bijoux ne sera pas nécessaire, je te le garantis.

— Très bien. Je te crois sur parole.

Un silence pesant tomba entre eux.

— Tu l'aimes ? demanda Drew.

Noah dut réfléchir un long moment avant de répondre :

— Je n'en suis pas certain, je pense toutefois que je ne ferais pas mieux, en matière d'amour. Je suis bien avec elle.

— Dans ce cas, je l'aimerai pour toi, dit Drew avec un sourire. Bienvenue à la maison, Noah.

Ils savourèrent les cigares de Miguel Ventura dans un silence fraternel.

— Comment as-tu trouvé le dîner ? demanda Noah à Pilar.

Ils bavardaient sur le divan de leur petit salon avant d'aller se coucher.

— Ils sont tous très gentils, surtout Billie et Mariah.

— N'est-ce pas ? Mes frères ont beaucoup de chance.

— Dois-je m'inquiéter de cette fête que ta mère veut organiser en notre honneur ?

— Non. Ce sera certes un événement d'ampleur, mais nous nous amuserons, tu verras. N'oublie pas que tu vas courir les boutiques pour acheter tout ce dont tu as besoin ou envie.

— À vrai dire, j'ai besoin de pas mal de choses : des chemises de nuit, des dessous, des chaussures un peu féminines…

— Personnellement, je te préfère sans vêtements, mais cela susciterait de vives réactions en dehors de cette chambre.

Elle s'esclaffa, puis, après un long silence, demanda d'un air grave :

— Quand ma mère et ma sœur pourront-elles venir en visite ?

— Nous pouvons leur envoyer un télégramme dès demain si tu le souhaites.

— Vraiment ?

— Bien sûr.

Elle se jeta à son cou.

— Oh merci, Noah !

Il l'attira sur ses genoux.

— Ton mari si généreux mérite une petite récompense, tu ne trouves pas ? murmura-t-il.

— La générosité ne saurait être intéressée.

— Et si je t'attachais comme tu me l'as fait ? Je te donnerais du plaisir jusqu'à ce que tu m'implores de te faire jouir.

— Voilà qui me semble intéressant.

Ils échangèrent un long regard, puis Pilar effleura doucement du doigt la balafre qui barrait la joue de son mari.

— Comment est-ce arrivé ?

— C'était la nuit de mon enrôlement de force. Le capitaine a voulu m'inculquer l'obéissance à sa façon. Il m'a dit que j'étais trop beau, de toute façon.

— Il s'est servi d'un couteau ?

— Oui.

Elle déposa un baiser sur sa joue abîmée.

— Chaque fois que nous ferons l'amour, je l'embrasserai pour qu'ensuite, en te regardant dans la glace, tu penses à ta coquine de femme et non à cette ordure.

Le cœur serré, Noah s'empara de ses lèvres et l'embrassa avec une telle ardeur qu'il en gémit. Pilar était son ange, sa raison de vivre. Fidèle à sa parole, elle déposa un baiser sur cette cicatrice qui le rappelait à ses démons, puis ils se dévêtirent lentement tout en se caressant mutuellement. Entièrement nus, ils gagnèrent la chambre sans cesser de s'embrasser. Ils firent l'amour avec ferveur, encore et encore, haletants et incapables de se rassasier l'un de l'autre. Après avoir déposé un ultime baiser sur sa balafre, Pilar sombra dans le sommeil.

Aux premières lueurs de l'aube, elle se réveilla au côté de son mari qui ronflait doucement. Attendrie, elle le contempla, se demandant à quel moment précis il s'était insinué dans son cœur. Elle s'en réjouissait, en dépit de sa brutale réaction de rejet lors de leur nuit de noces. Elle n'avait pas suffisamment d'expérience pour identifier ce qu'elle ressentait pour lui. Quoi qu'il en soit, elle voulait passer le reste de ses jours avec lui. Quant à savoir si c'était réciproque, c'était une autre histoire.

Elle quitta le lit, ouvrit la porte de la vaste penderie pour en sortir un peignoir. Sur le balcon, il faisait plus frais qu'elle ne s'y attendait. Se recroquevillant dans un fauteuil, elle admira le lever du soleil sur les montagnes. Elle aurait rêvé d'un ranch au bord de l'eau pour profiter du spectacle de la mer et du bruit du ressac jour après jour, mais il ne fallait pas trop en demander. Elle avait déjà beaucoup de chance d'avoir la possibilité de se construire une nouvelle vie. Pilar la rebelle, la guerrière, la voleuse faisait partie du passé. Elle vivait désormais dans un univers favorisé. Pour endosser son rôle d'épouse fortunée, elle avait beaucoup de choses à apprendre. Elle était impatiente de trouver sa place. Était-il prématuré d'aborder avec sa belle-mère la question des œuvres de charité ?

— *Buenos dias, querida*.

Tournant la tête, elle découvrit Noah, en peignoir également.

— *Buenos dias*.

Il l'embrassa tendrement et s'accouda à la rambarde pour observer le ciel.

— Je ne m'attendais pas à me réveiller seul, avoua-t-il.

— Je voulais voir le soleil se lever. La prochaine fois, je te laisserai un mot.

S'était-il inquiété de son absence ? Il lui sourit.

— Tu as des projets pour la journée ? s'enquit-elle.

— Nous pourrions nous rendre en ville pour envoyer un message à ta mère, qu'elle sache que tu es bien arrivée, et les inviter, Doneta et elle. Ensuite, si cela te dit, nous ferons le tour du ranch.

— Volontiers.

— Tu montes à cheval ?

— Naturellement !

— Après le petit déjeuner, je te trouverai une monture et nous irons en ville.

— De quelle ville s'agit-il ?

— Stewart, du nom de l'un des prospecteurs d'or qui ont établi le premier comptoir commercial.

— Des prospecteurs ?

Et tandis que le soleil montait dans le ciel, Noah lui raconta l'histoire de la Californie.

— Où est Max ? s'enquit Noah en s'asseyant à la table du petit déjeuner.

— À Stewart, pour participer aux travaux, répondit sa mère.

Face à la mine perplexe de Pilar, elle crut bon d'ajouter :

— Cet été, il y a eu un grave incendie. La plupart des maisons ont été rasées ou endommagées. Max supervise la reconstruction.

— Comment a démarré cet incendie ?

— C'était un incendie criminel lié à une tentative d'enlèvement contre Billie et Tonio.

— La femme et le fils de Drew ?

— Oui.

— Mon Dieu…

— Billie a organisé sa propre évasion et Drew a retrouvé le petit avec l'aide d'amis. Si tout s'est bien terminé, la tragédie a tout de même commencé dans les flammes.

Bonnie apporta les plats et gratifia Pilar d'un sourire chaleureux.

— Pilar n'est pas accoutumée aux petits déjeuners américains, maman, avertit Noah. D'où son expression.

— Je n'y suis pas habituée, mais je fais des progrès, non ? protesta Pilar en feignant d'être fâchée.

— Pour elle, insista Noah, le bacon est une tranche de porc toute sèche et très salée.

— Arrête ! s'esclaffa-t-elle. Ta mère va croire que je n'aime pas ça.

— Je comprends, assura Alanza. La cuisine de mon enfance me manque, à moi aussi.

— Dans ce cas, je pourrais peut-être me mettre aux fourneaux, de temps en temps, proposa Pilar. J'aimerais apporter ma contribution à la vie de la maison.

— Bien volontiers.

— Quand j'ai proposé de travailler aux écuries ou de débroussailler, votre fils a été choqué. Il m'a appris que vous étiez engagée dans diverses œuvres de charité. Je serais prête à vous accompagner, si cela ne vous ennuie pas.

— Débroussailler, répéta Alanza, stupéfaite. Billie et Mariah ne m'ont jamais rien proposé de tel.

— J'ai fait cela toute ma vie, assura Pilar.

— Nous avons des employés qui s'en chargent, intervint Noah. Nous discuterons plus tard de ce que tu peux faire.

Sa femme parut ravie, ce qui le rendit heureux.

19

Au début, Noah craignit que Pilar n'ait du mal à maîtriser la jument grise qu'elle avait sélectionnée pour se rendre en ville. Son appréhension se dissipa dès qu'il la vit en selle.

— Tu es une cavalière émérite, reconnut-il.

— Moonlight est une excellente monture. N'est-ce pas, ma belle ? murmura-t-elle en lui flattant l'encolure. Elle est plus véloce et plus solide que les vieilles carnes que je montais chez moi.

Ils avançaient au pas le long d'une route bordée d'arbres afin qu'elle puisse admirer le paysage.

— La campagne est bien différente de Cuba, n'est-ce pas ? dit-il.

— Oh oui ! Pas de bananiers, de manguiers, de caféiers, ni de fleurs chatoyantes. L'air embaume beaucoup moins. Tout est vert ou brun.

— Nous avons aussi des fleurs.

— Où cela ? s'enquit Pilar en feignant de scruter les alentours.

— Bon, elles sont un peu cachées, admit-il. Mais il y en a, je t'assure.

— La Californie possède son charme, cela dit.

— Tu essaies de te racheter ?

— Oui.

Hilares et complices, ils poursuivirent leur chemin.

— Comment se fait-il que tu sois bilingue ? voulut savoir Noah.

— Mon père et mon grand-père pirate l'étaient, et mes parents nous ont encouragées à parler les deux langues, Doneta et moi.

— Et quelle est ta langue préférée ?

— L'espagnol, bien sûr. C'est si beau. Si nous avons des enfants, je tiens à la leur transmettre.

— Moi aussi, et ma mère y tiendra également. Elle parle à ses petits-enfants en espagnol, tu sais.

Se rappelant leurs ébats de la nuit passée, Noah ne put s'empêcher de se demander s'ils avaient conçu un enfant. Il l'espérait.

La ville résonnait des bruits familiers des chantiers. Les rues étaient encombrées de briques, de planches et de matériaux en tous genres.

— Les travaux ont bien avancé, constata Noah comme ils mettaient pied à terre devant le bureau de poste.

L'homme grisonnant qui était derrière le guichet le salua avec chaleur.

— J'ignorais que tu étais de retour, ajouta-t-il. Comment vas-tu ?

— Bien, Will. Je te présente ma femme, Pilar. Chérie, voici Will Sally, un vieil ami de la famille.

— Vous êtes bien jolie, déclara l'employé. Bienvenue à Stewart.

Pilar le remercia, et Noah s'empara d'un formulaire de télégramme. Il le remplit, soumit le texte à Pilar qui l'approuva.

— J'ai une lettre pour toi, Noah, dit l'employé. Elle est arrivée il y a quelques jours.

Noah reconnut aussitôt l'écriture figurant sur l'enveloppe : c'était celle de Kingston Howard, son ami et associé. Il parcourut rapidement la lettre et poussa un soupir.

— Mauvaise nouvelle ? demanda Pilar.

— C'est plutôt une déception. Il veut dissoudre notre association pour se consacrer davantage à sa femme et à son fils. Cela fait plus d'un an qu'il me parle de se retirer. Sa décision est prise, apparemment.

— Que vas-tu faire sans associé ?

— Je vais trouver une solution.

— Noah, tu veux attendre la réponse de Floride ? intervint Will. Cela risque d'être long.

— Non. Envoie plutôt quelqu'un au ranch, si cela ne t'ennuie pas.

— Pas du tout. Ravi de vous avoir rencontrée, madame Yates.

Pilar et Noah se rendirent ensuite à la banque car Noah souhaitait envoyer à la famille de sa femme de quoi acheter leurs billets de train. En chemin, il salua quelques passants et présenta Pilar à des connaissances. Ayant passé les dix dernières années en mer, il avait moins d'amis que Logan et Drew. La plupart des nouveaux venus dans la vallée voyaient en lui le frère Yates au visage balafré.

Drew, le directeur de la banque, les accueillit chaleureusement.

— Après ce long voyage, je pensais que vous feriez la grasse matinée, lança-t-il. Tu es venu pour affaires ou juste pour te pavaner au bras de ma superbe belle-sœur ?

— Les deux, répondit Noah.

Après avoir fait le nécessaire, le couple regagna le ranch. De nombreux véhicules étaient garés devant la maison.

— Que se passe-t-il ? s'enquit Pilar.

— Aucune idée, répondit-il tandis qu'ils confiaient leurs montures à un palefrenier.

Un groupe de femmes, parmi lesquelles se trouvaient Billie et Mariah, portaient des chevalets dans le champ situé derrière la maison. En les voyant, Billie s'approcha.

— Qu'est-ce que c'est que ce remue-ménage ? s'enquit Noah.

— La réunion de mon club de tir féminin, répondit-elle. Pilar, tu veux te joindre à nous ?

— Je n'ai jamais entendu parler d'une telle chose, avoua la jeune femme, abasourdie.

— Nous t'apprendrons à tirer.

— Je connais le maniement des armes à feu, mais j'aimerais beaucoup participer.

Ce club était également une découverte pour Noah.

— Allez donc tirer toutes les deux. Je me réfugie à l'intérieur pour ne pas me prendre une balle.

Billie et Pilar levèrent les yeux au ciel.

Il trouva sa mère dans son bureau.

— Tu es là pour des raisons de sécurité, toi aussi ? railla-t-il.

— La première fois qu'elles se sont réunies ici, il y a quelques semaines, l'une d'elles a raté son coup et abattu une vache. Logan était fou de rage. Nous avons décidé d'éloigner le bétail. Tu as quelques minutes ?

— Bien sûr.

Ils prirent place dans les fauteuils de cuir.

— Cette pièce me rappelle tant de souvenirs, murmura Noah.

— Bons ou mauvais ?

— Les deux. Tu nous as passé quelques savons ici, à Drew et moi.

— Comme ce jour où vous vous étiez maculés de chaux pour que votre tante Rosita vous prenne pour des fantômes. Elle a eu si peur qu'elle n'est plus jamais revenue.

— Et tu as passé un bon moment à nous frictionner à l'essence de térébenthine. Cette odeur me donne encore la nausée.

— Et le jour où vous avez ramené une vache dans la maison, histoire de voir si elle était capable de monter l'escalier !

— Nous t'avons poussée à bout, parfois, je l'avoue.

— Je suis heureuse que tu sois de retour à la maison, Noah. Tu sais combien de temps tu restes, cette fois ?

— Pas vraiment, admit-il en haussant les épaules. Regarde ce que je viens de recevoir.

Il lui tendit la lettre de Kingston.

— Tu vas continuer en solo ? demanda-t-elle après l'avoir lue.

— Là encore, rien n'est décidé. Je suis marié, à présent. Nous aimons tous deux la mer, pour autant, nous ne pouvons vivre sur un bateau, surtout quand nous aurons des enfants.

— J'aime bien Pilar.

— Elle m'a permis de retrouver une partie de mon âme que je pensais avoir perdue à jamais, avoua Noah.

— Mes prières ont donc été exaucées. Le garçon que tu étais autrefois me manque, tu sais.

— Je comprends, dit-il en baissant les yeux. Je doute de le redevenir entièrement, mais ce qu'il en reste t'aime très fort.

— À la naissance, tu étais minuscule. Il pleuvait depuis plusieurs jours et nous redoutions que la sage-femme n'arrive pas à temps. Je n'avais pas encore réfléchi à un prénom. Finalement, ton père et moi avons choisi Noah en référence à l'arche de Noé et au déluge.

— Quel dommage de n'avoir aucun souvenir de lui.

— Chacun d'entre vous a quelque chose de lui.

— Tant mieux.

Mère et fils évoquèrent ensuite l'invitation adressée aux Banderas et les talents de cavalière de Pilar, qui enchantèrent Alanza. Elle avait prévu d'emmener ses belles-filles faire des courses d'ici quelques jours.

— Nous passerons la nuit en ville, précisa-t-elle.

— Je te remercie de t'occuper ainsi de Pilar. Fais-moi savoir de quoi elle a besoin.

— Promis. J'espère que tu ne verras pas d'inconvénient à ce que je lui offre quelques effets avec mes propres deniers.

— Quand bien même j'en verrais, tu n'en ferais qu'à ta tête. Toi, tu n'as pas changé, conclut-il en se levant. C'est bon d'être chez soi.

— Ce serait bien que tu jettes l'ancre, suggéra Alanza.

Il exécuta un salut militaire.

— Bien, mon capitaine, railla-t-il.

Il embrassa tendrement sa mère, et regagna ses appartements.

Il fit une incursion sur le balcon pour observer les dames qui s'adonnaient au tir. Parmi la dizaine de tireuses, il repéra vite Pilar, qui visait deux boîtes posées sur un chevalet. Hélas, elle manqua ses deux cibles ! Billie lui donnait visiblement des conseils, pourtant toutes les tentatives qui suivirent se soldèrent par des échecs. Riant sous cape, Noah regagna le salon.

— Ne sois pas si sévère avec toi-même, Pilar, déclara Billie. Tu vas y arriver. Tu préfères le pistolet, voilà tout. Le Remington est une arme particulière.

— J'ai raté mon tir, geignit la jeune femme.

— Au moins, tu connais les armes. Au début, certaines de nos membres en avaient une peur bleue.

— Moi, je fermais les yeux, avoua Amanda Foster. J'ai abattu une vache.

— Vraiment ? s'écria Pilar.

— Logan était furieux, expliqua Billie en riant. Il a chassé toutes mes amies et ne m'a pas adressé la parole pendant des jours.

— Tu vas faire des progrès très vite, Pilar, ne t'inquiète pas, assura Amanda. En attendant, bienvenue dans la vallée !

Pilar aida les autres à tout ranger, remercia sa belle sœur pour sa patience et rejoignit Noah.

Enfin, elle essaya, car elle se perdit très vite dans le labyrinthe de couloirs. Elle se retrouva ainsi dans une suite dont les meubles étaient recouverts de draps blancs. Alors qu'elle se remettait en quête de sa propre chambre, des notes de piano lui parvinrent. Elle se laissa guider par la musique et finit par retrouver son mari. Elle demeura sur le seuil pour ne pas l'interrompre. Il leva la tête et lui sourit.

— Comment s'est passée ta séance de tir ? demanda-t-il lorsqu'il eut terminé son morceau.

— Une catastrophe ! J'ignorais que tirer avec un vrai fusil était aussi difficile. J'allais à la chasse avec un vieux mousquet mais...

— Tu chasses ?

— Tout le monde chasse, à la campagne, Noah. Il faut bien manger.

— Encore un détail que ta belle-mère va adorer.

— Elle chasse, elle aussi ?

— Oh oui !

Pilar s'approcha du piano.

— Que jouais-tu ?

— Une sonate de Beethoven.

— Je me suis perdue dans les couloirs et je me suis retrouvée dans une suite dont les meubles étaient recouverts de draps. C'est alors que j'ai entendu le piano.

— C'est l'aile de Drew, sans doute. Billie, le bébé et lui l'ont habitée jusqu'à récemment. Tu as faim ? enchaîna-t-il.

— Oui.

Son escapade en ville et sa séance de tir lui avaient ouvert l'appétit.

— Descendons voir ce que Bonnie a à nous proposer.

La cuisinière leur prépara un pique-nique et ils se rendirent à la rivière qui bordait la propriété.

— Ce n'est pas l'océan, admit Noah en arrêtant la charrette, cela dit, c'est une étendue d'eau.

— Et l'endroit est tranquille.

— Il y a des sièges sur la rive. Nous pourrons pique-niquer.

— Je te suis.

Ils s'installèrent dans un silence complice.

— Ce petit salon d'extérieur est très pratique, commenta Pilar.

— Max l'a construit pour ma mère après la mort de mon père, parce que l'endroit était paisible. Tout le monde en profite, désormais.

— Qui habite cette ferme là-bas ? s'enquit Pilar en scrutant la rive.

— Drew et Billie. Mon frère voulait vivre ici depuis toujours. Max a dessiné les plans et les hommes de la vallée ont participé à la construction.

— Logan et Mariah vivent aussi au bord de l'eau ?

— Non. Ils sont plus proches de la grande maison.

— Et toi, où veux-tu habiter ?

— Je ne sais pas… Je n'y avais jamais réfléchi avant de te rencontrer. Je croyais passer le reste de mon existence en mer.

— Ce ne sera pas facile si nous avons des enfants, objecta-t-elle.

— En effet.

À quoi ressembleraient leurs enfants ? se demanda-t-il. Auraient-ils le petit menton décidé et les yeux de braise de leur mère ? Seraient-ils grands et solides comme lui ? Seraient-ils musiciens ? Quoi qu'il en soit, ils n'auraient pas le visage balafré.

— Dans la mesure où je vais devoir me passer de Kingston, mon associé, cela ne t'ennuie pas d'attendre que j'aie remis de l'ordre dans mes affaires avant de décider d'un lieu de résidence ?

— Pas du tout.

— Mes frères et moi possédons chacun une portion du ranch. La mienne se trouve à l'ouest. Nous avons donc un terrain.

— Allons le voir !

— Volontiers.

Ils réunirent les reliefs de leur pique-nique, puis se mirent en route. À l'ouest, le paysage était plus boisé et vallonné. La rivière s'élargissait, et les courants étaient plus forts. Les gros rochers qui semblaient monter la garde au pied des montagnes se détachaient contre le ciel nuageux. Noah avait toujours aimé cette nature sauvage, cette sensation de liberté.

— L'endroit me plaît, décréta Pilar en se perchant sur un rocher au-dessus des eaux tourbillonnantes. Il me fait penser à Cuba. Je me verrais bien vivre ici.

— Tant mieux. Le site est assez éloigné de la grande maison pour que nous ayons l'intimité dont nous avons besoin.

— Mon mari étant un coquin, nous aurons en effet besoin d'intimité, observa-t-elle.

L'attrapant par la taille, il la fit descendre de son perchoir.

— Je ne suis pas le seul coquin de notre couple, lui rappela-t-il.

— Tu ne t'en plains pas, j'espère ?

Il l'attira dans ses bras en riant.

— T'ai-je embrassée, aujourd'hui ?

— Si tu es obligée de me poser la question, c'est qu'il y a un problème !

— Je vais te dévorer, petite diablesse !

Comme toujours, leur baiser emplit Noah de joie et l'apaisa.

— Alors ?

— J'ai connu mieux..., dit-elle.

Il lui assena une tape sur les fesses et l'embrassa avec une fougue renouvelée jusqu'à la faire gémir.

— C'est mieux ?

— Bien mieux, susurra-t-elle.

Le vent se leva soudain et, en quelques instants, de grosses gouttes de pluie se mirent à tomber.

Ils coururent vers la charrette en riant. Noah sortit en hâte une bâche pour les protéger avant de regagner la maison.

Dans la soirée, après le dîner, ils jouaient aux dames dans leur salon quand on frappa à la porte. Pilar se leva non sans avoir mémorisé la disposition de ses pions sur le damier – elle avait découvert que son mari avait tendance à tricher.

— Ne t'avise pas de toucher à quoi que ce soit, Noah Yates ! le prévint-elle.

— Tu m'offenses, ma chère ! se récria-t-il, la main sur le cœur.

Sur le seuil, elle découvrit Max.

— Elle arrive du bureau de poste, dit-il en lui tendant une enveloppe. Elle t'est adressée, Pilar.

Elle le remercia, referma la porte, et déchira l'enveloppe d'un geste impatient.

Joie. Départ dès que possible. Bises. Doneta.

— C'est ma sœur qui m'écrit ! Elles vont venir !
— Excellente nouvelle.
— J'ai tellement hâte de les revoir, avoua-t-elle en rejoignant son mari. J'ai l'impression d'être partie depuis une éternité.
En observant le damier, elle constata que Noah avait triché.
— Tu es vraiment incorrigible !
— Moi ?
— Estime-toi heureux que je n'aie pas de rapière à portée de main.
— Il va falloir t'en procurer une. Ce regard furibond me donne envie d'user d'un autre type d'arme…
Pilar s'empourpra.
— Je ne fais pas l'amour avec les tricheurs.
— Ah non ? dit-il d'une voix de velours qui lui fit battre le cœur. Je parie que je peux t'inciter à t'allonger sur la table de ton plein gré et à me faire un tas de choses coquines, le tout avant que sonne l'heure.
Elle consulta la pendule. Il ne restait que cinq minutes.
— Et moi, je parie que non, rétorqua-t-elle.
Elle savait qu'elle allait perdre – en vérité, elle l'espérait. Ils se livraient là à un petit jeu de séduction digne d'un combat de *destreza*, et elle priait pour qu'ils jouent ainsi jusqu'à la fin de leur vie.
Lentement, le regard si intense qu'elle eut du mal à masquer son trouble, il ôta le damier de la table.
— J'ai envie de te voir en partie dénudée… Commence par enlever ton corsage.

Telle une marionnette dont il tirerait les ficelles, elle déboutonna le fin vêtement et s'en débarrassa.

— Le corset, à présent... Ne l'enlève pas. J'aime la façon dont il encadre tes seins superbes quand il est délacé...

Pilar obéit, mais prit son temps, cela lui donnait l'impression d'avoir du pouvoir sur son mari. Audacieuse, elle caressa lentement ses seins nus.

— Lève-toi, je te prie, ordonna-t-il avec un sourire lascif. Ta culotte... Il te reste deux minutes.

Elle se mit debout et souleva sa jupe.

Il tapota la table. Sous son regard fasciné, elle jeta sa jupe de côté et se hissa sur le meuble. Il s'empara de ses lèvres et la passion les embrasa en quelques secondes.

— Allonge-toi, ordonna-t-il.

Elle s'exécuta et il entreprit d'explorer son intimité. Un sourire canaille aux lèvres, il donna un premier coup de langue sur la petite crête nichée entre les pétales de sa féminité. Pilar se redressa d'un bond. La pendule sonna l'heure et Noah la pénétra d'un doigt, déclenchant un flot de sensations. Elle se rallongea alors pour mieux s'offrir à ses caresses. La jouissance vint très vite ; elle était encore cambrée sur la table quand Noah entra en elle, conquérant.

Dieu du ciel, après cette soirée, elle verrait cette table d'un tout autre œil...

20

Le lendemain, Pilar décida d'accepter l'offre de Mariah, qui lui avait proposé de lui montrer son atelier de couture. Noah quant à lui avait prévu de se rendre en ville avec Max et Logan pour participer aux travaux.

Tandis qu'ils se préparaient, il remarqua l'expression radieuse de sa femme.

— Pourquoi ce sourire ?

— Je pensais à la nuit dernière. À force de faire l'amour, nous finirons bien par concevoir un bébé.

Le regard de Noah s'éclaira à cette perspective.

— Tu préférerais un garçon ou une fille ?

— Quand je vois combien Tonio est agité, je pense qu'il vaut mieux avoir une fille ! plaisanta-t-elle.

Il se mit à rire.

— Et toi, tu as une préférence ? s'enquit-elle.

— Un garçon. Comme la plupart des hommes, je suppose. Quoi qu'il en soit, tu seras une mère merveilleuse.

— Ton optimisme me réjouit, mais je n'en suis pas si certaine.

— Oh que si ! Tout ira bien, tu verras.

Attendrie, elle se hissa sur la pointe des pieds et déposa un baiser sur sa joue balafrée.

— Merci de croire en moi, murmura-t-elle. Je te verrai à ton retour de la ville.

— En fin de journée, sans doute.

— Du moment que tu me reviens.

Il l'étreignit.

— Merci de m'avoir épousé.

— Je n'avais pas le choix, lui rappela-t-elle en riant, comme chaque fois.

Elle sortit.

Elle trouva Alanza en train de boire un café sur la terrasse.

— Tu vas chez Mariah ? lui demanda-t-elle.

— Oui. Elle m'a conseillé de suivre le sentier. Je peux y aller à cheval ?

— Certainement. N'hésite pas à prendre une monture quand tu le souhaites. Pas pour retourner en Floride, bien sûr !

— Il est trop tard pour vous débarrasser de moi !

— J'en conclus que tu te plais ici.

— Oh oui, beaucoup ! Tout le monde s'est montré si accueillant !

— Pour nous, la famille, c'est sacré. Merci pour ce que tu fais pour Noah. Il n'était plus le même depuis longtemps. S'il semble plus détendu, c'est grâce à toi.

— En tout cas, j'aime être avec lui. J'espère qu'il en est de même pour lui.

— De toute évidence. Il suffit de voir la façon dont il te regarde. Sa présence auprès de nous m'est très précieuse. Je ne te remercierai jamais assez, Pilar. À présent file avant que je me mette à pleurer. Et n'oublie pas que nous prenons le train demain à la première heure, pour notre escapade dans les boutiques.

Si Pilar appréhendait de devoir choisir des vêtements neufs, elle était ravie d'avoir l'occasion de mieux connaître les trois femmes.

— Je n'oublierai pas, assura-t-elle. Au fait, j'ai reçu un télégramme de ma sœur, hier soir. Ma mère et elle ne vont pas tarder à venir nous voir.

— Quelle bonne nouvelle ! Dans ce cas, nous attendrons qu'elles arrivent pour organiser votre petite fête, qu'en dis-tu ?

— Ce serait merveilleux.

Pilar mit peu de temps à se rendre chez Mariah. Sa maison était petite, et le porche encadré de fleurs multicolores. L'intérieur, coquet, était confortablement aménagé sans être extravagant.

Dans l'atelier, à l'arrière, Pilar découvrit Billie.

— Je ne m'attendais pas à te trouver là ! s'écria-t-elle.

— Je tenais à entendre de vive voix tous les potins. On veut tout savoir de notre nouvelle belle-sœur, Mariah et moi ! Sans oublier les détails de votre rencontre, avec Noah. Cette histoire est tellement mystérieuse !

— Laisse-moi au moins prendre ses mensurations avant de commencer l'inquisition, intervint Mariah.

— Très bien. Je vais voir si nos voyous ne se sont pas évadés.

Voyant Pilar hausser un sourcil perplexe, elle expliqua :

— Les enfants. Ils jouent dans leur parc. Avec le troisième bébé attendu au printemps, il va falloir l'agrandir.

— Tu es enceinte ?

— Oui, et je prie jour et nuit pour que ce soit une fille, avoua Billie.

Cela rappela à Pilar sa conversation avec Noah. Serait-elle la suivante à donner la vie à un petit Yates ?

Elle balaya l'atelier du regard, s'émerveilla devant les modèles exposés sur les mannequins en bois.

— Je t'admire, Mariah, dit-elle. Je suis incapable de faire un ourlet et je sais à peine recoudre un bouton.

— Je n'ai aucun mérite : j'ai grandi dans l'atelier de ma mère, à Philadelphie.

— Ce devait être agréable.

— Pas du tout. Ma mère était une vraie sorcière. Il me tardait de venir en Californie.

— Tu as de la famille, ici ?

— Non. Alanza a publié une annonce dans un journal de Philadelphie afin d'engager une gouvernante pour Logan. J'ai décroché le poste et j'ai fini par l'épouser.

— Depuis combien de temps êtes-vous mariés ?

— Deux ans.

— Et Billie et Drew ?

Billie réapparut et répondit :

— Depuis le mois de mai.

Pilar ne put dissimuler sa perplexité, compte tenu de l'âge de leur enfant.

— Je sais, poursuivit Billie. Nous nous connaissions déjà, ce qui explique que notre fils soit né hors mariage. Et avant que tu l'apprennes par un étranger à la famille, je me suis prostituée, autrefois.

La gêne manifeste de Pilar amusa les deux belles-sœurs.

— Laisse-moi prendre tes mensurations pendant que Billie te raconte tous les détails sordides.

Pilar écouta la jeune femme pendant que Mariah s'affairait, la faisant pivoter tout en griffonnant des chiffres dans un calepin.

— Du Chance s'est noyé dans la baie, conclut Billie après avoir raconté son enlèvement ainsi que celui de Tonio. Drew a retrouvé notre fils et nous sommes rentrés au ranch. Tout est bien qui finit bien !

— À ton tour, Pilar, enchaîna Mariah. Nous savons que c'est toi la pirate qui a volé le bateau de Noah, mais pourquoi as-tu fait cela ?

— Pour aller récupérer des armes.

Ses belles-sœurs en demeurèrent bouche bée.

— Je ferais mieux de reprendre depuis le début, déclara Pilar, amusée.

Elle évoqua ses liens avec les rebelles, le trafic d'armes, l'enlèvement de Noah…

— Quand il est rentré pour assister au mariage d'Alanza, il était très contrarié par ce vol, se rappela Mariah. En revanche, il n'a pas parlé d'enlèvement.

— L'orgueil mâle, je suppose, ricana Billie.

Pilar leur narra la fête d'anniversaire de son oncle, son combat à l'épée avec Noah, la demande en mariage.

— Tu l'as affronté à l'épée ? s'exclama Mariah.

— Et moi qui trouvais que mon couple avait une histoire hors du commun ! s'écria Billie. C'est un conte de fées en comparaison.

Pilar relata alors la visite de Calvo.

— Je n'avais plus le choix. J'ai dû demander à Noah de m'épouser immédiatement, et voilà !

— Tu es très maligne, commenta Mariah. Il est sans doute tombé amoureux de toi au premier regard.

— J'ignore s'il est amoureux, mais nous nous entendons à merveille.

Songeant à leurs jeux sensuels sur la table, elle ne put réprimer un sourire.

— Nos maris sont réputés pour leur virilité, déclara Billie, qui avait apparemment deviné ses pensées.

— Billie ! s'insurgea Mariah.

— Quoi ? Ne me dis pas que Logan ne te fait pas crier de plaisir !

Mariah s'empourpra.

— Personnellement, je n'ai pas à me plaindre, avoua Pilar.

Elles s'esclaffèrent, puis :

— Pilar, tu es officiellement membre du club des belles-filles Yates. Bienvenue à bord !

Noah s'affairait sur la toiture d'une future quincaillerie quand Will Sally l'interpella :

— Un télégramme pour toi, Noah !

Abandonnant un instant ses camarades, il descendit récupérer le message.

Il se rembrunit en constatant qu'il venait de Lavinia Douglas.

Serai à Stewart demain. Père veut te parler. Proposition professionnelle.

Walter Douglas possédait l'un des chantiers navals les plus réputés de San Francisco. Quand *L'Alanza* avait besoin de réparations, c'était chez lui que Noah se rendait. N'ayant aucun moyen d'en savoir davantage, il empocha le télégramme et remonta sur le toit.

Après avoir quitté Billie et Mariah, Pilar décida de faire le tour du ranch. Elle admira les vergers, les vignes, les potagers. Un peu partout, des employés s'affairaient. Le ranch était visiblement prospère. En Californie, les gens mangeaient à leur faim et ne passaient pas leur temps à grappiller de quoi se nourrir.

En regagnant la maison, elle dépassa des enclos abritant des chevaux. Elle savait que Logan capturait des chevaux sauvages qu'il dressait avant de les vendre à bon prix. Elle avait un oncle qui faisait de même à Cuba et, quand elle était plus jeune, elle aimait beaucoup travailler avec ses cousins. Ici, la méthode de débourrage semblait un peu différente. Un groupe d'hommes assistait à l'opération et poussait des cris de joie chaque fois que le cavalier était désarçonné. Fascinée, Pilar mit pied à terre.

L'étalon était superbe. Si elle se fiait à sa façon de ruer en hennissant, il était mécontent. Elle s'approcha de la clôture.

— Bonjour ma p'tite dame ! la salua l'homme près duquel elle s'était immobilisée. Vous êtes la femme de Noah, pas vrai ? Je m'appelle Eli Braden.

— Et moi Pilar. Enchantée.

Le cavalier chuta de nouveau, ce qui lui valut des quolibets de la part de ses camarades.

— Que se passe-t-il ? demanda Pilar.

— Il débourre un cheval. Ça fait plusieurs jours, mais ce démon refuse la selle.

— Quel animal voudrait d'un cavalier quand il a passé toute sa vie en liberté ?

L'homme la dévisagea.

— Je sais que je me mêle de ce qui ne me regarde pas, mais un aussi bel étalon mérite mieux qu'un simple débourrage.

— Vous parlez d'expérience ?

— Oui.

Lorsque le cavalier voulut remonter en selle, le cheval tenta de le piétiner, puis de le repousser contre la clôture.

— Je travaille comme ça depuis des années, madame Yates.

— Je comprends, pour autant, il existe d'autres méthodes. Puis-je pénétrer dans l'enclos ?

— Non.

L'étalon fila, cherchant une issue. Furieux d'être prisonnier, il rua, et le cavalier dut s'éloigner en vitesse pour éviter ses sabots.

— Pourquoi ? insista Pilar, qui avait de la peine pour la pauvre bête.

— Si vous êtes blessée, Logan me tuera. Sans parler de votre mari.

— Ne soyez pas ridicule. Ce cheval a-t-il un nom ?

— Non. Il est là que depuis quelques jours.

Désemparée, Pilar assista aux efforts de l'étalon pour se libérer.

— S'il m'arrive quelque chose, j'en porterai l'entière responsabilité.

— Peu m'importe. Logan s'en prendra à moi.

Pilar poussa un profond soupir.

— Monsieur Braden, avez-vous déjà frappé une femme ?

— Bien sûr que non.

— Tant mieux.

Sans crier gare, elle escalada la barrière et se retrouva dans l'enclos.

— Hé !

Les hommes se turent et le cavalier la regarda fixement.

— Quel est votre nom, monsieur ? lui demanda Pilar.

Le cheval rua et hennit de plus belle.

— Euh… Danny, madame, bredouilla le jeune homme.

— Et moi, Pilar. Enchantée, Danny.

— De même.

— Voulez-vous ôter la selle de ce cheval ?

Il se tourna vers Eli. L'animal souffla et hennit de colère.

— Il me laissera pas faire, madame.

— Dans ce cas, laissez-moi seule avec lui.

— Ce serait pas raisonnable, répliqua-t-il, aussi affolé que les autres.

— Tout va bien. Apportez-moi un seau d'eau, il doit avoir soif.

Danny jeta un coup d'œil à Eli, qui lança :

— Madame Yates, je vous en prie, sortez de cet enclos avant qu'il vous arrive des bricoles. Je me le pardonnerais pas.

— J'ai déjà fait cela de nombreuses fois, vous savez. Et appelez-moi Pilar, je vous en prie.

Pour la première fois, elle croisa le regard du cheval.

— Pilar, s'il vous plaît !

— Un seau d'eau, monsieur Braden. Je vous promets que je sais ce que je fais.

Conscient de sa détermination, il soupira et rendit les armes.

— Danny, va chercher de l'eau, ordonna-t-il. Pilar, quand les frères Yates m'auront tué, qu'ils remettent ma dépouille à Naomi, en ville.

Quand on lui eut donné le seau d'eau demandé, Pilar le porta au centre de l'enclos, et s'assit à côté.

— Monsieur Braden, il faudrait que vous et les autres vous écartiez et que vous gardiez le silence.

Ils reculèrent à contrecœur.

Lorsque Noah et ses frères rentrèrent au ranch, deux garçons d'écurie leur racontèrent ce qui se déroulait dans l'enclos. Ils se rendirent aussitôt sur les lieux et trouvèrent non pas le corps piétiné de Pilar, mais la jeune femme en train de parler à l'étalon d'une voix douce, en espagnol, tandis qu'il la regardait depuis un coin de l'enclos.

— Eli, pourquoi est-elle assise ? demanda Noah. Elle est tombée ?

— Qu'est-ce qui se passe, ici ? s'écria Logan.
— Ne parlez pas si fort ! Elle a exigé le silence.
— Elle est blessée ? s'inquiéta Noah.
— Non. Elle n'a pas essayé de le monter. Elle se contente de rester assise et de lui parler depuis une demi-heure. Elle a prétendu que je m'y prenais mal pour débourrer l'étalon.
— Noah, va chercher ta femme, maugréa Logan.
Noah l'ignora.
— Pourquoi l'as-tu laissée entrer dans l'enclos ? demanda-t-il à Eli.
— J'ai pas eu le choix. Elle a escaladé la barrière malgré mes mises en garde. Vos femmes ont tendance à n'en faire qu'à leur tête.
— N'est-ce pas toi qui épouses Naomi dans moins de quinze jours ? objecta Drew en ricanant.
— Vous marquez un point, admit Eli.
Noah s'inquiétait toujours pour la sécurité de Pilar. L'énorme étalon risquait de la tuer, or elle semblait parfaitement sereine.
— Si elle est blessée, insista Logan, Alanza nous tuera.
— Et si nous l'obligeons à sortir de là, Pilar nous attaquera à coups de machette. Attendons plutôt de voir ce qui se passe.
Logan leva les yeux au ciel.
— Elle sait vraiment ce qu'elle fait ? demanda Drew.
— Je n'en ai aucune idée, admit Noah.
— Parlez moins fort, souffla Eli.
Logan fulminait en silence.
Dans l'enclos, Pilar racontait au cheval l'histoire d'une jeune fille pauvre qui épouse un prince. Elle voulait juste qu'il se familiarise avec le son de sa voix, ce qui était le cas. Elle voulait aussi lui enlever

sa selle, mais Titan, comme elle l'avait baptisé, n'était pas prêt.

— Je sais que tu as soif, dit-elle d'un ton conciliant. Ces fous d'Américains ont heurté ton orgueil en te capturant et en t'enfermant de la sorte.

Elle agita la main dans le seau afin qu'il entende le clapotis de l'eau.

— À ta place, je serais folle de rage. Je ne te ferai aucun mal, c'est promis. Je ne te toucherai pas.

L'étalon ne cessait d'aller et venir pour lui montrer qui menait la danse. Immobile, Pilar le surveillait du coin de l'œil.

Une heure plus tard, la moitié du personnel du ranch assistait à la scène, dont Alanza, Billie, Mariah et les enfants.

Enfin, le cheval amorça une approche et s'arrêta à un mètre de la jeune femme. Il la défia en ruant. Sans fuir son regard, elle lui parla encore.

— Je ne bougerai pas, mon beau Titan de bronze. Viens boire, viens faire connaissance...

À la stupeur générale, le cheval la rejoignit lentement, puis pencha la tête pour s'abreuver. Certains poussèrent un cri de joie, aussitôt réduits au silence par les autres.

— Tu as passé une sale journée, n'est-ce pas ? dit-elle au cheval, compatissante.

Une fois abreuvé, ce dernier regagna le coin de l'enclos.

Pilar avait réussi la mission qu'elle s'était fixée. Elle s'approcha de la clôture, grimpa dessus en veillant à rester dans le champ de vision de Titan.

Noah afficha un grand sourire. Il comprenait mieux pourquoi sa femme souhaitait travailler auprès des animaux. Elle venait de lui faire une démonstration éloquente de ses talents.

— Qu'est-ce qu'elle fait, à présent ? demanda Drew à Logan.

— Comment veux-tu que je le sache ? En tout cas, je l'embauche, surtout si elle parvient à monter cet étalon.

Ravi et fier, Noah se concentra sur cette femme incroyable qui était son épouse. Elle resta perchée encore un moment sur sa barrière, puis en descendit et rejoignit son mari.

— C'est fou, ce que tu viens de faire, articula Noah, abasourdi.

— Garde tes compliments pour le jour où je le monterai. Logan, laisse cet étalon tranquille. Personne ne doit essayer de le monter. J'aimerais revenir plus tard pour lui enlever cette selle et ce mors qui doivent lui faire mal.

— Très bien, concéda-t-il. Autre chose, patronne ?

— Non. Ce sera tout pour cette fois. Au fait, je l'ai baptisé Titan en l'honneur du général Maceo, le Titan de bronze de Cuba. J'espère que cela ne t'ennuie pas, Logan.

— Pas du tout.

— Je sais que ma méthode prend plus de temps que la vôtre, reprit Pilar, mais cette bête est exceptionnelle. Qui en sera le propriétaire ?

— Toi. C'est l'étalon le plus récalcitrant que j'aie jamais vu. Si tu parviens à le monter, il est à toi.

— Vraiment ?

— Ce sera mon cadeau de mariage. À toi de jouer. Je vais t'admirer à l'œuvre et en prendre de la graine.

Après le dîner, alors que la nuit tombait, Noah et Pilar retournèrent à l'enclos. D'après Logan, ils avaient dû lui entraver les pattes pour réussir à seller Titan. Pilar refusait qu'il subisse de nouveaux sévices, malheureusement, il faudrait peut-être s'y résoudre pour le débarrasser de cette selle.

Lorsqu'elle l'appela, il dressa les oreilles, vint vers elle, mais passa devant elle sans s'arrêter. Pilar se mit à rire.

— Tu ne vas pas retourner dans l'enclos, j'espère, risqua Noah.

— Non. C'est vraiment dommage que je parte pour San Francisco tôt demain matin, sinon je l'aurais fait.

— Tu préfères t'amuser avec un cheval plutôt que courir les boutiques ?

— Chut ! Regarde, dit-elle en désignant Titan qui ruait, il fait l'intéressant. Il sait qu'il est superbe.

— Je crois que je suis jaloux.

— À juste titre. Je n'en reviens pas que Logan me l'ait offert.

— Sous sa carapace, mon frère a un cœur d'or. Il ne le montre pas, voilà tout.

Pilar frissonna.

— Il commence à faire frais. Rentrons. Bonne nuit, Titan ! lança-t-elle.

Ce dernier se cabra majestueusement en guise de salut.

21

Lorsque les femmes de la famille Yates descendirent du train, à San Francisco, Pilar ne dissimula pas son enthousiasme. Quand elle avait fait escale dans cette ville avec Noah, quelques jours plus tôt, elle n'avait pas la tête aux visites touristiques. Cette fois, en revanche, c'était la grande aventure sous la houlette d'Alanza. Elle regrettait que Doneta ne soit pas de la partie, mais sachant qu'elle était en route, elle mit ses regrets de côté pour profiter de son séjour.

Elles se rendirent d'abord dans un hôtel somptueux. En découvrant le hall, Pilar redouta un instant que l'établissement ne pratique la ségrégation. Le réceptionniste se laissa sans doute impressionner par la redoutable Alanza car il leur attribua une suite magnifique comprenant quatre chambres, une pour chacune.

Billie et Alanza, qui connaissaient cette ville comme leur poche, jouèrent les guides pour Mariah et Pilar. Elles entrèrent dans d'innombrables boutiques regorgeant de chemises de nuit diaphanes, de corsets, de soieries. Pilar était un peu perdue dans cet univers opulent. Billie et Mariah vinrent à sa rescousse en lui choisissant des articles parfois affriolants, dont un corset noir orné de petits boutons vert émeraude, ou un superbe kimono en soie indigo – des tenues qui ne manqueraient pas de subjuguer Noah. Pilar avait hâte de voir sa réaction. Elle essaya des chaussures, des chapeaux, des robes, des jupes et des corsages. Alanza lui offrit deux manteaux. Quoique stupéfaite qu'on puisse dépenser de telles sommes pour des futilités, Pilar devait admettre qu'elle avait pris du plaisir à faire ces achats. Lorsqu'elles regagnèrent l'hôtel, Alanza insista pour faire une halte chez Ghirardelli, un chocolatier de renom, afin d'acheter quelques douceurs. En sortant, Pilar remarqua une boutique dont la vitrine l'attira.

— Il faut absolument que j'entre là, déclara-t-elle.

Les autres lui emboîtèrent le pas. La boutique exposait une large gamme d'articles qui allait des jouets aux fournitures de bureau, du matériel de peinture aux pinceaux, des boîtes à musique aux éventails ouvragés. Elle acheta des tubes de peinture à huile pour son mari, puis, tandis que Mariah et Billie s'intéressaient aux jouets, elle demanda discrètement à l'employé derrière le comptoir :

— Combien coûte la rapière en vitrine ?

— Bien plus que vous ne pouvez payer, rétorqua-t-il avec dédain.

— Pardon ? dit Pilar.

— Et même si vous en aviez les moyens, je ne la vendrais pas à une femme.

Elle dut fermer les yeux et respirer profondément pour maîtriser sa colère grandissante.

— Vous êtes le patron de cet établissement ?

— Je suis l'aîné de ses neveux.

— Il y a un problème, Pilar ? s'enquit Alanza qui s'était approchée.

— J'aimerais acheter la rapière exposée en vitrine, mais ce monsieur prétend que je n'en ai pas les moyens et qu'il ne la vendrait de toute façon pas à une femme !

— Une femme ne connaît rien aux armes ! s'emporta le vendeur.

— Et si j'utilise cette rapière pour vous châtrer, je pourrai l'acheter ?

L'homme ricana.

— Allons donc ! J'ai reçu une formation classique alors que vous, vous n'y connaissez rien. Et si vous vous contentiez de régler vos achats et de quitter le magasin ?

Jurant tout bas en espagnol, Pilar alla chercher la rapière dans la vitrine.

L'employé en demeura bouche bée.

— Choisissez votre arme ! lança-t-elle.

— Vous ne pensez tout de même pas que je...

— Vous venez de mettre en doute mes compétences et de me mépriser en tant que femme, sans parler de vos préjugés s'agissant de mes moyens financiers. Si vous croyez que je vais quitter les lieux sans un mot ! Allez chercher votre épée. Et si vous devez rentrer chez vous pour ce faire, je patienterai.

Les autres clients s'approchèrent en discutant à voix basse. Un homme d'âge mûr apparut et voulut s'interposer. Il se ravisa comme Pilar lui décochait un regard meurtrier et se tourna vers son neveu.

— Que se passe-t-il ? s'enquit-il en regardant tour à tour les protagonistes.

— Aldo, comment vas-tu ? lança Billie en se matérialisant derrière Pilar.

— Billie ? bredouilla-t-il.

— C'est bien moi, mon chou. Qu'est-ce que tu deviens ?

— Euh... ça va..., toussota-t-il, embarrassé.

— Ton neveu vient d'insulter ma belle-sœur en la traitant de pauvresse. Il prétend qu'elle n'a pas les moyens de s'offrir la rapière qu'elle a à la main et que, de toute façon, il ne la vendrait pas à une femme. Elle l'a mis au défi de combattre à l'épée. Il vaudrait peut-être mieux que les autres clients se retirent. Il paraît qu'elle est très douée. Il ne faudrait pas qu'ils assistent au carnage.

L'homme foudroya son neveu du regard avant de le gifler.

— Nous sommes là pour vendre nos marchandises, abruti ! File dans l'arrière-boutique !

Mortifié, le jeune homme détala sans demander son reste. Aldo rajusta sa veste et poussa un soupir.

— Je vous présente mes excuses, madame, dit-il avec un sourire forcé. Mon neveu est un imbécile. Bien sûr que vous pouvez acquérir cette rapière.

En gage de sa bonne volonté, Aldo lui offrit en prime un fourreau en cuir incrusté de pierres. Pilar en fut ravie.

Sur le trottoir, Alanza demanda à Billie :

— J'ose à peine te poser la question, mais comment se fait-il que tu connaisses cet homme ?

— Quand je travaillais à la Perle Noire, il comptait parmi mes meilleurs clients.

Les trois femmes s'esclaffèrent en chœur et regagnèrent leur hôtel.

Ce soir-là, allongée dans son lit, Pilar se remémora cette merveilleuse journée, puis pensa à Noah. Et à Titan, son bel étalon. Elle avait hâte de rentrer pour les revoir tous les deux.

Noah se réveilla seul dans son lit. Il avait tellement pris goût à sa présence qu'il ne voulait plus passer une seule nuit sans Pilar. Il imaginait sans peine sa réaction s'il se montrait assez téméraire pour émettre une telle hypothèse. Elle lui manquait terriblement.

Dieu merci, ces dames devaient rentrer en fin de journée. Il espérait que ces deux jours à courir les boutiques lui avaient plu, et que le cadeau qu'il lui réservait lui plairait aussi. De ses voyages à travers le monde, il avait rapporté des merveilles, dont un énorme rubis acheté en Inde. À l'époque, il pensait l'offrir à sa mère car il était persuadé de ne jamais trouver une épouse digne de ce joyau. Étrangement, il l'avait conservé. En son for intérieur, il devait sentir que la pierre n'était pas destinée à Alanza, même si elle reflétait son caractère flamboyant. Le rubis attendait donc dans le coffre-fort familial en compagnie d'autres trésors. Il comptait charger Alanza de l'offrir à Pilar comme s'il s'agissait d'un cadeau personnel. Il ne voulait pas que sa femme le soupçonne d'acheter ses faveurs. Il ne voulait pas non plus qu'elle refuse un joyau qu'elle jugerait trop coûteux. Il se rappelait encore sa stupeur lorsqu'elle avait découvert le prix de leur chambre de Saint Louis.

Pour l'heure, il attendait avec une certaine impatience la visite de Walter et Lavinia Douglas. Vu les déboires que connaissait son entreprise, il était curieux de savoir ce que Walt avait à lui proposer.

Lorsqu'il entra dans la salle à manger, Max et ses frères étaient déjà attablés et les enfants assis dans leurs chaises hautes. La petite Maria gazouillait, en grande conversation avec Logan, et Tonio écrasait avec volupté un quartier d'orange dans sa petite main potelée. Il avait les joues barbouillées et ses vêtements étaient souillés.

— Antonio, tu vas manger ces quartiers d'orange au lieu de jouer avec ou je te retire ton assiette ! menaça Drew, exaspéré.

Le petit n'en fit qu'à sa tête, si bien que son père lui prit ce qui restait du fruit. Naturellement, l'enfant se mit à pleurer.

— Vivement que Billie revienne, maugréa Drew en le débarbouillant avec sa serviette.

— Ça aurait été mieux que tu aies une douce petite fille, railla Logan.

— Je te rappellerai ces paroles quand la tienne grandira et que les garçons lui tourneront autour.

— Je saurai les accueillir, répliqua Logan avec assurance.

Noah se servit généreusement d'œufs brouillés et de bacon.

— Il paraît que la mère et la sœur de Pilar sont en route, dit Max.

Noah confirma.

— Elles lui manquent beaucoup. Elle sera ravie de les avoir ici.

Il évoqua ensuite son rendez-vous d'affaires avec Walter et Lavinia Douglas.

— Qu'est-ce qu'il te veut ? s'enquit Max.

— Aucune idée.

— Tu ne fréquentais pas sa fille, autrefois ? intervint Drew.

— Autrefois, oui.

— Elle sait que tu es marié ? renchérit Logan.

— Pilar et moi l'avons croisée à la gare le jour de notre arrivée. J'ai fait les présentations et Lavinia a lancé quelques piques.

— J'espère qu'elle se tiendra correctement, dit Max. Ta mère risque de la tancer vertement dans le cas contraire.

Noah était du même avis. Lavinia avait intérêt à adopter un comportement exemplaire.

Après le petit déjeuner, Logan et Drew emmenèrent les enfants chez Lupe Guttierez, une employée du ranch, puis se rendirent en ville en compagnie de Max.

En attendant l'arrivée de ses invités, Noah regagna ses appartements et se mit au piano. Depuis quelques jours, une composition lui trottait dans la tête. Il avait déjà trouvé un titre : *Sonate pour Pilar*. Il griffonna les notes qui lui venaient. Il voulait que ce morceau illustre leur relation, le mystère de leur rencontre, ses recherches, le combat à l'épée. Ce mouvement, intitulé *La verdadera destreza*, serait suivi d'un autre exprimant leur passion torride.

Deux heures plus tard, Bonnie vint lui annoncer que ses invités patientaient au salon. Cette interruption agaça Noah, qui avait bien avancé sur sa sonate. À regret, il rangea ses partitions et gagna le rez-de-chaussée.

Dès le premier regard, il fut frappé par la maigreur de Walter Douglas, pourtant si robuste naguère.

— Me voir dans cet état te choque, n'est-ce pas ? dit Walter d'une voix brisée.

— J'avoue que oui.

Lavinia apparaissait triste.

— Les médecins me donnent six mois à vivre, alors il fallait que je te parle.

— Y a-t-il une pension de famille où nous pourrions résider ? intervint Lavinia. En descendant du train, je n'en ai pas vu, or nous repartons demain.

— Vous pouvez dormir ici. Ce n'est pas la place qui manque.

— Ce sera avec plaisir, dit Walter. Cela fait bien longtemps que je n'ai pas vu ta ravissante mère.

— Elle est à San Francisco avec ma femme et mes belles-sœurs, mais elles doivent rentrer dans la journée.

— Lavinia m'a dit que ta femme était étrangère...

Noah imaginait sans peine la description que Lavinia lui avait faite de Pilar.

— Elle est cubaine, Walter. Que dirais-tu si je demande à Bonnie de nous servir des rafraîchissements sur la terrasse ?

Walter accepta volontiers.

— C'est une très belle propriété, commenta-t-il dès qu'ils furent installés.

— Nous devons tout à ma mère.

— Je ne l'ai jamais rencontrée, fit remarquer Lavinia. Tu ne m'as jamais emmenée ici pour me la présenter, Noah.

— Nous y remédierons dès son retour.

— Depuis une semaine, ma fille ne cesse de se lamenter sur ton mariage. Je l'avais pourtant prévenue que tu ne l'épouserais pas. Un paysan n'achète pas une vache quand il peut avoir du lait gratuitement.

Il rit de cette plaisanterie et fut aussitôt pris d'une quinte de toux. Il sortit un mouchoir pour se tamponner les lèvres.

Noah préféra changer de sujet, celui-ci étant des plus gênants.

— De quoi voulais-tu me parler, Walter ?

— Je souhaite te vendre mon chantier naval, répondit ce dernier sans détour. Si tu es intéressé...

— Pourquoi moi ? s'étonna Noah.

— Parce que tu connais les bateaux et la mer mieux que personne. Tu sauras faire prospérer cette entreprise que j'ai créée. Lavinia voudrait que je la lui lègue, mais aucun client ne voudra traiter avec une femme, et, en moins d'un an, elle fera faillite.

— Je travaille sur ce chantier naval depuis que j'ai neuf ans ! protesta-t-elle. J'en connais tous les rouages. J'ai tenu les registres, approuvé les plans, découpé le bois...

— Peu importe. Tu ne l'auras pas, pas plus que cet étranger que tu cherches à m'imposer. Cet homme est incapable de faire la différence entre une voile et un hublot.

— Il me laisserait diriger la société, lui.

— Je m'en moque. Sa tête ne me revient pas.

La jeune femme laissa échapper un soupir désabusé.

Lavinia était parfaitement capable de diriger l'entreprise familiale, Noah n'en doutait pas. Hélas, son père avait raison : la clientèle potentielle ne ferait jamais confiance à une femme. Alanza avait affronté les mêmes préjugés avec le ranch. Heureusement, la qualité de ses taureaux avait vite été reconnue dans la région et les éleveurs venaient maintenant de tout le pays pour faire saillir leurs vaches. Et peu leur importait le sexe de la propriétaire des taureaux. Il n'en serait pas de même avec un chantier naval. Les entreprises de qualité étaient nombreuses le long de la côte. Les marins feraient jouer la concurrence.

Pendant une heure, Noah et Walt discutèrent du personnel, des commandes en cours et de divers aspects du chantier naval. Walter semblait de plus en plus fatigué.

— Et si je te montrais ta chambre pour que tu puisses te reposer ? suggéra Noah.

— Cette foutue maladie incite les gens à me traiter comme un enfant, soupira Douglas. Néanmoins, j'accepte volontiers. Nous poursuivrons cette conversation plus tard. Je veux juste savoir si tu es intéressé ou pas.

— Je le suis. Je souhaite toutefois consulter tes derniers registres comptables avant de prendre ma décision. Je pense que nous devrions trouver un accord qui nous satisfera tous les deux.

— Voilà une bonne nouvelle.

Lorsqu'il peina à se lever, Lavinia voulut le soutenir. Il la repoussa un peu brutalement.

— Cesse de faire tant d'histoires ! grommela-t-il en s'emparant de sa canne.

Elle pinça les lèvres, mais ne se rebiffa pas.

— Merci de m'avoir écouté, Noah, reprit Walt. En d'autres circonstances, j'aurais été fier de t'avoir pour gendre.

Noah se garda de tout commentaire.

Bonnie prépara deux chambres communicantes dans l'aile d'Alanza. Lavinia installa son père, puis elle rejoignit Noah sur la terrasse. Elle poussa un long soupir.

— Il a de la chance de t'avoir, déclara Noah.

— Si seulement il s'en rendait compte.

— Nul ne sait comment il réagirait face à une mort annoncée.

Des souvenirs de l'île menacèrent de ressurgir, il les chassa aussitôt.

— J'aimerais tant qu'il soit assez raisonnable pour me léguer l'entreprise, déplora-t-elle.

— La société est ainsi faite.

— Au diable, la société ! J'ai tout donné à ce chantier naval. C'est trop injuste. Et tu n'aurais pas dû me remplacer par cette mal fagotée de...

— Ne va pas plus loin ! Je n'ai jamais eu l'intention de t'épouser et tu le sais aussi bien que moi. Dénigrer ma femme sous mon toit n'est pas tolérable.

— Désolée, marmonna-t-elle.

Alors qu'il luttait pour garder son sang-froid, le son le plus mélodieux qui soit résonna à ses oreilles :

— Nous sommes rentrées !

Pilar apparut, rayonnante, et il oublia Lavinia.

— Tu es resplendissante, la complimenta-t-il.

Elle portait un tailleur bleu saphir à la dernière mode, et un petit chapeau assorti.

Lorsqu'elle se rendit compte que son mari avait de la visite, elle se figea, visiblement contrariée.

— Pilar, tu te souviens de Lavinia Douglas, n'est-ce pas ?

— Comment l'oublier ? rétorqua-t-elle avec un sourire forcé.

— Son père et elle sont venus discuter affaires. Walter se repose à l'étage. Ils sont nos invités jusqu'à demain.

— Soyez les bienvenus. J'espère que votre père et vous apprécierez votre séjour.

— Merci, répondit Lavinia un peu sèchement.

— Noah, tu ne devineras jamais ce que j'ai trouvé. Attends ! Je vais le chercher.

Elle revint très vite avec un objet enveloppé dans du papier, le posa sur la table et entreprit de le déballer avec enthousiasme.

— Non ! s'exclama Noah en découvrant le fourreau.

— Elle est superbe, d'un poids idéal, expliqua son épouse en sortant la rapière.

Elle fendit l'air de son arme.

— Quelle idée de gaspiller l'argent de Noah pour ce genre de choses, commenta Lavinia.

La pointe de la rapière se trouva comme par enchantement à un millimètre de sa gorge. Les yeux écarquillés, elle se pétrifia.

— C'est au cas où je devrais défendre ma famille, expliqua Pilar avant de baisser son arme. Noah, je te laisse à tes affaires.

Sur ce, elle prit congé. Noah l'aurait volontiers félicitée d'avoir remis Lavinia à sa place.

Comme Pilar rentrait en trombe dans la maison, Alanza s'étonna :

— Que t'arrive-t-il ?

— L'invitée de Noah a voulu savoir pourquoi j'avais gaspillé l'argent de Noah pour acheter ceci, répondit-elle en montrant sa rapière. Alors je lui ai répondu.

— Et elle est en train de se vider de son sang sur ma superbe terrasse ?

— Non !

— Tant mieux. Bonnie m'a appris que Walter Douglas et sa fille Lavinia étaient là. Lui, je l'ai rencontré il y a quelques années. En revanche, je n'ai pas eu le plaisir de croiser sa fille. Je sais que Noah l'a un peu fréquentée au fil des années.

Pilar s'en réjouit. Si Noah n'avait jamais présenté la jeune fille à sa mère, ce ne pouvait être très sérieux entre eux. Elle raconta à Alanza leur brève entrevue à la gare ferroviaire.

— Elle s'est montrée désagréable ?

— Oui. Elle a fait des commentaires malveillants sur ma tenue.

— Tu étais certes mal fagotée, mais le faire remarquer était grossier.

Pilar s'esclaffa et alla embrasser sa belle-mère.

— Merci pour cette escapade ! Je me suis bien amusée.

— J'en suis ravie.

— À présent, je vais me changer et aller dire bonjour à mon cheval.

Derrière la clôture, Pilar regardait Titan gambader dans son enclos. Il n'avait plus de selle, ce qui était encourageant. Lorsqu'elle l'appela par son nom, il dressa les oreilles et s'immobilisa pour l'observer. Sur ces entrefaites, Logan et Eli arrivèrent à cheval.

— On se doutait que tu serais là, déclara Logan.

— Je constate que la selle a disparu.

— Il a fallu l'attacher, admit Eli. Il se débattait comme un beau diable.

— Le pauvre chéri.

— Vous parlez d'un « chéri » ! ricana Eli.

— Qu'avez-vous fait de la selle ?

— Elle est rangée dans la sellerie.

— Ne pourrait-on pas plutôt la poser dans un coin de l'enclos ? À force de la voir, il s'y habituera.

— Pas de problème, répondit Logan, qui semblait aussi perplexe qu'Eli. Qui t'a appris à faire cela ?

— Mon oncle, qui travaillait pour de riches Cubains. Parfois, il dormait dans l'enclos avec les chevaux qu'il dressait. Bien sûr, Noah ne me le permettrait jamais.

— C'est évident.

— J'ai jamais entendu parler de quelqu'un qui dort avec un cheval pour le débourrer, bougonna Eli.

— Ce n'est pas du débourrage, monsieur Braden, c'est de l'entraînement.

— Si vous le dites...

— Et maintenant ? s'enquit Logan.

— Je vais rester assise près de lui pendant quelques jours encore. Dès qu'il aura compris que je ne représente aucun danger, je lui fixerai deux longes au licou pour que nous puissions nous promener. Je lui apprendrai à s'arrêter et à repartir en obéissant à ma voix.

— Cela fonctionne ? fit Logan.

— Bien sûr.

— Que faisait ton oncle des chevaux récalcitrants en dépit de ses efforts ?

— Il appliquait une méthode que lui avait enseignée un esclave dont le maître vivait au Texas. Il emmenait le cheval dans les eaux profondes de la baie, puis il le montait et le faisait nager jusqu'à ce que, épuisé, il se laisse monter également sur la terre ferme.

Logan semblait captivé.

— Un cheval ne peut ruer que si ses sabots touchent le sol. D'après ce Texan, certains habitants du golfe éduquent leurs montures de la sorte.

— Jamais entendu parler de ça, maugréa Eli.

— Je l'ai vu faire plus d'une fois.

— Je m'en souviendrai, déclara Logan. Bon, on te laisse avec Titan. Eli et moi avons du travail à terminer avant le dîner.

— Ma Naomi a hâte de vous rencontrer ! lança Eli avant de faire volter sa monture. Elle s'entend à merveille avec Mariah et Billie.

22

Les Douglas se joignirent à la famille pour le dîner. Les dames racontèrent leur escapade en ville, notamment la mésaventure de Pilar avec le vendeur. Les hommes évoquèrent les bêtises de Tonio et l'impatience de Drew. Assise à côté de son mari, Pilar avait l'impression que Walter s'amusait. Lavinia, en revanche, passait son temps à la foudroyer du regard.

Au moment du dessert, Alanza annonça :

— Avant de nous séparer pour la soirée, j'aimerais remercier Walter et Lavinia d'être venus. Sachez que vous serez toujours les bienvenus.

Walter hocha la tête en remerciement tandis que Lavinia affichait un sourire crispé.

— J'ai également un cadeau pour ma nouvelle belle-fille.

Pilar interrogea Noah du regard, mais il se contenta de hausser les épaules. Alanza sortit alors de sa poche un petit écrin de velours noir qu'elle alla poser devant Pilar.

Tous les regards se braquèrent sur elle tandis qu'elle soulevait le couvercle. En découvrant le superbe rubis monté en pendentif, accompagné d'une chaîne en or ornée de pierres plus petites, elle ne put retenir une exclamation. Les yeux embués de larmes, elle porta la main à sa bouche.

— *Benvenida a la familia*, déclara Alanza.

Pilar se leva pour aller l'embrasser.

— Merci, maman, dit Noah, touché.

— J'ai offert des diamants à Mariah et des émeraudes à Billie. Le rubis sied à ta nature flamboyante.

Elle embrassa Pilar et regagna sa place en bout de table. Max leva son verre pour saluer sa femme, et tout le monde applaudit, y compris Walter.

Le repas achevé, chacun regagna ses pénates. À Pilar, qui lui annonçait qu'elle montait dans leurs appartements, Noah répondit :

— Je te rejoins dès que nous aurons conclu un accord, Walter et moi.

Seule dans la chambre, elle admira de nouveau le pendentif. Jamais personne ne lui avait offert un cadeau aussi précieux. Elle l'essaya devant le miroir de la chambre et constata qu'il lui allait à merveille. La fille sans le sou de la campagne, dont le seul objectif était d'assurer l'avenir de son pays, avait fait place à une jeune femme tellement élégante ! Et cependant, elle ne pouvait s'empêcher de penser à ce qu'elle aurait pu faire à Cuba avec ces rubis : acheter de la nourriture, des armes, des manuels de classe, des médicaments. Jamais elle ne ferait à Alanza l'affront de mettre le bijou en gage, bien sûr, pour autant, il devait bien y avoir un moyen pour une femme mariée à un Américain fortuné d'apporter son aide à Cuba ! Peut-être parviendrait-elle à persuader Logan et Eli de l'engager. Elle gagnerait ainsi son propre argent et ne dépendrait pas de Noah. Elle se promit de lui en parler à la première occasion.

En pénétrant dans le petit salon, Noah fut aussitôt enveloppé par un parfum léger et envoûtant.

— Pilar ?

— Par ici ! dit-elle depuis la pièce voisine.

Il la rejoignit et découvrit une foule de vêtements neufs sur leur lit : jupes, corsages, corsets... Lorsqu'il leva les yeux sur sa femme, il en eut le souffle coupé. Retenue par deux fines bretelles, sa chemise de nuit en soie indigo lui arrivait aux chevilles, mais elle était fendue sur les côtés. Pilar était en outre chaussée de mules en velours noir à petit talon, et les rubis scintillaient sur sa peau nue.

— Tu aimes ? demanda-t-elle en tournoyant sur elle-même.

Le tissu fluide exposa ses jambes. Il sentit son sexe durcir.

— Beaucoup, articula-t-il d'une voix rauque.

— Et ceci ?

Elle brandit un corset noir incrusté de boutons vert émeraude qu'il s'imagina aussitôt défaire un à un.

— Tu as l'intention de passer le reste de tes jours dans la chambre, n'est-ce pas ?

Elle rit et posa le corset.

— Je t'ai acheté quelque chose, dit-elle.

— Mieux qu'un corset ?

— Peut-être. À toi de décider.

Elle lui tendit une grande boîte. En reconnaissant le nom figurant sur le couvercle, le cœur de Noah se gonfla d'amour. Il y avait là des tubes de peinture à l'huile, des aquarelles, des crayons, des craies, du fusain et des pinceaux de plusieurs tailles.

— C'est ma façon de me racheter pour avoir vendu ton tableau.

Elle avait pris le temps de lui choisir un cadeau si personnel.

— Il ne fallait pas, dit-il. Mais je te remercie.

— Ce n'est rien. Tu as fait affaire avec M. Douglas ?

— Il semblerait. Si tout se passe bien, je devrais racheter son chantier naval.

— Oh !

— Ma mère ne sera pas ravie car nous devrons nous installer à San Francisco. Cela t'ennuierait ?

— Bien sûr que non. Une épouse se doit de suivre son mari, surtout dans une ville située au bord de la mer. J'ai beaucoup apprécié le ranch, mais je suis prête à partir. Tu n'as qu'un mot à dire.

— Nous pourrions chercher une maison au bord de l'eau. Ou en faire construire une.

— Ce serait merveilleux, avoua Pilar.

— Si tu n'y vois pas d'inconvénient, je prendrai le train avec les Douglas demain. Je veux en terminer au plus vite. Walter n'est pas certain de finir l'année, alors...

— Je comprends. Je devrais réussir à me passer de toi quelques jours si cela te permet d'assurer notre avenir.

Noah la dévisagea longuement. Il l'aimait, réalisa-t-il. Parce qu'elle était belle, déterminée, et disposée à vivre avec lui en dépit de ses défauts et de ses démons.

— Je l'avoue, tes baisers m'ont manqué, reprit-elle. Tu pourrais m'accueillir comme il se doit ! Ensuite, tu me diras si tu approuves cette chemise de nuit. Après tout, c'est toi qui l'as achetée.

La dévorant du regard, Noah murmura :

— Débarrassons d'abord le lit de ces toilettes et de ces fanfreluches.

À la douce lueur d'une lampe tamisée, Pilar s'abandonna aux caresses de son mari, qui se promit de lui offrir d'autres accessoires affriolants dès que possible.

Le lendemain matin, Noah regagna San Francisco en compagnie des Douglas. Walter dormit la majeure partie du trajet.

— Merci de nous avoir hébergés dans ta famille, hier soir, murmura Lavinia.

— Ce n'était pas grand-chose.

— Moi aussi, j'aimerais bien que quelqu'un m'offre des rubis, un jour.

— Ma mère est très généreuse.

— Ce collier aurait été très bien sur moi, tu ne trouves pas ?

Noah éluda.

— Dis-m'en davantage sur cet autre acquéreur potentiel dont tu m'as parlé, dit-il.

— Il vient du Brésil et il est extrêmement riche, même s'il ne possède pas de chantier naval. Il s'installe en Californie et cherche à investir dans diverses entreprises.

— Et Walter a refusé.

— Oui. Ce n'était pas très avisé dans la mesure où Martinez était disposé à lui verser une somme conséquente. Personnellement, je suis prête à m'associer avec quiconque me permettra d'être à la barre.

Noah ne pouvait le lui reprocher.

— Me laisserais-tu faire, toi ? risqua-t-elle.

Il réfléchit un instant.

— Tu en es parfaitement capable, Lavinia, et j'aurais été ouvert à une discussion sur une éventuelle implication de ta part si tu t'étais montrée moins agressive avec ma femme. Pilar compte énormément pour moi et je ne tolérerai ni remarques perfides ni dénigrement.

— Accepte au moins de rencontrer M. Martinez.

— À quoi bon ? Ton père m'a déjà fait une proposition.

— Je lui ai parlé de toi et il aimerait te rencontrer pour envisager un éventuel investissement.

Noah n'y voyait pas d'inconvénient.

— Pourquoi pas ? Mais je rentre chez moi dès demain.

— Dans ce cas, je vais lui proposer de dîner ensemble ce soir.

Si ce Martinez voulait investir, il se devait au moins de l'écouter, songea Noah.

Walter se réveilla quand le train entra en gare.

— Noah, je te confie à Lavinia pour la visite du chantier, dit-il. Je suis trop fatigué. Quand as-tu prévu de repartir ?

— J'espérais regagner le ranch demain dans la journée.

— Le mieux, dans ce cas, serait que tu vérifies les comptes du chantier ce soir et que tu passes me voir demain matin. Je convoquerai mon homme de loi avec les documents nécessaires à notre transaction.

Un cocher les attendait devant la gare. Quand ils arrivèrent chez Walter, celui-ci fut pris en charge par son infirmière personnelle.

— Je peux te proposer quelque chose à boire ou une collation avant de repartir ? suggéra Lavinia.

— Non, merci. Je préférerais aller tout de suite au chantier naval si cela ne t'ennuie pas.

— Le temps de rédiger un message à l'attention de M. Martinez.

La jeune femme rejoignit Noah dans la voiture.

Tandis qu'ils traversaient la ville, il constata que San Francisco se développait à toute allure. De nouveaux bâtiments poussaient comme des champignons et la circulation était dense. C'était l'un des ports les plus importants du pays et quantité d'entreprises étaient tributaires de ce secteur. Le spectacle bigarré des quais où l'on vend toutes sortes de marchandises donna envie à Noah de reprendre la mer. Il avait chargé Drew de rédiger les documents relatifs à la dissolution de sa société et d'adresser à Kingston la part de profits qui lui revenait. Il se demanda soudain s'il serait envisageable de faire renaître son activité d'import-export en tant que filiale du chantier naval. En théorie, oui, mais en pratique… Quand il serait bien établi en tant que propriétaire, il se promit d'étudier la question de plus près.

L'entreprise de Douglas était nichée au milieu d'une enfilade d'établissements similaires. Le quai et les jetées grouillaient d'activité. Coques et mâts étaient transportés à l'aide de poulies et de grues vers les espaces d'assemblage. Coups de marteau, bruits de machines et cris des ouvriers se répondaient. Certains employés interrompirent leur tâche pour observer Noah d'un air méfiant. Il les salua d'un signe de tête. Lavinia, en revanche, les ignora. Voulait-elle éviter toute familiarité ? Les considérait-elle simplement comme une main-d'œuvre corvéable à merci qui lui permettait de s'offrir des chapeaux et des toilettes à la mode ? Se jugeait-elle supérieure à eux ? La connaissant, toutes ces hypothèses étaient valables.

Le bureau se trouvait en retrait, dans un vaste entrepôt à l'intérieur duquel d'autres hommes construisaient des coques plus longues.

— Des cotres ? s'enquit Noah.

— En effet. Une commande des gardes-côtes. S'ils valident le projet et si nous livrons à temps, j'espère qu'ils nous en commanderont d'autres. Enfin, ce sera toi le patron…

C'était une nouvelle encourageante. Un contrat avec le gouvernement lui permettrait d'obtenir des revenus réguliers et de réaliser de beaux profits au passage.

Durant l'après-midi, il passa en revue les carnets de commandes, rencontra certains contremaîtres et fit le tour des locaux. Quand vint l'heure de la fermeture, il était satisfait de ce qu'il avait vu.

— Tu es prêt pour notre rendez-vous ? s'enquit Lavinia.

— Tu ne veux pas rentrer prendre des nouvelles de ton père avant ?

— Non. L'infirmière veille sur lui. Elle est très efficace. Tu as une chambre pour cette nuit ?

— Pas encore. J'ai l'adresse de plusieurs hôtels. Je m'y rendrai après le dîner.

— Papa et moi t'hébergerons avec plaisir. Nous avons de la place.

— Non, je te remercie.

— Tu as peur que je ne me faufile dans ta chambre en pleine nuit pour abuser de toi ? Je sais que tu affirmes être heureux en ménage, sache toutefois que le rôle de maîtresse ne me déplairait pas.

— Je n'ai pas besoin d'une maîtresse, Lavinia, soupira Noah.

— Si tu changes d'avis, fais-le-moi savoir.

Elle n'arrêterait donc jamais ! Comment, après avoir rencontré sa superbe épouse, pouvait-elle croire une seconde qu'il se partagerait entre deux femmes ? Il en avait assez de ses avances à peine voilées et avait hâte que cette histoire soit réglée.

Il ne connaissait pas le restaurant où elle l'emmena, mais la salle était propre et bien décorée.

— Ah, il est déjà arrivé ! constata-t-elle.

Noah suivit le regard de la jeune femme et se crut victime d'une hallucination.

— Qu'est-ce qui ne va pas ? demanda-t-elle en voyant son expression incrédule.

— C'est lui, Martinez ?

— Absolument. Tu le connais ?

— Oui, quoique pas sous ce nom. Pour moi, il se nomme Victor Gordonez.

Lorsqu'ils s'approchèrent, Gordonez sourit.

— Monsieur Yates, comme on se retrouve !

— Bonsoir, Gordonez. Enfin, Martinez, désormais, non ?

— J'ai plusieurs identités, se contenta de répondre l'autre. Je vous en prie, asseyez-vous. J'espère que vous avez apprécié la visite du chantier naval en compagnie de la ravissante *señorita* Douglas.

— Beaucoup, oui.

Lavinia semblait perplexe. Noah connaissait Walter Douglas et comprenait pourquoi il avait décliné l'offre de Gordonez d'emblée.

— Vous avez retrouvé la petite Banderas finalement ?

— Oui, répondit-il, laconique.

Il était convaincu que Lavinia lui avait parlé de son épouse cubaine. À moins que Gordonez ne se montre curieux, Noah n'avait pas l'intention d'évoquer Pilar.

Tandis qu'ils étudiaient la carte, Noah demanda :

— Pourquoi diable cherchez-vous à acquérir un chantier naval ?

— Pourquoi pas ? J'ai divers investissements dans toute la région. San Francisco est en plein essor. En outre, disposer de mes propres bateaux me permettrait d'acheminer certaines de mes marchandises plus facilement.

— Je vois.

Gordonez attendit que le serveur ait pris leurs commandes pour demander :

— Alors, quelle quantité d'or souhaitez-vous pour renoncer à l'offre de son père ?

— Aucune ne saurait suffire.

— Et si j'indiquais aux autorités cubaines où elles peuvent trouver votre épouse ? Il paraît qu'elle est recherchée pour être interrogée.

— Dans ce cas, je vous tuerais, répliqua simplement Noah en s'emparant de son verre.

Gordonez se crispa et Lavinia afficha une expression stupéfaite.

— Je n'ai pas pris la vie d'un homme depuis plus de dix ans, poursuivit Noah. Si vous mettez Pilar en danger, je me ferai un plaisir de vous envoyer en enfer, je vous le garantis.

— Quelle passion !

— C'est la vérité.

— Dans ce cas, nous sommes dans une impasse.

— De toute évidence, confirma Noah.

— À votre santé, monsieur Yates ! lança Gordonez en levant son verre.

Encore une menace que Noah préféra ignorer. Il se leva et posa quelques billets de banque sur la table.

— Je paie ma part. Pardonnez-moi, mais je n'ai plus faim.

Il quitta la salle sans un regard en arrière.

Plus tard, dans sa chambre d'hôtel, Noah referma le registre qu'il consultait et se frotta les yeux. Il était fatigué. Si ce chantier naval apparaissait comme une entreprise saine, il demeurait troublé par cette entrevue avec Gordonez. Comment Lavinia l'avait-elle rencontré ? Était-elle informée de son passé sordide ? Était-elle si désireuse de mettre la main sur l'entreprise paternelle qu'elle était prête à ignorer le passé du Cubain et à continuer à défendre sa candidature ? En vérité, peu importait. Noah n'avait qu'une certitude : si Gordonez touchait un cheveu de Pilar, il le tuerait.

Lorsqu'il se rendit chez Douglas le lendemain matin, il déclara à Lavinia sans détour :

— Tu ferais bien de prendre tes distances avec ton nouvel ami. Il ne te dit pas tout.

— Papa t'attend dans son bureau, répliqua-t-elle sèchement.

Il s'en tint là. Si elle voulait vendre son âme au diable, tant pis pour elle.

Le rendez-vous avec Walter et l'homme de loi fut une formalité. Ils signèrent les documents qui, dès qu'ils seraient validés et enregistrés par les autorités compétentes, feraient de Noah le propriétaire du chantier naval. N'en déplaise à Lavinia, il lui en coûterait une somme substantielle, mais c'était un excellent investissement qui lui permettrait d'assurer l'avenir de sa femme et de ses futurs enfants.

— Merci, dit Walter au moment des adieux. Je peux mourir tranquille à présent.

Les deux hommes échangèrent une chaleureuse poignée de main, puis Noah prit congé. Sans avoir revu Lavinia.

23

Le jour où Noah partit pour San Francisco, Pilar passa la matinée avec Titan. S'il demeurait méfiant, l'étalon était moins agité. Il daignait même manger l'avoine qu'elle lui proposait dans un seau. Hélas, chaque fois qu'elle tendait la main pour le toucher, il s'enfuyait ! Elle ne se décourageait pas pour autant, loin de là, car il faisait des progrès manifestes.

Elle déjeunait sur la terrasse en compagnie d'Alanza quand Drew apparut.

— Pilar, j'aimerais que tu fermes les yeux, dit-il après les avoir saluées.

— Pourquoi ?

— C'est une surprise.

— Qu'est-ce que c'est ?

Il leva les yeux au ciel.

— Contente-toi de faire ce que je dis, je te prie.

— Fais ce qu'il te dit, Pilar, intervint Alanza. Il est très têtu.

— Très bien, concéda Pilar. Ne me fais pas peur, surtout, car je me vengerai.

— Je tremble déjà, ricana-t-il.

Pilar ferma les yeux et attendit.

— Tu peux regarder !

Découvrant sa mère et sa sœur, elle se leva d'un bond en poussant un cri de joie. Elle se précipita vers elles pour les embrasser, les joues inondées de larmes.

— Quel bonheur de vous revoir, souffla Pilar en étreignant sa mère. Vous m'avez tellement manqué, Doneta et toi !

Elle se rappela soudain ses bonnes manières.

— Maman, je te présente Alanza Rudd, la mère de Noah. Alanza, voici ma mère, Desa Banderas, et ma sœur, Doneta.

— Bienvenue au Rancho Destino. C'est un honneur de vous recevoir. Votre fille m'apporte tant de bonheur !

— Merci. Nous sommes honorées également. J'espère que Pilar se conduit bien...

— Sûrement pas ! intervint Drew.

— Alanza, puis-je l'étrangler ? s'enquit Pilar en riant.

— Pas tout de suite. Installons d'abord ta famille.

Mais Pilar ne l'entendait pas de cette oreille.

— Comment les as-tu trouvées, Drew ?

Elle avait remarqué une certaine réserve chez sa mère et sa sœur lorsqu'elle les avait présentées à Alanza. C'était sans doute normal ; après tout, elles ignoraient si elle était bien traitée par Noah et les siens. Quand elles se retrouveraient seules, elle mettrait les choses au point car elle souhaitait ardemment que l'harmonie règne entre ses deux familles.

— Le chef de gare m'a envoyé un messager à la banque pour m'annoncer leur arrivée, expliqua Drew. Noah étant absent, je suis allé les chercher, et voilà !

— Je renonce à t'étrangler, déclara Pilar. Et je te remercie.

— Je t'en prie. Bienvenue en Californie, madame Banderas et Doneta. Je vous retrouverai ce soir au dîner.

Sur ces mots, il s'inclina et prit congé.

— Madame Banderas, accordez-nous un moment pour préparer vos chambres, dit Alanza. Pilar, si tu les emmenais chez toi afin qu'elles se reposent un peu. Bonnie vous montera des rafraîchissements.

Pilar entraîna ses proches dans le labyrinthe de couloirs.

— C'est une propriété somptueuse, commenta Desa, impressionnée.

— Je ne te le fais pas dire. La famille d'Alanza habite ici depuis de nombreuses années. Ils ont beau être espagnols, ils ne sont pas guindés.

Pilar ouvrit une porte et s'effaça pour les laisser entrer.

— Ce sont vos appartements, à Noah et à toi ? s'écria Doneta.

— Quand sa mère en a eu les moyens, elle a fait construire une aile supplémentaire pour que Noah et ses frères aient chacun leur espace à l'écart de la demeure principale. D'après Noah, ils faisaient trop de bruit et monopolisaient l'unique salle de bains.

Doneta s'approcha de la porte du balcon pendant que Desa examinait les lieux.

— Qui joue ? s'enquit-elle en désignant le piano. Mais peut-être est-il là pour faire joli.

— Pas du tout. Noah en joue, et très bien même. Il peint et compose de la musique, aussi.

— Vraiment ?

L'étonnement manifeste de sa mère la fit rire.

— Assieds-toi… à moins que tu ne préfères aller sur le balcon. On y a une belle vue sur les montagnes.

Desa ouvrit la porte et sortit, ses filles sur les talons.

— C'est magnifique, reconnut-elle. Tout cela appartient à la famille de Noah ?

— Il y a du bétail, des poules, des vergers, des vignes... Noah a perdu son père lorsqu'il était très jeune et Alanza a bâti le ranch seule. C'est une femme incroyable, maman. Elle s'est montrée très gentille avec moi.

— Et Noah ?

En songeant à l'homme merveilleux qu'elle avait épousé, Pilar sentit son cœur s'emballer.

— Regarde un peu son sourire, maman ! s'esclaffa Doneta. Pilar, vous êtes amoureux l'un de l'autre ?

Pilar se contenta d'un sourire radieux en guise de réponse.

— J'avais raison ! s'exclama sa cadette. Comme je t'envie !

— Jamais je n'aurais cru que nous nous entendrions si bien. Il est adorable.

— Paie-moi, maman ! ordonna Doneta en tendant la main.

Devant l'expression perplexe de son aînée, elle expliqua :

— Le soir de ton départ, j'ai assuré à maman qu'il était amoureux de toi et qu'elle n'avait pas à redouter qu'il te maltraite.

Desa rit et sortit son porte-monnaie pour déposer une pièce dans la paume de sa fille.

— L'escroquerie est un péché, tu sais.

— Où est Noah ? s'enquit Doneta.

— À San Francisco pour affaires. Il devrait rentrer en fin de journée, à moins qu'il n'ait un empêchement.

— Drew est très séduisant. Dommage qu'il soit déjà marié... Il n'aurait pas un cousin célibataire, par hasard ?

Pilar se mit à rire. Quel plaisir de retrouver sa sœur !

— Je n'ai pas encore eu l'occasion de rencontrer ses cousins, mais je te promets d'ouvrir l'œil.

Bonnie leur apporta du thé et des sandwiches. Elles se restaurèrent tout en informant Pilar des dernières nouvelles de Floride.

— Nos cousines sont fiancées ! s'exclama Doneta. Avec des jumeaux qui ont quelques années de plus qu'elles. Miguel et Simona sont aux anges.

Pilar se réjouit, et leur souhaita d'être aussi heureuses qu'elle-même !

Elles évoquèrent ensuite la propriété que Desa envisageait d'acheter lorsque Pilar avait quitté la Floride.

— Nous avons emménagé la semaine dernière. Le terrain est vaste et la maison a besoin de travaux, mais Miguel s'en chargera. Il m'a assuré que ce serait terminé à notre retour.

— Vous comptez rester combien de temps ?

— Nos billets sont valables deux semaines. Penses-tu que ce serait nous imposer ?

— Pas du tout ! J'espère même que vous prolongerez votre séjour. Vous allez adorer cet endroit autant que moi, vous verrez, affirma Pilar, qui avait encore du mal à croire que sa sœur et sa mère étaient là.

Alanza vint les informer que leurs chambres étaient prêtes.

Elles se virent attribuer l'aile qu'occupaient Billie et Drew avant de déménager. Une fois encore, elles s'extasièrent sur le luxe et le confort de la suite.

— Je ne retournerai pas en Floride, décréta Doneta en se laissant tomber dans un fauteuil. Je vais trouver un mari et passer le restant de mes jours ici.

Pilar et Desa rirent de bon cœur de cet enthousiasme juvénile.

— Bonjour, mesdames !

— Noah ! s'exclama Pilar.

Elle se jeta dans ses bras comme s'ils ne s'étaient pas vus depuis une éternité.

— Comment vas-tu ? s'enquit-il.

— Merveilleusement bien puisque tu es rentré. Tu as vu qui est là ?

— Mais oui ! Bienvenue en Californie, mesdames. J'espère que vous resterez un moment. Votre voyage s'est bien passé ?

Ils discutèrent quelques minutes, puis Noah et Pilar regagnèrent leurs appartements.

Enfin seuls, ils échangèrent un long baiser.

— Tu m'as manqué, souffla-t-il en l'étreignant.

Ils s'embrassèrent encore, puis sortirent sur le balcon. Pilar voulut savoir comment les choses s'étaient passées pour lui et il le lui raconta. Quand il eut terminé, elle déclara :

— Tu es donc à la tête d'un chantier naval, désormais !

— Oui, et d'ici peu, nous devrons aller à San Francisco chercher une maison. Je te laisse annoncer à ma mère que nous partons.

— Lâche !

— Je sais.

— En tout cas, l'avenir s'annonce palpitant.

— Hélas, il y a eu une ombre au tableau !

— Que veux-tu dire ?

Il lui rapporta son entrevue avec Gordonez.

— Gordonez était à San Francisco ?

— Oui, et il s'est mis en tête d'acheter le chantier naval de Walter. Lavinia voulait qu'il en devienne propriétaire.

— Elle doit être folle pour être dans le même camp que cette ordure.

— Je partage ton avis. Il m'a demandé de renoncer à l'achat et, comme je refusais, il a menacé de révéler aux autorités espagnoles où tu te trouves.

Le cœur de la jeune femme manqua un battement.

— Tu l'en crois capable ?

— J'ai juré de le tuer s'il s'y risquait.

Pilar en eut la chair de poule. Il ne plaisantait pas ! Elle entrevit un Noah Yates qu'elle ne connaissait pas. Était-ce l'homme qui souffrait de cauchemars ? Mieux valait ne pas ouvrir la boîte de Pandore en posant des questions.

— J'espère que nous n'en arriverons pas là, murmura-t-elle.

Sans doute pare qu'il la sentait tendue, Noah changea de sujet.

— Ton cheval va bien ?

Comme par enchantement, Pilar chassa Gordonez de son esprit et afficha un grand sourire.

— Il progresse. Quand nous déménagerons, j'aimerais beaucoup l'emmener.

— Il faudra trouver une propriété dotée d'un vaste terrain.

— Et au bord de l'eau !

— Nous ferons notre possible.

— Tu es si prévenant, Noah...

— Je ne voudrais pas que tu regrettes de m'avoir épousé. Je ne souhaite que ton bonheur.

— Et moi le tien.

Il l'enlaça et l'attira contre lui. La tête appuyée contre son torse, Pilar songea que ce devait être cela, l'amour.

Le reste de la semaine fut consacré aux préparatifs de la fête donnée en l'honneur du mariage de Noah et Pilar. Un bataillon d'employés transporta tables et chaises, vaisselle et argenterie. Il fallut commander des victuailles, notamment chez Naomi, la fiancée d'Eli, désormais restauratrice. La sangria coulerait à flots. Alanza, Pilar, Desa et Doneta sillonnèrent la région pour trouver des poivrons, des patates douces et autres produits nécessaires à la préparation de plats cubains car Pilar avait proposé de se mettre aux fourneaux.

Elle finit par découvrir pourquoi Mariah avait pris ses mensurations le jour où elle s'était rendue dans son atelier de couture. En effet, un soir, sa belle-sœur lui offrit une superbe robe rouge foncé qui lui fit venir les larmes aux yeux.

— Elle est assortie à tes rubis, précisa-t-elle. Tu avais l'intention de les porter pour la fête, j'espère.

— Absolument, mentit Pilar, qui changea aussitôt d'avis.

— Qu'est-ce que c'est que cette histoire de rubis ? s'enquit Desa un peu plus tard en admirant la robe.

Pilar lui répondit, et lorsque sa sœur voulut qu'elle les lui montre, elle expliqua :

— Ils sont dans le coffre. Tu les verras lors de la fête.

— Je commence à être jalouse de ta belle-mère, avoua Desa. Je ne peux rivaliser avec ce genre de cadeaux.

— Tu n'en as pas besoin, assura Pilar en l'étreignant. Jamais je ne l'aimerai autant que je t'aime. Tu seras toujours ma mère quoi qu'il arrive !

Desa lui sourit, visiblement rassurée par cette mise au point.

Naturellement, la fête fut grandiose. S'il n'y eut ni jongleurs ni ours savants, les habitants de la vallée affluèrent pour rencontrer la nouvelle venue dans la famille. Seuls quelques parents d'Alanza étaient présents, qui s'avouèrent ravis que Pilar ait des racines espagnoles. Avec sa robe magnifique et ses rubis, elle avait l'impression d'être une reine. Quant à Noah, en costume sombre et chemise blanche à jabot, il avait tout d'un roi.

Alors que tous deux allaient et venaient pour saluer les invités, il lui murmura à l'oreille :

— J'ai hâte d'être seul avec toi. Je rêve de te voir uniquement parée de tes rubis.

— Tu es si beau que j'espérais t'entraîner dans un coin sombre pour obtenir de toi un tas de choses très coquines, répliqua-t-elle à voix basse.

— Ma mère nous tuerait.

— La mienne aussi.

— Garde donc cette idée en tête.

— Le conseil vaut aussi pour toi.

Logan, Drew et leurs épouses vinrent les féliciter à leur tour.

— À toutes celles qui pleurent parce que le dernier fils Yates s'est marié ! déclara Drew en levant son verre.

Les femmes réprimèrent un rire gêné.

Les musiciens s'installèrent et les premières notes résonnèrent. Doneta se mit à danser avec un cousin d'Alanza. Il faisait partie d'une nuée de jeunes célibataires qui se battaient pour capter l'attention de la jeune femme.

Noah quitta un instant sa femme pour s'entretenir avec Will Sally, le postier, à propos d'un colis qui était arrivé pour lui, et elle en profita pour déambuler dans l'assemblée.

— Pilar ! dit Naomi en l'arrêtant. J'adore ces petites gourmandises. Il faudra me donner la recette.

— Volontiers. Ce sont des *chatinas*. Des beignets de banane plantain.

— Hmm, je pourrais en manger des dizaines !

Eli avait fait les présentations quelques jours plus tôt, et Pilar appréciait beaucoup Naomi.

— Pourrais-je en avoir pour mon repas de noces ? hasarda cette dernière.

— Avec plaisir ! répondit Pilar.

Elles discutèrent du mariage prévu quelques semaines plus tard, puis Naomi partit en quête de quelques *chatinas* et de son fiancé.

Noah réapparut et Pilar l'interrogea sur le colis.

— Il est arrivé hier. Will comptait l'apporter ce soir, mais dans la précipitation il l'a oublié. Je passerai le récupérer lundi matin. J'espère que ce sont les actes notariés du chantier naval.

— Tu as annoncé à ta mère que nous allions partir ?

— Non. Sinon, je serais mort et tu ferais l'amour avec un fantôme, cette nuit. Et si on dansait, ma petite pirate ?

— Avec plaisir ! répondit-elle.

À la tombée de la nuit, les invités s'en allèrent peu à peu, les musiciens rangèrent leurs instruments et les employés entreprirent de débarrasser les tables. Noah et Pilar saluèrent tous les convives et les remercièrent chaleureusement d'être venus. La famille d'Alanza dormait sur place pour reprendre la route à la première heure le lendemain.

— J'ai passé un excellent moment, déclara Doneta.

— J'espère que tu as averti tes prétendants que nous faisions la grasse matinée et que tout visiteur sera pendu.

Doneta flanqua une tape sur le bras de Noah.

— Je doute de recevoir la moindre visite.

— Tu risques d'avoir des surprises, intervint Pilar. J'en ai vu plusieurs s'entretenir avec maman.

— Vraiment ?

— Vraiment.

— Oh, mon Dieu, je ne vais pas réussir à dormir ! Je vais m'interroger sur ces prétendants potentiels.

— File te coucher ! gronda Pilar. Et fais de beaux rêves.

— Bonne nuit ! lança sa sœur avant de disparaître dans la maison.

— Nous rentrons ? s'enquit Noah en prenant sa femme par la taille.

— Dans une minute, répondit-elle en savourant la nuit si douce. Quelle journée magique ! Ta mère sait organiser une fête.

— Personnellement, j'aurais préféré des ours savants.

Pilar s'esclaffa, puis ils regagnèrent la maison.

Une fois dans leur chambre, il la dévêtit lentement, ne lui laissant pour toute parure que son collier de rubis. Ils firent l'amour avec une telle passion que ces ébats resteraient à jamais gravés dans sa mémoire.

24

Pilar et Noah se levèrent à l'aube pour dire au revoir à la famille d'Alanza, puis tout le monde retourna se coucher jusqu'à l'heure du petit déjeuner. Dans la salle à manger, ils découvrirent qu'un cousin était resté au ranch. Cristobal Vallejo, le fils unique d'une cousine d'Alanza, souhaitait mieux connaître Doneta. Il avait apparemment reçu l'aval de Desa. À table, il n'avait d'yeux que pour la jeune fille, qui ne se sentait plus de joie. Si Pilar ne savait rien de ce jeune homme, Noah et ses frères le connaissaient bien.

Logan donna le coup d'envoi :

— Alors, Christopher, tu vas passer quelques jours avec nous ?

— En effet.

— Quel âge as-tu ? demanda Noah.

— Vingt-quatre ans.

— Tu te rends compte que tu dois obtenir notre autorisation pour courtiser officiellement Doneta ? ajouta Drew.

Doneta afficha une expression incrédule.

— Son père étant décédé, nous le remplaçons. C'est notre devoir de beaux-frères de sa sœur.

Si Desa afficha un grand sourire, ce ne fut pas le cas de Christopher et de Doneta.

— Nous tenons simplement à mettre les choses au point, précisa Noah.

— Merci, souffla Christopher.

D'un regard, Doneta appela sa sœur à la rescousse. Celle-ci se contenta de hausser les épaules.

Toute la journée, les tourtereaux furent surveillés de près par Noah et ses frères. S'ils partaient à cheval, Logan les accompagnait. Lorsqu'ils déjeunèrent sur la terrasse, Drew se joignit à eux.

— Je ne m'attendais pas qu'ils se montrent aussi protecteurs, avoua Desa aux femmes de la famille.

— Christopher est un jeune homme charmant, concéda Alanza, mais il a la réputation d'avoir brisé bien des cœurs. Les garçons lui rappellent juste qu'il doit respecter Doneta.

— Logan, lui, s'entraîne pour le jour où Maria sera en âge d'être courtisée, déclara Mariah en riant.

— Je trouve Drew sacrément culotté, lâcha Billie, provoquant l'hilarité générale.

Après le dîner, Pilar rejoignit sa mère et sa sœur dans leur suite.

— Tu peux faire quelque chose pour éloigner Noah et ses frères ? implora Doneta. Avec eux, je ne me marierai jamais !

— N'est-ce pas toi qui chantais les louanges de Noah, il y a peu ?

— J'avais tort apparemment.

— Tu fais partie de leur famille, à présent, intervint Desa. Et ils prennent leur rôle très au sérieux. Personnellement, j'en suis ravie.

— Pas moi !

— Combien de temps Christopher reste-t-il ?

— Vu la façon dont les choses se sont passées aujourd'hui, je ne serais pas étonnée qu'il s'éclipse dès la nuit tombée.

— Dans ce cas, tu sauras que ce n'est pas l'homme qu'il te faut, observa Desa.

— Sans doute, soupira sa fille.

— Il est beau garçon, admit Pilar.

— N'est-ce pas ? s'exclama Doneta.

Plus tard, dans le lit conjugal, alors que Pilar était blottie dans ses bras, Noah murmura :

— Doneta est fâchée ?

— Très.

— Il est hors de question que n'importe qui la courtise.

— C'est ce que maman lui a expliqué, mais elle a peur que Christopher ne s'enfuie dans la nuit.

— Eh bien, ce sera la preuve qu'il n'est pas sérieux, déclara-t-il. En ce qui te concerne, ajouta-t-il, je suis très sérieux.

— Des paroles, toujours des paroles…

— Ne parle pas trop vite !

Et une heure durant, il lui prouva à quel point il était sérieux.

Lundi matin, la famille retrouva ses habitudes. En ville, les travaux étaient presque terminés. Max se rendit à la scierie tandis que Logan rejoignait Eli pour réparer des clôtures. Billie ne se sentant pas très bien, Drew resta à la maison pour s'occuper de Tonio. Doneta et Christopher s'installèrent au salon sous la surveillance d'Alanza et de Desa. Pilar avait prévu de passer la journée avec Titan. Quant à Noah, il partit chercher son colis au bureau de poste.

Tandis qu'il chevauchait, il songea que sa vie était idéale. Il avait une femme qu'il adorait, une nouvelle entreprise, une famille aimante et chaleureuse. Il était heureux que Christopher soit resté et priait pour qu'il se montre à la hauteur des attentes de Doneta...

Soudain, une détonation déchira le silence. Presque simultanément, une douleur intense lui transperça le dos. Une deuxième balle le toucha et il lâcha les rênes avant de s'effondrer sur le sol, ivre de douleur. Il chercha à localiser le tireur, à sortir son arme de son holster. C'est alors qu'une troisième balle l'atteignit au bras. Il tenta pourtant de se traîner en direction de la maison. S'il restait conscient, il y arriverait peut-être... Juste avant de sombrer dans les ténèbres, il vit un homme avec une capuche noire qui le dominait de toute sa hauteur.

Pilar s'occupait de Titan quand Alanza s'approcha en courant.

— Le cheval de Noah est rentré au ranch sans lui ! La selle est maculée de sang... J'ai envoyé des employés chercher Logan et Drew, mais je pars à la recherche de Noah immédiatement. J'ai averti ta mère et ta sœur.

— Je vous accompagne, décréta Pilar, le cœur battant à tout rompre.

— Prenons la charrette !

Elles coururent jusqu'aux écuries. Un palefrenier avait préparé l'attelage. Les deux femmes y grimpèrent, Alanza fit claquer les rênes et le véhicule s'ébranla.

Pilar avait l'impression qu'elles n'avançaient pas. Scrutant le bord de la route, au cas où Noah serait allongé dans les hautes herbes, elle s'efforça de ne pas céder à la panique.

Elles finirent par le découvrir, étendu sur le sol, inerte. Elles bondirent à terre et se ruèrent vers lui.

— Noah ! s'écria Pilar.

Pas de réaction.

Avec effroi, elle constata que le dos de sa chemise était ensanglanté.

— Seigneur ! Combien de balles a-t-il reçues ? s'écria Alanza.

— Noah ! hurla Pilar.

Il émit un grognement à peine audible qui leur fit monter les larmes aux yeux.

Drew arriva au galop, et sauta à terre à peine son cheval arrêté.

— Que s'est-il passé ?

— On lui a tiré dessus, répondit Pilar.

— Aide-nous à le hisser dans la charrette, ordonna Alanza, folle d'angoisse. Ensuite, tu iras chercher le Dr Lloyd.

Ils parvinrent à mettre le blessé sur ses pieds.

— Essaie d'avancer, *querido*, murmura Pilar. Aide-nous, je t'en prie.

Il battit des paupières.

— Pilar ? souffla-t-il.

Elle se mordit la lèvre pour ne pas pleurer.

— Maman..., dit-il en posant un regard vitreux sur Alanza, j'ai mal...

— Je sais, mais il va falloir monter dans la charrette, mon fils.

La respiration sifflante, Noah puisa dans ses dernières forces pour faire quelques pas. Soutenu par Drew, il ne put réprimer un cri de douleur lorsqu'il se hissa sur la charrette.

— Nous allons retrouver l'ordure qui t'a fait ça, promit son frère.

Il ramassa l'arme de Noah, la remit à Pilar, puis courut vers sa monture et fila.

— Il faut arrêter l'hémorragie, articula Pilar, folle d'inquiétude.

Déchirant un pan de son corsage, elle en fit un tampon qu'elle pressa sur l'une des blessures de son mari.

— Allons-y, Alanza !

Le Dr Renee Lloyd, qui avait fait ses études de médecine en Pennsylvanie avant de s'installer dans la région, n'y alla pas par quatre chemins :

— Il a perdu beaucoup de sang. J'ai extrait trois balles, nettoyé et suturé les plaies. Il ne reste plus qu'à attendre en priant le ciel.

Alanza lui proposa de l'héberger, ce qu'elle accepta.

Logan et Eli, qui étaient partis à la recherche du tireur, ramenèrent un homme dans leur charrette en fin d'après-midi.

— On n'a trouvé que cet Espagnol qui affirme avoir été désarçonné par son cheval. Je crois qu'il a la jambe cassée.

— Un Espagnol ? répéta Pilar.

— Alanza, peut-on l'emmener dans la maison ? s'enquit le Dr Lloyd.

— Naturellement.

Eli et Logan aidèrent le blessé à entrer en claudiquant. En découvrant son visage, Pilar attrapa l'arme de son mari posée sur la table et, sans crier gare, pressa le canon sous le menton du nouveau venu.

— Comme on se retrouve !

Un silence stupéfait suivit.

— Un seul geste et je te fais sauter la cervelle, gronda-t-elle. Logan, fais-le asseoir.

— Pilar, je...

— Logan !

Elle écarta son arme et fixa sur l'homme un regard haineux.

— J'ignore pour qui vous me prenez, dit-il en l'observant d'un air méfiant.

— Oh, je sais parfaitement qui vous êtes !

Pour le lui prouver, elle reprit sa voix chevrotante de vieille femme et demanda :

— Qui est ton maître ?

Il plissa le front, et elle vit à quel moment précis il se rappela l'avoir croisée sur les quais quelques mois plus tôt. Il commença à trembler.

— Je vois que la mémoire te revient ! J'étais déguisée, pas toi. Je vais te poser une question et je ne la répéterai pas : est-ce Gordonez qui t'a chargé de tuer Noah Yates ?

Autour d'elle, tous retenaient leur souffle.

— Ne me mens pas ! Noah est mon mari et nous sommes chez sa mère. Ces hommes sont ses frères.

— Je... Je ne sais pas de quoi vous parlez.

Elle lui logea une balle dans la jambe. Son cri de douleur résonna dans toute la maison.

Insensible à ses larmes et à ses plaintes, elle reprit :

— La prochaine fois, je tire dans le bas-ventre. Gordonez t'a-t-il chargé d'assassiner mon mari ?

— Aidez-moi ! implora-t-il en se tournant vers les autres.

En vain.

Comme Pilar visait son entrejambe, il hurla :

— Oui ! Sale garce ! Lui et la fille Douglas ! Ne tirez pas, je vous en supplie !

— Je vais chercher le shérif, annonça Eli.

Les quatre jours qui suivirent furent un véritable cauchemar. Noah ayant été installé dans une chambre du rez-de-chaussée, Pilar exigea qu'on lui dresse un lit de camp dans la pièce pour rester auprès de lui. Tous les membres de la famille se relayèrent pour veiller le malade avec elle, y compris Desa et Doneta. Alanza ne quitta pratiquement pas le chevet de son fils.

Le troisième jour, Logan vint voir Pilar dans la chambre. Elle ignorait encore ce qui était arrivé au tueur à gages après ses aveux.

— Le Dr Lloyd a extrait la balle et réduit la fracture. Le shérif l'a inculpé. Lavinia a été arrêtée pour tentative de meurtre et les marshals ont capturé Gordonez alors qu'il embarquait à bord d'un bateau pour quitter le pays. Il est inculpé également.

— Qu'ils brûlent tous en enfer, fut son seul commentaire.

Le quatrième jour, le révérend Paul Dennis vint apporter un peu de réconfort à la famille, de même que Tom et Amanda Foster, des amis de longue date, Lucy Redwood et sa fille, Green Feather, qui s'apprêtait à aller effectuer sa deuxième année d'études à Hampton, en Virginie. Même Felicity Deeb et son mari Jim firent un saut. Aux dires de certains, Felicity cherchait uniquement à rentrer dans les bonnes grâces d'Alanza. Ayant manqué de respect à Billie l'année passée, elle n'avait pas été conviée à la fête. Naomi Pearl vint aider Bonnie à la cuisine.

Si Noah survécut aux quatre premières nuits, Pilar n'en était pas moins rongée par l'angoisse. Quand il n'était pas inerte, il gémissait de douleur ou s'agitait. Du reste, alors qu'il s'efforçait de le calmer, Drew reçut un coup de poing en pleine figure.

— Je crois qu'il fait un de ses cauchemars, murmura Pilar tandis que Drew se palpait la mâchoire.

— Ses cauchemars ?

— J'ignore de quoi il rêve, mais il se réveille en tremblant de la tête aux pieds.

« Et furieux », se rappela-t-elle.

— T'a-t-il dit qu'il avait été enrôlé de force ?

— Oui, quoique sans entrer dans les détails.

— Je me demande si ces cauchemars ne sont pas liés à cette période de sa vie. À son retour, il avait changé. Il a dû endurer de terribles épreuves.

Pilar n'en savait pas davantage.

— Je vais me mettre de la glace sur la mâchoire. Dès qu'il sera remis sur pied, je lui revaudrai cela.

— Je l'espère. Je refuse de croire qu'il ne s'en sortira pas, murmura-t-elle.

— Il va s'en sortir. Noah est trop fier pour mourir, assura son frère.

Pour la première fois depuis longtemps, elle sourit.

— Tu l'aimes, n'est-ce pas ?

— De toute mon âme, répondit-elle sans l'ombre d'une hésitation.

— Lui aussi t'aime. Et ce ne sont pas quelques malheureuses balles qui vont séparer un Yates de sa femme. Tiens bon. Et s'il m'arrivait la même mésaventure un jour, j'aimerais que tu soutiennes Billie.

— C'est promis.

Drew avait vu juste. Au matin du cinquième jour, Noah ouvrit les yeux. Pilar se retint de crier de joie pour ne pas l'effrayer.

— Où suis-je ? demanda-t-il d'une voix rauque.

— Dans une chambre du rez-de-chaussée. Un homme de main de Gordonez t'a tiré dessus.

Elle lui palpa le front. Il était encore un peu fiévreux.

— Je me souviens de toi, de maman... et de rien d'autre...

Soudain, il parut retrouver la mémoire.

— J'avais mal dans le dos... J'ai reçu une balle.

— Trois. Deux dans le dos et une dans le bras.

— Où est ce type ?

— En prison, avec Gordonez et Lavinia Douglas. Elle faisait partie du complot.

— Tant mieux. Cela m'évitera de les traquer. Le pauvre Walter doit être dévasté de savoir sa fille complice d'une tentative de meurtre.

Si Pilar ne pouvait rien pour Walter, elle était heureuse car Noah allait vivre.

25

La convalescence de Noah fut interminable. Au bout d'une semaine, il grognait comme un fauve blessé contre quiconque osait l'approcher, à part sa mère, sa femme et le Dr Lloyd. Il voulait se lever, monter à cheval ou prendre le train pour se rendre sur son chantier naval.

Ses frères s'efforçaient de le raisonner, sans succès.

— Ta mauvaise humeur ne te fera pas guérir plus vite, prévint Drew, alors autant écouter Pilar et le docteur. Je me suis occupé du colis que tu allais chercher le jour de l'agression. Ce sont les documents officiels du juriste de Walter. Il m'a envoyé un message il y a deux jours pour me dire que ton contremaître se chargeait de l'entreprise en ton absence. Tout se passe bien.

Noah avait l'impression de devenir fou. Il ne supportait plus d'être alité.

— Si tu étais plus docile, nous t'aiderions peut-être à faire quelques pas. Malheureusement, tu es si irritable et agité que tu risques de faire sauter tes points de suture et de prolonger ta convalescence. Cesse de faire l'enfant !

— Sors de ma chambre !

— Avec plaisir, rétorquèrent Drew et Logan d'une même voix.

Resté seul, Noah poussa un long soupir exaspéré. Certes, il n'était pas le meilleur des patients, mais ses frères ne feraient pas mieux s'ils étaient à sa place. Il avait perdu toute dignité, nom de Dieu ! Persuadé d'avoir raison, il se dressa sur son séant. Les dents serrées, le dos meurtri, le souffle court, il demeura un instant assis au bord du matelas. Puis, faisant appel à toute sa volonté, il se leva, demeura un instant en équilibre instable, et retomba aussitôt. Ses jambes refusaient de le porter.

Entrant dans la pièce avec un plateau, Pilar le trouva gisant à terre.

— Le plafond est plus beau, vu d'en bas ? railla-t-elle.

— Pas de fissures ni de taches d'humidité, grommela-t-il.

— Tu es un imbécile, déclara-t-elle en s'approchant. Si je ne t'aimais pas de tout mon cœur, je te laisserais là quelques heures, histoire de te donner une leçon.

— Tu m'aimes ? demanda-t-il en croisant son regard.

— Il le faut, sinon je serais retournée en Floride. Tu t'es montré si grossier, colérique, impossible !

— Moi aussi, je t'aime, répondit-il, tout sourire.

Elle se pencha et déposa un tendre baiser sur ses lèvres.

— Tant mieux. Je vais chercher tes frères afin qu'ils t'aident à te recoucher. Leurs railleries devraient t'empêcher de récidiver en attendant que le Dr Lloyd estime que tu peux te lever sans risque.

Une semaine plus tard, il put enfin quitter son lit. Il n'alla pas plus loin que le cabinet de toilette, mais c'était déjà un progrès. Il put aussi prendre ses repas sur le balcon, au soleil.

Une semaine de repos supplémentaire lui permit d'assister au mariage de Naomi et d'Eli. Ils quittèrent toutefois la réception de bonne heure car il était fatigué.

— Je suis prêt à faire l'amour à ma femme, annonça-t-il au moment de se coucher.

— Tu es sûr d'être en état ? Imagine l'humiliation si je devais aller chercher tes frères pour te ramasser sur le tapis, nu comme un ver.

— Une femme est censée honorer son mari et non pas se moquer de lui ! protesta-t-il.

— Moque-toi de moi en représailles, rétorqua-t-elle.

Noah se montra à la hauteur du défi qu'il s'était lancé, et il sombra dans un sommeil réparateur, le sourire aux lèvres.

Au mois d'octobre, Desa et Doneta regagnèrent enfin la Floride. Elles étaient restées plus longtemps que prévu pour soutenir Pilar et Noah dans l'épreuve qu'ils traversaient.

— Vous allez beaucoup me manquer, leur dit Pilar sur le quai de la gare.

— Toi aussi, tu vas nous manquer, mais nous reviendrons, répondit sa mère. Et Noah m'a promis que vous nous rendriez visite.

Étonnée, elle se tourna vers son mari.

— Ton oncle et moi sommes associés en affaires, expliqua-t-il. J'aimerais visiter son entreprise dès que j'aurai rattrapé mon retard au chantier naval. Drew et Logan ont investi de l'argent dans l'affaire, il se pourrait donc que la famille entière fasse le déplacement. Nous réserverons un wagon particulier pour que tu n'aies pas à endurer l'odeur des cochons.

Se réjouissant d'avance, Pilar étreignit sa sœur.

— La prochaine fois, je resterai plus longtemps, promit celle-ci. Tu me trouveras peut-être un mari qui ressemble à Noah.

Christopher était rentré chez lui après la fusillade. Pilar ignorait ce qui s'était passé et Doneta refusait d'en parler.

— Marché conclu, dit Pilar avant de l'embrasser.

Le train entra en gare, crachant de la fumée.

— Prends bien soin de ma fille, déclara Desa en étreignant Noah.

Quelques instants plus tard, Pilar, en larmes, faisait signe à sa mère et sa sœur qui étaient penchées à une fenêtre du train. Un sifflement strident retentit et la locomotive s'ébranla dans un nuage de fumée.

— Elles me manquent déjà, murmura Pilar.

— Nous les reverrons très vite, je te le promets, assura Noah en lui entourant la taille du bras.

Après une journée teintée de mélancolie, Pilar contemplait la pleine lune depuis le balcon. Elle avait croisé les bras autour de son buste pour se protéger de la fraîcheur.

— Il peut faire encore plus froid ici ? demanda-t-elle quand son mari la rejoignit.

— À peine, répondit-il en l'enlaçant.

— C'est vrai ?

— Non.

Elle lui donna une tape.

— Ne t'inquiète pas, je te tiendrai chaud. Et si nous rentrions, histoire de te changer les idées ?

— Tu ferais cela pour moi ? demanda-t-elle, espiègle.

— Je suis prêt à me sacrifier.

— J'ai envie d'un bon bain chaud. Rejoins-moi…

Il feignit de réfléchir à cette proposition, puis :

— Ce n'est pas une mauvaise idée finalement.

— Merci d'être un mari merveilleux, souffla-t-elle. Après le bain, tu choisiras la chemise de nuit que tu m'enlèveras dès que tu seras prêt.

— T'ai-je dit à quel point je t'aimais aujourd'hui ?

— Je ne sais plus... Mais tu me le répéteras pendant que nous nous réchaufferons mutuellement.

Au cours des semaines qui suivirent, Noah se jeta à corps perdu dans le travail. Il avait décidé de laisser le nom de Douglas sur l'enseigne située à l'entrée du chantier en l'honneur de Walter, décédé juste après la tentative de meurtre dont Noah avait été victime. Si la trahison de Lavinia avait sans doute précipité son trépas, au moins Walter n'aurait-il pas à affronter le procès de sa fille. Le tueur à gages avait obtenu l'immunité en échange de son témoignage et avait été rapidement extradé vers Cuba tandis que Lavinia et Gordonez écopaient d'une peine de prison à perpétuité.

Le dernier jour du procès, Pilar et Noah étaient dans la salle. Ils avaient loué une voiture pour la durée de leur séjour et comptaient regagner le ranch le lendemain.

— D'une certaine façon, mon père est vengé, déclara Pilar. Ma mère en sera heureuse. Cela faisait si longtemps que nous attendions la chute de Gordonez. La seule ombre au tableau, c'est que tu aies failli perdre la vie au passage.

— Je m'en suis sorti, c'est tout ce qui compte, dit-il, philosophe. À propos, j'ai une surprise pour toi.

— Qu'est-ce que c'est ?

— Décidément, tu ne peux pas t'empêcher de demander !

— J'ai envie de savoir, c'est tout.

Il l'embrassa sur le front, puis :

— Je crois avoir trouvé la maison idéale. Veux-tu aller la visiter ?

— Et comment !

La propriété, qui se trouvait un peu en dehors de la ville, surplombait la baie. Titan aurait de la place pour se dégourdir les jambes.

— J'aime beaucoup, Noah.

— C'est un ancien haras.

— J'imagine déjà Titan ici.

Ils franchirent la barrière en bois et remontèrent l'allée menant à la maison.

— C'est immense ! s'écria Pilar en découvrant la bâtisse à deux étages.

— Il faut réparer la toiture et faire quelques travaux, mais Max s'en chargera.

— On peut entrer ?

— Pas encore. Je voulais ton avis avant de faire une offre.

— Je valide ton choix. Titan et moi, nous t'aimons !

Elle était impatiente de monter l'étalon pour explorer le domaine.

— Tu aimerais élever nos enfants ici ?

— Oh que oui ! Merci d'avoir déniché cette perle.

— Je te l'ai dit, je décrocherais la lune pour toi.

Ils allèrent dîner avant de regagner l'hôtel. En quittant le restaurant, Pilar glissa son bras sous celui de son mari.

— Tu sais…, commença-t-elle.

Noah s'immobilisa soudain et regarda fixement devant lui, les mâchoires crispées, le regard dur. Un vieil homme à la tenue négligée venait dans leur direction, une canne à la main. En arrivant à leur hauteur, il leur sourit.

— Tiens, tiens... le ravissant M. Yates ! s'exclama-t-il. Comment vas-tu, mon mignon ?

— Qu'est-ce que ça peut vous faire, Simmons ?

L'autre ricana, puis fut pris d'une quinte de toux et cracha aux pieds de Noah.

— Toujours en colère, à ce que je vois ! Je me demande bien pourquoi. Sans moi et cette île, tu serais toujours une femmelette dans les jupons de sa mère. J'ai fait de toi un homme !

Pilar sentit Noah se raidir.

— Viens, souffla-t-elle. Partons.

Le vieillard fixa sur elle son regard vitreux.

— Tu es bien jolie, toi. Il te baise comme il se faisait baiser par mes hommes, à ce qu'il paraît ?

Noah le frappa du poing, si violemment que l'homme tomba à la renverse. Il l'attrapa alors par les revers de sa veste et se mit à le marteler de coups.

— Noah, arrête ! hurla Pilar. Tu vas le tuer !

Il s'interrompit, pivota vers elle. Elle ne le reconnut pas. Son regard hanté était absolument effrayant. Soudain, il lâcha sa proie qui chuta sur le pavé. Indifférent, il regarda le vieillard qui gémissait de douleur à ses pieds, un filet de sang au coin de la bouche.

— Il a besoin d'un médecin, murmura Pilar.

— C'est vrai.

Noah le traîna jusqu'à l'entrée d'un bâtiment et le poussa à l'intérieur.

— Un médecin, s'il vous plaît !

Il se tourna vers Pilar.

— Satisfaite ?

Sur ce, il poursuivit son chemin sans se soucier qu'elle le suive ou pas. Il s'enferma dans le silence le reste de la soirée. Au cours de la nuit, il fit un cauchemar. Ce fut la pire nuit qu'elle ait jamais partagée avec son mari.

Du moins le pensait-elle.

Dans le train du retour, il se montra laconique. Drew était seul dans la maison. Noah répondit par monosyllabes à ses questions à propos de leur voyage, puis quitta soudain le salon sans un mot d'explication. Désemparée, Pilar se laissa lourdement tomber dans un fauteuil.

— Que s'est-il passé ? s'enquit Drew.

Elle lui raconta la correction qu'il avait flanquée au vieil homme.

— Que lui avait-il donc fait pour mériter cela ? Qui était-ce ?

— Je l'ignore.

Compte tenu de la complicité qui unissait les deux frères, elle évoqua le crachat et les propos orduriers de l'inconnu.

— Nom de Dieu ! s'exclama Drew. Pas étonnant qu'il soit rentré de cette île dans cet état ! Il faut absolument que je lui parle…

— Non !

Pilar devinait que son mari lui en voudrait d'avoir parlé de l'incident à Drew, mais celui-ci avait déjà disparu.

Installé sur le balcon de sa chambre, Noah entendit frapper à sa porte. Il n'y prêta pas attention. Les coups redoublèrent. Il continua de les ignorer.

La voix étouffée de Drew lui parvint alors :

— Noah ! Ouvre cette porte, bon sang, sinon je la défonce !

Il doutait que Drew en soit capable physiquement, en revanche, si Logan l'accompagnait... Il alla donc tourner la clé dans la serrure.

— Quoi ? aboya-t-il.

— Pilar m'a raconté.

— Qu'est-ce que tu veux ?

— Tu fais la tête à Pilar ? Tu as été méchant avec elle ?

Noah n'avait aucune envie de parler. Il voulait rester seul. Il s'effaça néanmoins pour laisser son frère entrer.

— Alors ?

— Cela ne te regarde pas.

— J'en conclus que la réponse est oui. Tu as l'intention de traiter maman de la sorte ?

— Bon Dieu, Drew, qu'est-ce que tu veux ?

— T'aider, si possible.

— Tu ne peux rien pour moi. Pilar t'a répété les paroles de Simmons ?

Drew opina. Mortifié, Noah eut envie de tout casser.

— Permets-moi au moins d'essayer, insista Drew. Je suis ton frère et je t'aime.

— Tu veux connaître le fin mot de l'histoire ? C'est ce que tu veux ? hurla Noah. Eh bien, ils m'ont violé trois nuits de suite, voilà ! J'ai persuadé un gardien de me procurer une machette en échange de la médaille en or que je portais autour du cou. Le quatrième soir, quand ils sont venus, j'ai frappé le meneur si fort que ses bras se sont détachés de son tronc. Il s'est vidé de son sang à mes pieds. Ses camarades, qui avaient été témoins de mon calvaire durant trois nuits, ont détalé comme des lapins.

Il croisa le regard de Drew.

— Voilà, conclut-il. Tu sais tout.

— Noah, c'est affreux. Je suis désolé...

— Pas autant que moi.

En rentrant à la maison, quelques heures plus tard, Alanza trouva Pilar sur la terrasse en compagnie de Drew.

— Qu'est-ce qui ne va pas ? s'enquit-elle à la vue de leurs visages maussades.

— Les cauchemars de Noah l'ont rendu fou, répondit Pilar.

— Les cauchemars ? Quels cauchemars ?

Incapable d'en supporter davantage, Pilar se leva.

— Drew vous racontera. Je vais monter Titan. J'ai besoin de me changer les idées.

Elle était consciente de sa lâcheté, mais elle en avait assez d'être forte. Si elle voulait venir en aide à son mari, elle ignorait comment faire.

En regagnant la maison, Pilar comprit que Drew avait dévoilé le passé de Noah à leur mère, car celle-ci avait les yeux rougis. Avec son autorisation, Pilar alla s'enfermer dans la suite libérée par sa mère et sa sœur, et y resta toute la journée. Dans la soirée, se sentant un peu mieux, elle se risqua à aller voir Noah.

— Comment as-tu osé confier à mon frère des détails aussi personnels ? articula-t-il d'un ton glacial.

Le cœur serré, elle ferma les yeux, mais ne lui demanda pas pardon pour autant.

— Ton frère t'aime, et moi aussi.

Elle s'arma de courage pour affronter une querelle… qui ne vint pas.

— Je vais faire une balade à cheval, déclara-t-il sèchement. Ne m'attends pas.

Quelques heures plus tard, Pilar fut réveillée par le piano. Elle se leva, entrebâilla la porte du salon.

Le morceau évoquait une tempête qui lui rappela le tableau qu'elle avait trouvé dans la cabine de Noah à bord de *L'Alanza.* Elle entendait presque les coups de tonnerre, voyait les éclairs zébrer un ciel de plomb. Noah avait-il composé ce morceau plein de rage et cependant sublime ? se demanda-t-elle. Ne sachant que faire, elle retourna se coucher et écouta avec émotion ce concert privé.

Le lendemain, Noah entra dans la chambre à l'aube et lui annonça qu'il retournait à San Francisco.

Il ne l'avait pas rejointe dans le lit conjugal.

— Tu rentreras en fin de semaine ?

D'ordinaire, il était toujours là le vendredi soir.

— Je ne sais pas.

Elle l'observa boucler ses bagages, l'air sombre, à l'image de son âme. Il vivait un enfer et elle aussi.

Il lui jeta un dernier regard et sortit sans un au revoir.

26

À San Francisco, Noah loua une chambre. Il avait l'espoir qu'un travail acharné chasserait ses démons. Il se berçait d'illusions. Durant deux semaines, les cauchemars revinrent le hanter chaque nuit. Il n'arrivait pas non plus à oublier la douleur qu'il avait lue dans les yeux de Pilar lorsqu'il lui avait annoncé qu'il partait. Elle méritait tellement mieux qu'un mari rendu fou par ses souvenirs...

Un soir, après le départ de ses ouvriers, il s'attarda sur le quai désert de son entreprise pour contempler la baie. Le temps était à l'orage. De grosses vagues ourlées d'écume déferlaient sans relâche et un vent violent soulevait les pans de son manteau. Les éléments déchaînés étaient à l'image de la tempête qui faisait rage dans sa tête. Assoiffé de vengeance, il avait failli battre à mort un vieillard et faire du tort à sa famille, et surtout à son couple. Si Pilar souffrait, il ne pouvait s'en prendre qu'à lui-même. Comment faire amende honorable alors qu'il était incapable de venir à bout de ses démons ? Pendant un temps, son amour et la vie qu'ils se construisaient avaient suffi à les tenir à distance. Puis Simmons avait ressurgi et ses paroles méprisantes l'avaient replongé dans l'horreur, la terreur et, il devait l'admettre, la honte. Il aurait fait n'importe quoi pour faire taire ce monstre, y compris le tuer.

Il se passa la main dans les cheveux et laissa échapper un long soupir. Malgré les dix années écoulées, il demeurait esclave de ce passé. Il ne parviendrait jamais à effacer totalement ces souvenirs, il le savait, mais s'il trouvait un semblant d'apaisement, il pourrait peut-être reprendre le cours de sa vie. Il devait réagir car il ne supportait pas l'idée d'avoir brisé le cœur de Pilar.

Le lendemain matin, il reprenait le train.

Il trouva la jeune femme dans le bureau, en compagnie de sa mère.

Celle-ci ne lui souhaita pas la bienvenue, ne lui demanda pas combien de temps il comptait rester. Il l'avait bien cherché, après tout.

— Pilar, je peux te parler ? demanda-t-il.

— Je vous laisse, dit sa mère en se levant.

Elle prit soin de refermer la porte en sortant.

— Oui ? dit Pilar. De quoi voulais-tu me parler ?

Il s'était absenté pendant quinze jours sans donner de nouvelles, il était naturel qu'elle se montre un peu brusque.

— Je vais retourner sur l'île où les cauchemars ont commencé. Ce vieil homme que j'ai frappé était le capitaine qui m'a enrôlé de force.

— Le responsable de ta balafre ?

— Oui. J'espère exorciser le mal et me libérer de mes souffrances en allant là-bas.

— Quand pars-tu ?

— Dès que possible.

Elle demeura silencieuse un long moment, puis :

— Pars. Je te soutiens dans ta démarche pour que tu nous reviennes, à moi et à notre enfant.

Il se figea.

— D'après le Dr Lloyd, le bébé naîtra à la fin du printemps, ajouta-t-elle avec un sourire triste.

— Depuis quand le sais-tu ?

— Quelques semaines. Je voulais t'en parler, et puis...

Désabusée, elle haussa les épaules.

Gêné et contrit, il comprit qu'elle l'avait cru trop indifférent pour s'en soucier.

— Puis-je te demander une faveur ?

— Laquelle ?

— Je voudrais te tenir dans mes bras.

Les yeux embués, elle le dévisagea, puis se leva lentement. Il s'approcha et l'attira contre lui, en proie à mille émotions.

— Je regrette de t'avoir fait de la peine, Pilar. Je t'aime. Cela ne s'est pas vu ces dernières semaines, pourtant, c'est la vérité. Je t'aime comme un fou.

— Moi aussi, je t'aime, murmura-t-elle. Mais je ne peux vivre ainsi. Je refuse de vivre ainsi.

— Je comprendrais que tu veuilles me quitter... mais je t'en prie, reste.

Elle s'écarta de lui.

— Va faire ce que tu as à faire. Le bébé et moi serons là à ton retour.

Elle déposa un baiser sur sa balafre et sortit.

Alanza réapparut presque aussitôt.

— Maman, je te demande pardon de m'être comporté comme je l'ai fait.

— D'après ce que Drew m'a dit, tu étais en droit de réagir de la sorte. Il n'empêche que tu as été odieux avec Pilar.

— Je sais. Je vais me racheter, je te le promets.

Il lui fit part de son projet.

— Cela vaut la peine d'essayer, admit-elle. Tu as un bateau ?

— J'en ai loué un et j'ai un équipage.

— Alors va et reviens-nous. Et avant de partir fais la paix avec ton frère.

Soulagé, il alla l'embrasser.

— Tu veilleras sur Pilar, n'est-ce pas ?

— Non, Noah. Dès que tu auras quitté cette maison, je la mettrai à la porte avec votre futur bébé. Quelle question ridicule ! De toute façon, Pilar est capable de se débrouiller seule. Si tu l'avais vue avec ce type qui t'a tiré dessus ! Sans elle, Gordonez et Lavinia seraient sans doute encore en train de comploter contre toi.

— De quoi parles-tu ?

— Pilar ne t'a pas raconté ?

— Non.

Elle lui raconta ce qu'il s'était passé après qu'ils l'eurent ramené à la maison entre la vie et la mort.

— Tu as épousé une femme peu banale. Que tu sois décidé à aller si loin pour affronter tes souvenirs montre que tu l'as compris. À présent, va vite parler à Drew.

— Je t'aime, maman.

— Moi aussi, mon petit.

— Drew est chez lui ou en ville ?

— Chez lui. Billie et Mariah sont à Seattle pour livrer une robe à une cliente. Elles ont emmené Maria et Tonio la terreur est resté avec son père.

Il se rendit chez son frère sans attendre. Ce dernier lui ouvrit, l'air visiblement mécontent.

— Je viens te présenter mes excuses, annonça Noah d'emblée, pour éviter qu'il lui claque la porte au nez.

— C'est un bon début. Entre.

Il régnait le plus grand désordre dans le salon. Des jouets traînaient un peu partout, des vêtements, des tasses… Tonio apparut, sans sa couche.

— Il refuse de rester habillé, expliqua Drew. Je ne vais pas l'attacher à sa chaise. Je me demande comment Billie s'y prend. Et maman, qui a eu trois garçons !

— Elle n'en avait que deux, en réalité. Logan a toujours été vieux.

Tonio se précipita vers Noah en criant de joie.

— Ça va, Tonio ? demanda-t-il en le soulevant dans ses bras. Tu es sage avec papa, j'espère.

L'enfant secoua négativement la tête. Réprimant un rire, Noah le reposa à terre et le regarda s'éloigner d'un pas vacillant.

— Maman avait un martinet, rappela Noah à son frère.

— Je vais peut-être en demander un pour mon anniversaire.

— Billie rentre quand ?

— Demain. Et si elle trouve la maison en désordre, je devrai dormir dans la grange.

Noah se demanda s'il serait un père mieux organisé que son frère. Il en doutait.

— Donc, tu voulais me présenter tes excuses, reprit Drew. Viens dans la cuisine, il reste encore quelques chaises intactes.

Noah remarqua des taches sur les murs clairs.

— Il a joué avec le fard à lèvres de Billie... Je vais me faire tuer... Je ne sais pas comment effacer ces taches.

— Je te dois des excuses parce que tu ne cherchais qu'à m'aider.

— En effet. Ce qui t'est arrivé est terrible, Noah. N'importe qui à ta place ferait des cauchemars.

Noah lui fit part de son intention de retourner sur l'île maudite.

— Je veux bien t'accompagner si cela peut te faciliter les choses, proposa Drew.

— Merci, je préfère y aller seul.
— Tu en as parlé à Pilar ?
— Oui. Je me sens tellement coupable de l'avoir traitée comme je l'ai fait. Elle m'a appris que nous allions avoir un bébé. Mais tu le sais déjà, j'imagine.
— Oui. La famille entière est au courant.
— Je l'aime de tout mon cœur, avoua Noah en se détournant.
— Je sais, murmura son frère.
Ils échangèrent une accolade.
— Tu rapporteras notre conversation à Logan ?
— Promis. Lui aussi veut retrouver son frère.
— Il veut simplement me battre au bras de fer.
— Aussi.
— J'ai une dernière chose à te demander, dit Noah.
Il lui fit part de sa requête, et Drew hocha la tête.
— Je m'occupe de tout !
Un grand fracas retentit soudain.
— Antonio ! s'exclama Drew en tournant les talons. Bon voyage, Noah ! lança-t-il par-dessus son épaule.

27

L'équipage de Noah jeta l'ancre afin qu'il puisse rejoindre l'île en canot. Il se rappela son arrivée ici plus de douze ans auparavant, et son angoisse en découvrant les soldats armés. Pour l'heure, le quai sur lequel il avait travaillé sans relâche avec les autres prisonniers n'était pas visible. Lorsqu'il débarqua, il ne trouva aucun signe de vie. Le silence était presque lugubre. Armé d'une machette et d'un pistolet, il s'enfonça dans les terres – il lui faudrait environ une heure pour atteindre la prison.

Les clairières nées du terrassement étaient envahies par la végétation, si bien qu'il faillit s'égarer. Il dut se frayer un chemin à l'aide de sa machette, mais finit par arriver à destination. Il s'attarda devant la grille derrière laquelle les détenus étaient autrefois confinés. Si le portique tenait encore debout, le reste de la prison n'était plus que ruines et amas de pierres. C'était à croire qu'il y avait eu un tremblement de terre. Noah passa entre les piliers et scruta les alentours en quête de repères. Où Kingston et lui logeaient-ils à l'époque ? Il parcourut les décombres en prenant garde de ne pas se tordre les chevilles ou trébucher sur les débris. Peu à peu, les souvenirs ressurgirent et, pour la première fois, il ne les chassa pas. Il entendit les voix, les cris, il vit les rats, les feux de camp. Malgré lui, ses trois premières nuits de détention remontèrent à la surface. En affrontant l'horreur de ce qu'il avait vécu, il espérait prendre le dessus. Il s'assit et fondit en larmes comme le tout jeune homme qu'il était alors. Jamais il n'aurait imaginé que le monde puisse être aussi cruel. Il avait tant prié pour que les siens le retrouvent ! Et puis il avait dû se résigner : Dieu ne l'écoutait pas. Cette fois, il songea à tous les malheureux qui avaient perdu la vie dans cet enfer, à Pilar, à sa famille qui l'aimaient encore en dépit de ses accès de folie. À son père et à Walter Douglas, et à tous ceux qui avaient marqué son existence. Enfin, il pria pour trouver la force dont il avait besoin pour guérir. Un sentiment de paix l'envahit alors. Il poussa un long soupir et sentit que son âme n'était plus en enfer.

Il s'essuya les yeux, se leva, puis se retourna pour rebrousser chemin. Et se pétrifia. À trois mètres à peine, un tigre l'observait. Un mâle à en juger par sa taille. Aurait-il le temps de sortir son pistolet de son sac si le félin l'attaquait ? Ce dernier fixa Noah sans bouger encore un moment, puis fit volte-face et s'éloigna.

Enceinte de six mois, Pilar se sentait assez bien pour étriller Titan quotidiennement. Quelques jours plus tôt, le Dr Lloyd lui avait interdit de monter à cheval jusqu'au terme de sa grossesse, une consigne qui ne l'enchantait guère. Elle brûlait d'envie de profiter d'une ultime chevauchée. Sauf que, s'il arrivait quoi que ce soit au bébé, elle ne se le pardonnerait jamais, elle le savait. Ce serait désormais Alanza qui monterait Titan, car elle était la seule qu'il tolérât en plus de Pilar. Les deux femmes avaient beau expliquer à Logan que Titan était sélectif, il n'en croyait pas un mot.

Pilar n'avait pas de nouvelles de Noah. Elle s'efforçait de ne pas s'inquiéter car c'était néfaste pour l'enfant, mais son mari lui manquait terriblement. Elle avait à présent la certitude qu'ils surmonteraient les problèmes qui se présenteraient à eux, quels qu'ils soient.

Levant les yeux, elle vit Alanza venir dans sa direction. Elle avait dans les bras le dernier-né de Billie et Drew, prénommé Logan Abraham, et surnommé Abe pour le distinguer de son oncle.

— J'ai une surprise pour toi, Pilar ! annonça sa belle-mère.

La jeune femme leva les yeux au ciel.

— Ah, les Yates et leurs surprises ! Je dois fermer les yeux, je suppose ?

— Oui, et retourne-toi.

Pilar obéit avec un soupir résigné.

— *Buenos dias*, ma petite pirate, dit une voix familière.

Elle pivota sur elle-même et se lova dans les bras de son mari en éclatant en sanglots.

— Tu es rentré…, hoqueta-t-elle.

Alanza avait disparu comme par enchantement.

— Et je n'ai pas l'intention de repartir.

— Tant mieux, souffla Pilar. Tu m'as tellement manqué !

— Toi aussi. Comment se porte notre enfant ?

— Bien. D'après le Dr Lloyd, il pousse.

Noah posa la main sur son ventre proéminent.

— La grossesse te va bien, commenta-t-il.

Il s'écarta pour la contempler et demanda :

— Tu préfères que le bébé naisse au Ranch Destino ou dans notre maison donnant sur la baie de San Francisco ?

— Tu l'as achetée ? s'écria Pilar, abasourdie.

— Oui. Drew s'est chargé des formalités en mon absence et Max a supervisé les travaux. Elle est habitable dès que tu seras prête.

— Seigneur… et si nous emménagions rapidement ? Nous pourrions revenir pour mes rendez-vous avec le Dr Lloyd et pour mon accouchement ?

— Marché conclu.

— Ta mère est au courant ?

— Oui. Drew et Max ont préparé le terrain. Max était certain qu'elle n'étranglerait pas son propre mari.

Pilar sentit toutes ses peurs s'envoler.

— Serre-moi dans tes bras, que je sois sûre que tu n'es pas un mirage.

— Je suis là, *querida*, et bien là.

— Tu vas mieux ? risqua-t-elle d'une petite voix.

— Beaucoup mieux.

— Tu as de nombreux baisers de retard, tu sais.

Il étouffa un rire et suggéra :

— Que dirais-tu de monter dans notre chambre pour rattraper ce retard ? Après quoi, je te raconterai mon voyage.

— Volontiers, mais je me contenterai de baisers si tu le souhaites.

— Je trouverai un moyen de communiquer avec toi, tu verras.

— J'ai hâte…

— Je te jouerai aussi le début du concerto que j'ai composé pour toi.

— Pour moi ?

— Oui, rien que pour toi.

Comme ils s'éloignaient en direction de la maison, Titan rua et se cabra.

— Désolé, mon vieux ! lança Noah par-dessus son épaule. Je suis de retour et elle est à moi. Tu devras te trouver une dulcinée.

Pilar éclata de rire, heureuse de retrouver l'homme qu'elle aimait.

ÉPILOGUE

Au huitième mois de grossesse, Pilar et Noah apprirent avec stupeur qu'ils attendaient non pas un mais deux bébés. Les jumeaux naquirent début juin, à six minutes d'écart. La première à voir le jour fut Desa Alanza, suivie de Javier Maxwell. Les deux grands-mères en pleurèrent de joie. Même Max versa une larme d'émotion.

Plus tard, alors que, épuisée par l'accouchement, Pilar contemplait ses deux superbes nourrissons, elle demanda à leur père, très fier de sa progéniture :

— Tu crois qu'il existe des rapières pour enfant ?

— J'espère que non ! répliqua Noah en riant avant d'ajouter : Merci de m'avoir donné d'aussi beaux enfants.

— Tout le plaisir est pour moi.

— Veux-tu que je les couche dans leurs berceaux pour que tu puisses te reposer ?

— Je veux bien, répondit-elle en étouffant un bâillement. Il faudra demander à Max de construire un autre parc... Nous allons en avoir besoin.

Noah coucha les nouveau-nés, puis vint embrasser tendrement leur mère qui dormait déjà, avant de sortir sur la pointe des pieds.

NOTE

Ce fut un plaisir de suivre les aventures de la famille Yates, et j'espère que vous avez apprécié ce dernier volet de la trilogie. Les recherches que j'ai effectuées pour le personnage de Pilar m'ont beaucoup appris. J'ai puisé mes informations dans divers ouvrages consacrés à l'histoire de Cuba. J'ignorais par exemple le rôle joué par le général Maceo, les Mambises, ces guérilleros cubains, ou les Afro-Cubains dans l'histoire du pays. La liberté que recherchaient si ardemment Pilar et les rebelles finit par arriver en 1898, mais la victoire fut amère. Le peuple cubain ne fut pas autorisé à participer aux négociations entre les États-Unis et l'Espagne.

Je tiens à remercier mes lecteurs pour leur soutien indéfectible.

Et je leur dis à bientôt !

AVENTURES & PASSIONS

3 février

Miranda Neville

Les quatre amis - Une Française à Londres

Inédit

Le jeune et insouciant Julian Fortescue, marchand d'art de, n'aurait jamais imaginé hériter du domaine ducal de sa famille ! Suite à une série de tragédies, le voilà pourtant en possession du titre, et responsable de ses trois demi-sœurs cadettes. Pour l'aider dans sa charge, il lui faut une gouvernante, et la stricte Jane Grey semble plus que qualifiée pour cette mission. Non seulement elle transforme ses sœurs en parfaites petites ladies, mais son charme affole le jeune duc. Ce que Julian ignore, c'est que la mystérieuse Jane Grey dissimule un terrible secret...

✦

Joanna Shupe

Scandales à New York - Miss Catastrophe

Inédit

Suite aux décès de ses trois fiancés, Eva Hyde considère qu'elle n'est pas faite pour le mariage. En embarquant pour New York, la jeune femme est déterminée à prendre en main son destin et à réussir comme architecte auprès de son nouvel employeur. Phillip Mansfield accepte de mauvaise grâce que la fougueuse Eva supervise le chantier de son hôtel, et se promet que leur relation restera strictement professionnelle. Mais Eva se révèle bien plus efficace qu'il ne l'avait imaginé, et Phillip a bien du mal à résister à l'attraction que cette séduisante Anglaise exerce sur lui.

Emily Larkin

Sortilèges amoureux - Les aventures de Charlotte

Inédit

Charlotte Appleby ignorait qu'elle avait une fée pour marraine ! Le soir de ses 25 ans, elle reçoit en cadeau le pouvoir de métamorphose. C'est sous les traits d'un homme que l'orpheline se rend à Londres et trouve un poste de secrétaire auprès du comte de Cosgrove, qui est victime d'attaques sournoises et inexpliquées sur sa personne. Sous le charme de cet homme au caractère mélancolique, Charlotte va mettre son pouvoir à contribution pour traquer ceux qui tentent de le détruire et protéger celui qui fait naître en elle des sentiments affolants.

✦

Caroline Linden

Sur la route de Maryfield

Inédit

Georgiana Lucas n'a que mépris pour l'arrogant marquis de Westmorland, qui vient de gagner aux cartes la demeure de son amie Kitty. Alors que les jeunes femmes attendent avec angoisse la visite du nouveau propriétaire, Georgiana découvre un homme blessé et inconscient, qui n'est autre que Westmorland ! Comme elle craint que Kitty ne refuse de le soigner, Georgiana le fait passer pour son fiancé. Lorsque le jeune homme revient à lui, il a oublié sa véritable identité, et, si l'amnésie du marquis est une aubaine pour Georgiana, cette dernière a peut-être sous-estimé le charme ensorcelant de ce joueur impénitent

Eloisa James

Les Wilde - La plus délurée de la famille

Inédit

La première saison de Betsy Wilde est un succès : elle a reçu d'innombrables demandes en mariage, dont celle d'un duc ! Bien que très flattée par toutes ces attentions, elle rêve, loin des salons mondains de jouir de la vie comme la gent masculine. Jeremy Roden, le meilleur ami de son frère, lui fait alors une proposition indécente : si elle gagne une partie de billard, il lui fournira des vêtements masculins et elle l'escortera, une journée entière, déguisée en homme. Si elle perd, elle devra s'offrir à lui toute une nuit. Betsy relève le défi, sans se laisser troubler par le désir qu'elle ressent pour Jeremy.

✦

Virginia Henley

Esclave à travers les siècles

Bibliothèque idéale

Diane Davenport désespère de trouver un mari à la hauteur de ses attentes. Où sont donc les preux chevaliers, les fougueux gentilshommes qui peuplent ses romans favoris ? Un jour qu'elle flâne chez un antiquaire, Diane déniche un casque romain et s'en coiffe. Elle se retrouve aussitôt catapultée dans les bras de Marcus Magnus, un général romain qui la prend pour une espionne ! Prisonnière, Diane est contrainte de se soumettre aux moindres désirs de cet homme et de se laisser emporter par la passion qui les consume.

Patricia Potter

Sans foi ni loi

Lobo, un implacable pistolero, reçoit pour mission d'effrayer la jolie Velma Taylor, qui a hérité du ranch d'un vieil ami, afin de la pousser à le vendre. Mais dès que son regard se pose sur la pétillante institutrice, il est ensorcelé par son rire et ne peut se résoudre à mener sa mission à bien. Aussi devient-il l'ange gardien du ranch, protecteur des orphelins et autres âmes en peine recueillis par Velma. Entre l'institutrice et le hors-la-loi, l'attirance est réciproque, et il ne tient qu'à eux de surmonter tous les obstacles pour laisser libre court à leur passion.

13017

Composition
FACOMPO

Achevé d'imprimer en Italie
par GRAFICA VENETA
le 6 décembre 2020

Dépôt légal : janvier 2021
EAN 9782290151495
OTP L21EPSN001771N001

ÉDITIONS J'AI LU
87, quai Panhard-et-Levassor, 75013 Paris

Diffusion France et étranger : Flammarion